我的大学

〔苏〕高尔基◎著 若初◎译

高尔基自传体三部曲

远方出版社

图书在版编目（CIP）数据

我的大学／（苏）高尔基著；若初译. --呼和浩特：远方出版社，2018.1

ISBN 978－7－5555－1038－3

Ⅰ.①我… Ⅱ.①高…②若… Ⅲ.①长篇小说－苏联 Ⅳ.①I512.45

中国版本图书馆 CIP 数据核字（2018）第 003416 号

我的大学

WO DE DAXUE

作　　者	〔苏〕高尔基
译　　者	若　初
责任编辑	董美鲜
责任校对	奥丽雅
封面设计	胡椒书衣
版式设计	王志利
出版发行	远方出版社
社　　址	呼和浩特市乌兰察布东路 666 号　邮编 010010
电　　话	（0471）2236470 总编室　2236460 发行部
经　　销	新华书店
印　　刷	北京润田金辉印刷有限公司
开　　本	145mm×210mm　1/32
字　　数	220 千
印　　张	8.5
版　　次	2018 年 1 月第 1 版
印　　次	2018 年 4 月第 1 次印刷
印　　数	1—5 000 册
标准书号	ISBN 978－7－5555－1038－3
定　　价	32.00 元

译者序

热爱书吧，它会使你的生活变得舒畅愉快，它会帮助你辨别形形色色的思想、感情、事物，它能教你尊敬别人和自己。

——马克西姆·高尔基

《我的大学》是高尔基的自传体小说三部曲中的最后一部，创作于1922年。19世纪末20世纪初的俄国正处于大革命的前夕，作者以此为创作背景，描绘了一个社会底层小人物的艰辛成长历程，反映了在沙俄专制统治下的黑暗社会及劳苦大众艰难生存的真实写照。

承接《在人间》，《我的大学》描写的是主人公阿廖沙青年时期的活动与成长经历。在小说的开头，他告别年迈的外祖母，怀着上大学的愿望来到伏尔加河岸的喀山市。初到喀山时，阿廖沙没有稳定的栖身之所，生活十分困窘，不得不与人共用一张床板。为了填饱肚子，他在码头、面包店、杂货店四处打工，面对残酷的现实，上大学对他来说只是一个梦。

不过，居住在贫民窟及轮船码头的艰苦工作，成了磨炼他的一所社会大学。在这所没有围墙的广阔大学里，他接触到了两个对他有着重大影响的人，其中一个是杂货铺老板捷里柯夫。

在捷里柯夫的邀请下，阿廖沙加入了一个由大学生和有志之士组成的秘密革命团体，在杂货铺的藏书室里接受各种思想的启蒙和教育，对人生的意义及世界的认识进行了深入的探索。另一个是从西伯利亚流放回来的革命者洛马斯。洛马斯是一个真正的革命者，对革命有着坚定的信仰，而且知识渊博、阅历丰富。在他的影响下，阿廖沙阅读了马克思主义著作和大量革命民主主义进步书籍，思想上日趋成熟，逐渐成长为一名革命战士。

喀山的 4 年求学经历漫长而难熬，小说中有一段阿廖沙的自白，从中我们可以清晰地了解其内心世界："在苦难的日子里，我变得更加坚强了，我并不奢望他人的救渡，也不渴求偶然的好运降临。生活环境越艰苦，越能磨炼人的意志，增长人的智慧，这个道理我很小的时候就知道了。"在苦难面前，阿廖沙没有随波逐流、沉沦堕落，反而更加坚定了自己求知若渴的信念和对美好生活的憧憬。更加难能可贵的是，年少的他已经清楚地认识到：苦难实际上是一种无与伦比的财富！在沙皇专制统治时代，阿廖沙以敏锐的眼睛捕捉到了当时俄国劳动民众的生活和思想现状——既有庸俗、空虚、无奈、挣扎，也有善良、乐观、吃苦耐劳等美好的人性化的一面。

在小说中，作者高尔基把自己青年时代的生活经历贯穿其中。阿廖沙这个形象可以说是俄国新一代人的代表，他的成长道路也是俄国千百万劳动者走向革命、走向新生活的道路。严峻的生活使高尔基成长为一个意志刚强、有理想有作为的新时代人类，在这段历程中，我们可以间接地看出青少年时代的高尔基是如何在社会底层与劳苦大众同甘苦共命运，亲身经历资本主义残酷的剥削与压迫，以及顽强自学，掌握欧洲古典文学、哲学和自然科学等方面的知识，最终从生活底层攀上文化的高峰。

在《我的大学》里，高尔基用自己的笔触反映了当时俄国知识分子的生活和民粹派反抗沙皇统治的活动，展示了这一时期俄国知识分子的思想状况，也表达了他对俄国丑恶现实的憎恶，以及努力探索新生活的热切追求。人间的苦难，生活的辛酸，磨炼了他的斗志；对社会底层人民痛苦生活的体验和深切了解，也成为他创作中永不枯竭的源泉。这种不平凡的经历成就了高尔基，也催生了自传体三部曲《童年》《在人间》和《我的大学》。

创作《我的大学》时，高尔基已经年过半百，他用尖锐的笔墨真实地再现了记忆的精华，把俄国社会的丑恶与黑暗深刻地揭露出来；用现实主义手法、充满热情勇敢的生活态度征服了全世界的读者。这部有着深刻教育意义和巨大艺术魅力的作品，至今仍受到读者的热烈欢迎，激励了几代人从高尔基的作品中汲取追求光明的勇气和信念。

目 录

Contents

青春是幸福美好的，但又充满着苦难与磨炼。

——高尔基

第一章

就这样，我启程前往喀山，准备去上大学——至少如此。

一个名叫尼古拉·叶甫里诺夫的中学生使我产生了上大学的念头。他是一位非常可爱的青年，长得英俊潇洒，还有一双女人般温柔的眼睛。那时他和我们住在同一栋楼上，只是他住在阁楼的最顶层，他看到我的臂窝里经常夹着书，所以就对我特别感兴趣，不久我们就成了熟人。我们刚熟悉没多长时间，叶甫里诺夫就告诉我，说我“在学习上具有非凡的天赋”。

“上天造就您的目的就是为了让科学得到更快的发展。”他说着，还非常优雅地甩了甩他的长发。

当时我还搞不懂他的意思，就连一只小猪都有能力使科学得到进一步的发展，然而叶甫里诺夫却硬说像我这样的少年正是大学里非常缺少的人才。很显然，记忆中的哈伊尔·罗蒙诺索夫那光辉灿烂的事迹成了一个很好的例证。叶甫里诺夫还说，到喀山以后，我可以和他住在一块儿，用一个秋季和冬季的时间来读完中学的课程。接着，我再“随便”通过几门考试（请留心他所讲的是“随便”），然后大学会给我提供助学金，大约 5 年以后，我就可以成为一名“有学问的人”了。这些话听起来简单，因为叶甫里诺夫才 19 岁，并且他的心地又是如此善良。

考试结束后，他就走了。两周之后，我就动身了，在即将分别的时刻，外祖母告诉我：“今后不要再向别人发火了，要是你经常发脾气的话，你就会成为一位非常严厉、苛刻的人。你外祖父就是这种人。嗯，你看他现在的结局怎样啊？活了这么多年，老的时候连个安身之地都没有，他是一个非常可怜的人。你一定要牢记一句话：不是上帝在惩治人，魔鬼才乐意干这个呢。好了，再见吧……”

她把黝黑而松弛的面颊上的几滴眼泪擦掉，继续说道：“恐怕以后我们再也见不着面了，你就要到很远很远的地方去了。您这颗不安分的心啊，我就要与世长辞了。”最近，我跟我这位慈善的外祖母疏远了，很少见到她。我心里突然感到一阵痛苦，一旦踏上旅程，将再也见不到这位和我如此亲密，一直关心爱护我的朋友了。

我站在小船的船尾直直地望着外祖母，她就站在码头边，在身上不停地画着十字，用她那破旧的披肩角拭着眼泪，擦她那满是皱纹的脸以及总是对世人充满爱意的、闪闪发光的黑眼睛。

我一到喀山，就在这座一半是鞑靼人的城里住下了。我在一条狭窄破烂的街道上找到了叶甫诺夫的家，这座楼房处在一座小丘陵的尽头，我住在一楼一间狭窄的小屋里。楼房一侧的对面是一片空地，上面长满了厚厚的野草，那场景像是不久以前这儿曾遭受过一场大火的袭击。从一片杂草丛生的地带以及茂密的树林中隐隐约约可以看到一片断壁残垣，在那片断壁残垣下是一个大地窖，在窖中经常可以见到一些无家可归的野狗，还可以见到一些野狗的尸体。我会永远记得这个地窖的，因为它也是我的一所大学。

叶甫里诺夫和他的母亲、哥哥尼古拉相依为命，靠一份可怜的抚恤金生活。在他们家的最初几天中，我就已经意识到，每当这位悲惨、忧郁且矮小的寡妇从集市上回来把菜放到厨房后，便要处理眼前的难题：怎样才能把那块小得可怜且最低等的肉，做成一顿让 3 个身强力壮的年轻小伙子既能吃饱又能吃好的饭菜呢？——就不说她自己了吧。

她是一位寡言少语的女人，她那灰色的眼睛中流露出谦恭、绝望而又倔强的神情，如同一头已用尽最后一丝力气的老马，虽然它无法把生活这辆车拉到顶端，但仍旧吃力地在重担的压力下，拼命朝前拉着。

一天早晨，大约是我来到她家后的三四天，我到厨房去给她帮忙，当时她的两个儿子还没有起床。她十分警惕地轻声问我："您为什么要来这个城市呢?"

"我是来学习的，在大学学习。"

她的眉毛轻轻往上一翘，蜡黄的眉头一皱，刀滑了下来，割破了她的手指。她边吮吸着伤口，边坐在椅子上，然后又立即跳起来大叫道："啊，真是活见鬼了。"

当她把割破的手指用手帕包好后，就称赞我说："您把土豆削得真好。"

我认为自己是削得不错！于是，我给她说了在轮船上给厨师打下手的事，她问道："您以为，那样做就已经为进大学做了充分的准备吗?"

那时，我还不知道什么是幽默诙谐。我认真考虑了她所提出的问题，并向她解释了我这次求学的计划，而且还特别指出，要是那样的话，大学那座神殿的大门就会为我敞开了。

她叹息了一声，说道："哎，尼古拉，尼古拉!"

就在那时，大儿子尼古拉恰好走进厨房来洗漱，睡眼惺忪、头发蓬乱，但是他的精力却如同平时一样充沛。

"肉馅饺子的味道真是不错，妈妈。"他说道。

"是的，味道就是好。"她随声附和道。

我急于表现自己的烹饪技艺，就立即说道："用这块肉包饺子不合适，并且，也太少了。"

一听我说这话，娃尔娃拉·伊凡诺夫娜生气了，她丝毫不给我情面，说了几句让我难堪的话，弄得我满面通红。然后，她又扔下手中的那捆胡萝卜，洗了洗手，走出了厨房。尼古拉对我眨了眨眼睛，说道："她在闹脾气呢。"然后，他就在一条长凳上舒适地坐了下来。他对我说，一般情况下，女人都要比男人爱发火，这一结论是被某些赫赫有名的科学家证明过的——瑞士的一位学者，要是我还可以清晰地记得的话，英国的约翰·穆勒也在这个问题上发表过自己的意见。

尼古拉非常喜欢教导我，只要一抓住机会，他就会对我循循善诱，把一两条最基本的教条灌输到我的大脑中。而我每次都过于急切地把他的话全盘吸收到我的脑海中去，导致我竟然分不清弗克、拉劳士弗构和拉劳士查克里了，在我的脑海中他们就是一个整体。而且，我再也想不起来，是拉法杰把杜莫利斩首了，还是杜莫利把拉法杰斩首了，这位和善的青年人下定决心要把我"培养成为一个人才"。

他信誓旦旦地向我许诺，但是他没有时间，并且也没有一套完整的可以指导我学习的体系，青年人的自大和盲目蒙蔽了他的眼睛。他根本看不出来，为了生活，他的母亲不得不做一些过度劳累的工作，他的弟弟叶甫里诺夫是一位反应迟钝、寡言少语的中学生。

但是，我对这些复杂的化学把戏和厨房经济早已清清楚楚地看在眼里。她每天都要想尽一切办法，来填饱两个儿子的肚子，并且还要喂养我这个外貌不太吸引人、笨拙、举止粗俗的小流浪汉。当然她每次分给我的面包，在吞食它们时我感到非常沉重，我的良心也会不安，因此我就开始出去找工作。

我一大早就离开家，直到我确信他们已经吃过了晚饭才回去。如果遇到恶劣的天气，我就到那个里面什么也没有的大地窖里躲一下。坐在那些野狗和野猫的死尸之间，呼吸的是带有死尸气味的空气，听的是地窖外滂沱的雨声和狂风的吼叫声，我立即意识到：上大学只是我虚构的一个梦境，要是我早先到波斯去，肯定要比这明智得多。

于是，我把自己想象成一个长着灰白胡子的男巫，能够用某种手段把一粒谷子栽培得像苹果那么大，也可以让一个土豆长得有1普特那么重，我对地球上众多的遭受苦难的人民施恩行惠。不仅仅是我自己的生活有困难，在这个世界上许多人的生活都是如此。

我已经开始学会幻想种种不平凡的冒险和丰功伟绩。在那些困难的日子里，这给了我很大的帮助，因为困难的日子有很多，所以我越来越爱做这些不切实际的梦。我感到自己根本没有外援，也没有对那些所谓的运气和机会寄予厚望。生活越来越艰难了，但是我却逐渐变得坚强起来。我觉得，我的意志更加坚定了，我更聪明了，我在很早以前就懂得：生活环境越艰苦越可以锻炼人。

为了不饿肚子，我要去伏尔加河的码头上找些事干，在那儿可以轻松地赚到15～20个戈比。在那儿，我和那些搬运工、失业者、窃贼们在一块儿混日子，我觉得自己就像一根扔到烧得正旺的炉子里面的铁棒，在那儿度过的每一天都给我留下不可磨灭的印象。

在码头上，在我的眼前不停上演的是人类粗俗、贪婪的本性，那些本性被暴露得一览无余。我对那些已经饱经人间沧桑的人们特别有好感，并喜爱他们那种敌视万物，并对自己也毫不在乎的态度。我体验过人生的酸甜苦辣，这促使我渴望加入到他们那刻薄的社会中去。我拜读过波莱特·哈特的小说和许多不出名的作家写的作品，这也进一步增强了这个特殊世界对我的吸引力。

有一位名叫贝什金的惯偷，以前他曾是一位师范学校的学生，如今已变成一位肺病患者。他经常苦口婆心地劝我：“你为什么会如此害羞呢？与一位畏首畏尾的女孩子有什么区别？是担心损坏了你的名誉？对一个女孩子来说，她的名誉就是一切，然而对你来说名誉就是条锁链。牛非常忠厚，但牛却只能用干草来填饱肚皮。”

贝什金的个子不高，长着一头红头发，脸刮得干干净净的，就像一名男演员。他那柔和、平稳的动作，让人很容易觉得他是一只小猫。对我，他总是采用教育的态度，总是充当我的保护人，我可以看出他对我无半点虚假的心意。他真心希望我能够赶上好机遇，过上幸福的生活。他的智商很高，读过许多书，《基督山伯爵》是他最爱读的一本书。

“这本书的中心思想突出，目的也非常明确。”他这样评论道。

他是一位喜欢女人的人，一说起女人就起劲，有力地抖动着双唇，从他那虚弱的体内发出令人肉麻的抖动，这里面有一些不道德的成分。但是，我仍旧非常认真地听他说话，可以感到他的话语很美。

“女人啊，女人。”他总是拖着长音，发黄的脸上泛着红光，两只黑眼睛中流露出热情洋溢的神色，“为了女人，我愿意做任何事情。女人就如同大魔鬼，她们没有罪孽这个概念，陷入爱情的旋涡——这个世界上没有比这更美妙的事情了。”

他能说会道，可以毫不费力地编出有关妓女们的爱恨情仇的凄婉动人的故事，所编的曲调在伏尔加河两岸的所有城市中广为传唱。

下面这首广为传唱的小曲就出自他的手笔：

有一位姑娘家里很穷，
长得也不漂亮。
身上穿的是过时的衣服，
在这个世界上有谁愿意娶她呢？
没有一个人。

我还与一位非常聪明，名叫特鲁索夫的老人交上了朋友。他长得一表人才，衣着华丽，有着如音乐家般精巧的双手。他在海军区开了一家小店铺，店铺的招牌是“钟表店”，但那儿却是赃物的交换地。他告诉我：“阿廖沙，你千万不要把手伸到这盆浑水中来啊。”说这话时，总爱抚摸一下他那花白的胡须，再眯起那双狡猾、傲慢的眼睛，“那不是你应该选择的道路，你是一位心肠非常好的人。”

“你这话是什么意思呢，怎样才算是一位心肠好的人呢?”

“哎呀，这样的人对任何事只有求知欲，却从来没有妒忌心。”特鲁索夫这样描述我，确实有点儿过奖了，因为在很多事情上，我也会产生妒忌心。比如，我曾经妒忌贝什金的语言天赋和他说出的那些漂亮句子，我仍可以清晰地回忆起，他这样描述一个充满冒险精神的爱情故事：

> “一个乌云密布的夜晚，我蜷缩在斯维亚什斯克这个赤贫小城的寄宿处，如同一只藏在树洞里的猫头鹰。当时是10月份，正是一个秋雨连绵的季节，刮着飒飒秋风，如同某位受了委屈的鞑靼人没完没了地在吟唱：呜……呜……
>
> “就在这时，她出现了，是如此轻快，如此艳丽，就像初升的朝阳。从她的眼神中可以看出，她的纯洁是伪装出来的，‘我亲爱的，’她说道，声音很真诚，‘我没有背叛你’。尽管我心里明白她在说谎，但仍旧相信了她，我的头脑非常清醒，但是内心却不愿相信她在撒谎。”

贝什金这样讲着，半闭着双眼，身体有节奏地左右摇摆着，偶尔还会轻轻地把手举起来，拍拍自己的胸膛。他的嗓音嘶哑低沉，语言却非常生动，真有几分夜莺在歌唱的味道。

我也妒忌特鲁索夫，他会讲一些关于西伯利亚、西瓦布·哈拉等地的故事。他讲述时妙趣横生，然而对高级牧师们的生活，又会给予大力抨击。一天，他居然在背地里这样讲沙皇亚历山大三世："他是一位名副其实的专制魔头。"

特鲁索夫这个人，我认为他一定是小说的结尾描写的那些"恶棍"之一，趁着读者们吃惊的时候，他们却突然变成了高尚的英雄。

有时，在闷热的夜晚，大家会渡过喀山河，到对面的草地上去。那儿有一片矮树林，他们就坐在矮树林中，一边吃喝，一边诉说着他们的心里话。说的常常是生活中那些错综复杂、稀奇古怪的事情。奇怪的是，他们一说起女人，总会牵涉到一种令人含糊的人际关系，有时含着愤恨、忧郁，有时又显得喜悦、感动，而且总是怀有这样一种心情，仿佛他们正朝暗中张望，那儿潜伏着一些未知的、险恶的东西。

我和他们在那儿一起度过了两三个晚上，那几个晚上天空极为灰暗，星光暗淡。我们躺在那无聊而又闷热的山谷中，到处都是浓密的杂草丛生的柳树，由于靠近伏尔加河，所以空气非常潮湿。远处船上的灯光就如同金色的蜘蛛朝各个方向缓慢爬行。从富裕的乌斯龙村商铺和住宅区窗口中射出的光线，在黑暗的河岸上空宛如一个个火球。轮船的水轮冲击着河水，发出隆隆的响声。水手们在船上发出叮叮咚咚的声响：有的人用铁锤敲打船板，发出长长的声音，唱着凄婉的歌曲，有的人用歌声来发泄心中的不快，给人们平添了一些悲伤的情绪。

更让人感到忧郁的是听他们在那儿柔声细语地说着心事，他们思考生活，各抒己见。有的坐在那儿，有的躺在那儿，吸着烟，偶尔喝一些伏特加或啤酒什么的，于是就回忆起了许多模糊不清的往事。

“嗯，我曾经遇到过这样的事情。”漆黑的夜晚中，有人趴在地上这样说道。

当他把自己的故事讲完以后，大家都咕哝着发表意见：

“是的，这样的事情见得太多了，无奇不有。”

“碰到过了”“以前经常发生”我一听到这些话，就感觉仿佛今天晚上他们都已经到了临终时刻。所有的事情他们都遇见过了，再也不会发生什么新鲜事了。

这样的念头使得我与贝什金和特鲁索夫之间的关系有些疏远了。尽管如此，他们对我还是蛮有吸引力的。以我的生活阅历，按逻辑来说，沿着他们的路走是再自然不过的事了。特别是当我所追求的目标和我上大学的愿望受阻时，我便与他们挨得更近了。当我不能填饱肚皮、心中烦闷时，也想过要去做一些违反“神圣”的私有制行为或者犯罪行为。然而，我那时的浪漫精神却阻止了我，这与我所读的那些书有很大的关系。

除了波莱特·哈特的书和许多别的通俗小说之外还读了许多严肃的好书，书中所描述的那些遥远却美好的前景激励着我，我觉得自己应该去寻找比目前更有意义的事物。

同时，我又结识了几个新朋友，他们给我留下了崭新的印象。叶甫里诺夫的家门前有一片空地，中学生们经常来这儿玩积木游戏。我非常欣赏他们中的那个名叫古利·普列特涅夫的年轻人。

他皮肤黝黑，长着一头稍微发蓝的黑发，看起来跟日本人差不多，脸上长满了雀斑，如同把火药屑撒到了皮肤上。他总是一副兴高采烈的样子，会玩各种巧妙的游戏，说起话来幽默风趣。普列特涅夫与其他有才能的俄罗斯人一样，不愿开发自己的潜能，心甘情愿靠这点天赋生活。

他天生就有艺术细胞，听觉敏锐，乐感极好，他会弹奏竖琴、俄罗斯三弦琴和拉手风琴，遗憾的是普列特涅夫根本不去努力尝试着掌握一些更高雅、难度更大的乐器。他家境贫寒，衣着褴褛，整天穿着揉皱的衬衫、打着补丁的裤子，外加一双烂皮靴，这身打扮与他那放荡不羁、动作麻利的风度非常吻合。

普列特涅夫仿佛是一位大病初愈的人，又如同一个昨天刚被释放出来的犯人，万事万物对他来说都是新鲜的、舒适的。无论什么事都可以激起他那爱嬉笑的性格，他就如同一个发着响声的陀螺，一刻也静不下来。

他明白我的生活非常艰苦，并且漂泊不定。于是他就建议我搬过来同他住在一起，而且还提议让我去当一名小学教师。因此，我就来到了“玛鲁索夫加”这个稀奇古怪而且又充满欢乐的贫民窟——雷伯内利亚德大街上一座破旧的大房子。好几代喀山大学的学生对这里都很熟悉，仿佛是一群饥寒交迫的大学生、妓女和各种各样穷困潦倒、无用之人从房主手中夺过来的。普列特涅夫住在走廊里通往阁楼去的楼梯下面。

他在那儿摆了一张轻便小床，在走廊尽头的窗户旁边放了一张桌子和一把椅子，再也没有其他的东西了。走廊里开着三个房间，有两间都被妓女占用了，还有一位患了肺病的数学老师住在另外一间。这位老师从前是神学院的一名学生，身体消瘦，个子非常高，头上和脸上长满了红色的毛发，衣不遮体，从他衣服的漏洞处能够看到他那稍微发蓝的皮肤和一根根肋骨。一句话，他的样子非常恐怖。

他仿佛是靠吃指甲糊口的，快把指头啃出血来了。不管白天还是黑夜，他总是在那儿写呀算呀，时而还会发出低沉的咳嗽声。妓女们既害怕又非常同情他，她们常常有意把面包、茶叶、砂糖之类的东西放在他的门前。他只要一看见这些东西，就会把它们全部拿回去，还要喘一会儿粗气，犹如一匹疲倦不堪的老马。如果妓女们忘了，或是因为别的原因没有给他送些吃的东西，他就会站在门口对着走廊大喊：“给点儿吃的东西吧。”

他的眼窝很深，目光中还流露出一种如疯子一般高傲的神色，仿佛为自己已攀登上了知识的殿堂而欣喜若狂。隔一段时间，就可以看见一个驼背的人来看望他。这个人模样古怪，一条腿有点儿弯曲，胖胖的鼻梁上戴着一副眼镜，头发全白了，表情冷淡，犹如一位清教徒。黄色的脸皮上总是露着狡猾的笑容，每当他来到后，他们就把房门关上，在里面一待就是几个小时，毫无动静。然而，有一次半夜时分我听到了数学家嘶哑的怒吼声："让我说，这就是一座监狱，几何学的笼子。那是什么呢？是的，就是捕鼠器，是监狱。"

驼背人发出短促的尖笑声，一遍接一遍地说着那些奇怪的、令我难以理解的话。突然，数学家大吼起来："你应该下地狱，滚出去。"

驼背人被赶到走廊里，样子非常生气，他嘴里还不停地诅咒着，用宽大的外衣裹住身体。数学家站在门口，一副瘦骨嶙峋的样子，非常吓人，抓住他那乱糟糟的头发，声音嘶哑地喊道："欧几里得是白痴！大白痴！我要证明，上帝一定要比这个愚蠢的希腊人聪明。"

然后，他走了进去，砰的一声关上了门，震得不知是什么东西啪的一声掉在地板上了。

不久，我就发现了，这位数学老师原来是企图用数学来证明上帝的存在，遗憾的是，没有达到目的他就死了。

普列特涅夫在一个印刷厂做校对工作，他上的是夜班。每天晚上可以赚到 11 戈比。要是我再不想方设法到外边赚点钱，我们俩每天就只能靠 4 磅面包、2 戈比的茶和 3 戈比的糖度日了。然而，由于我要学习，因此也没有时间到外面找工作。

我把大部分精力都用在学习上，最让我难以忍受的是那些约定俗成的语法。那些语法让人讨厌，形式死板，我觉得自己根本没有能力驾驭它们——而那些口语又是如此灵活、多变，让人难以把握，与语法的特点截然不同。然而，令人感到欣慰的是，我不久就发现现在学习这些知识有点为时过早，即使我可以通过乡村教师的资格考试，由于我的年龄太小，我也不可能得到教师的职位。

我和普列特涅夫两人睡同一张床，他白天睡，我晚上睡。每天一大早，当他拖着累得筋疲力尽的身体回到家时，他的脸色要比平时乌黑得多，眼睛又红又肿，我就会慌忙跑到酒馆里去弄些热水来，我们自己是没有茶壶的。当然，接着我们就要坐在窗户旁边的小桌子旁吃早餐，吃点儿面包，喝点儿茶。他从报纸上选一些新闻念给我听，常常读那些最新的有关滑稽演员的文章，或者是某个笔名叫“红鬼”的酒鬼作家所写的那些读起来既押韵又滑稽的诗。

让我感到吃惊的是普列特涅夫对生活毫不在乎的态度。他对待生活的态度，在我看来与对待那个肥胖的女商人佳尔金娜差不多，她贩卖女人的旧衣服，还干拉皮条的勾当。

他就是从那个胖女人那儿租到那片小楼梯间的。普列特涅夫刚开始租下这个小楼梯间时还没有钱付房租，于是，他就给胖女人讲一些笑话，拉拉手风琴，唱一些伤感而又动听的歌曲。他每次唱完这些歌曲时，眼睛中都会流露出一丝轻蔑的神情。佳尔金娜年轻时也在歌剧班的合唱队当过歌手，所以她可以听出歌词的含意。偶尔，她还会被感动得流出眼泪，从她那恬不知耻的眼睛中淌出的眼泪流过鼓鼓的发紫的脸庞，然后她用那肥胖的手指擦掉眼泪，再用一条脏兮兮的手绢慢条斯理地把手指擦一下。

“啊，古利，古利。”她叹了一口气，“您是一位名副其实的艺术家。是的，要是您能长得比现在好看一点儿，我一定可以让您高升的，我把许多年轻的小伙子都介绍给了那些孤寂的单身女郎。”

“年轻的小伙子”其中的一位，就住在我们楼上。他是一名大学生，他的父亲是一个毛皮商，大学生中等个子，宽宽的胸膛，臀部又窄又小，极不规则。他看上去仿佛是一个倒立的三角形，只不过是下边的锐角儿被折断了，他的脚就如同一个小女人的脚，他的头深陷在两个肩膀里。一头红头发犹如马鬃一般，苍白的死气沉沉的脸上长着两只突出的发着绿光的眼睛。

他没有按照父亲的意愿做事，饿得犹如一只丧家犬。不过他也因此发奋努力，终于被大学录取了。后来他又发现自己的嗓音不错，具有迷人的男低音。于是，他就开始专门学习唱歌。

也正是因为这一点佳尔金娜才逮住了他，把他引见给一位40岁左右的、大富豪的太太。这个富豪太太有一个儿子，正在大学三年级读书，还有一个女儿，中学即将毕业。她既憔悴又干瘪，毫无女性的魅力。平平的胸脯，直挺挺的身子就如同一名士兵，脸上毫无表情，就如同一个绝望的老修女。灰白色的大眼睛深深地陷入那黑色的眼窝中，她经常穿一身黑色的外衣，头上裹着一条过时的丝巾，两只宝石耳环发着绿光。

有时，富豪太太会在晚上或者是一大早来找那个大学生。她总是一下跳进大门里，勇敢地走过院子。她脸上的神色非常恐怖，嘴唇向里抿着，目光中充满了绝望、无助的神情。她总是目不转睛地径直朝前走，眼睛瞪得大大的，却如同瞎子一般。她长得不算丑，但是神情紧张，仿佛把身子拉得长长的，紧绷着脸，看起来确实让人难受。

“看。”普列特涅夫说道，“她像是一位精神病患者。”

大学生非常讨厌她，总是躲着她。但是，她如同一个间谍或是无情的债主整天跟着他。

“我是个不知羞耻的人。”大学生喝醉时，总会这样嗟叹道，“我怎么会想学唱歌呢？就我这嘴脸，这外貌，他们永远也不会准许我上台表演的，绝对不会的！”

“快点和那个女人分开吧。”普列特涅夫提议道。

“我知道，但是我可怜她。是的，我真是难以忍受，我可怜她，如果你们了解她是怎样的……”我们了解这些。有一天夜晚，我们听见那个女人站在楼梯上用颤抖的声音恳求大学生：“为了上帝……我的心肝儿，就算是为了上帝吧。”

她是一个大工厂的主人，拥有无数家产，有自己的房产、马匹。她把一笔巨额资产捐赠给了产科学校，然而她却如同叫花子一样，请求一位穷大学生对她施舍爱情。

吃过早饭后，普列特涅夫就去睡觉了。我也出去找工作了，直到晚上我才回来。那时普列特涅夫就要去印刷厂上班了。如果幸运的话，我还可以挣到一些面包、香肠或者牛杂，我都会把这些东西分给他一半，然后他把自己那一份随身带走。

当他走了之后，我就会在玛鲁索夫加贫民窟的走廊里四处游荡。我对这些新来的、不熟悉的人们充满了好奇。这儿的房屋非常拥挤，真像一个蚂蚁窝。扑面而来的酸腐味从各个角落里散发出来，每个角落里都潜伏着充满敌意的人。从早晨到深夜，一直都有嗡嗡的声音：女裁缝师做活时发出嘎吱嘎吱的声音；从歌剧团里传出的歌女们颤抖的声音；楼顶的大学生喝得烂醉，发出一阵阵低声哼唱的声音；还有同样醉酒的妓女们那歇斯底里的叫喊声。这一切，令我自然而然地产生了一个令人无法回答的问题：“这样的生活，其意义究竟何在?”

大杂院里有一个这样的男人，他经常在那群饿得要死的年轻人中间不着边际地东拉西扯。他的头上只有周边长了一些红头发，颧骨非常高，肚子特别大，两条腿却非常细。由于他那张大嘴里长满了一口大马牙，因此别人称他为“红毛马”。最近3年中，他正在打一场棘手的官司，这场官司的另一方是他的亲戚，几个西姆比尔斯克的商人。“红毛马”见人就说道：“我拼了命也要让他们身无分文！到了那时，当他们讨了3年的饭时，我再把我打官司赢得的财产还给他们，还要告诉他们‘死东西，怪你自己吧，现在你还有什么话可说。这就是我要做的！’”

“那就是你生活的目标吗，老马？”有人问他。

“我把我所有的心思都放在这事上了，我甚至没有考虑过要做其他的事情。”他说。

“红毛马”把时间都花在地方法院与高级法院以及律师事务所里，常常到深夜才赶着马车回来。马车上面装着很多小蒲包、纸包、酒瓶等，接着他再把那些东西弄到那间天花板中间已下垂、地板脏兮兮的小屋里，把那些大学生们、女裁缝们请来花天酒地一番。除了罗姆酒外，“红毛马”什么酒也不喝。这种酒滴在桌布上、地板上、衣服上，都会留下无法消除的深红色污点。喝了一会儿酒后，他就开始叫喊：“你们这些讨人喜爱的小鸟啊！可爱的小鸟！我喜爱你们，你们都是老实人。而我，却是一个恶人，是一只大鳄鱼，我一定要把我的亲戚消灭掉。我一定要把他们吃了，真的，拼了命我也要……”

他悲哀孤寂地眨着双眼，眼泪顺着他那丑陋的脸庞流了下来。他用手擦了擦眼泪，又朝膝盖上抹了抹。他早已养成了这样的习惯，因此他那又胖又大的裤腿上一直有粘着油脂的污点。

“你们过的是什么日子呀？”他大喊道，“饥寒交迫，身上的衣服破烂不堪，难道人就应当这样吗？在这样的生活中，能学会点什么呀？唉，要是沙皇知道你们过的是这样的日子……”接着，他从口袋里拿出一沓花花绿绿的钞票，大喊道：“谁缺钱花，这儿有，拿去吧，弟兄们！”

歌女和女裁缝们贪婪地撕扯着他手中的钞票，企图从他那长满了汗毛的手中把钞票夺出来。他发出了一阵狂笑，说道：“这些钱不是给你们的，而是给大学生的。”

然而大学生却不来取钱。

“让钞票见鬼去吧。”大学生生气地狂叫着。

有一次，“红毛马”喝得醉醺醺的，手中拿着一大把揉成一团的10卢布钞票来到普列特涅夫这儿，他把钱朝桌子上一摔，说道：“这些钞票，需要吗？我不要了。”接着身子一歪就躺在了我们的床上，开始哭诉起来，在那儿野蛮地怒吼着。我们只得慌忙拿凉水浇他、用水灌他，待他熟睡了之后，普列特涅夫想把他的钱抻开展平，但是却做不到。这些钱压得太紧了，以至于在把那些钱抻开以前，他不得不先把它们弄湿。

贫民窟的窗户与隔壁房子的砖墙遥遥相对，屋子里充满了烟味，脏兮兮的，拥挤不堪，也不透风，嘈音聒耳，让人感到非常难受。“红毛马”是那些人中吵闹得最厉害的一个。

我问他：“你为什么会住在这儿呢？为什么不住在客栈里呢?”

“我的心肝，为了得到心理上的安慰呀，跟你们住在一起，我心里感到温暖。”大学生随声附和道：“你说得对，老马。我也有同感，要是我搬到另外一个地方去住，我早就完了。”“红毛马”向普列特涅夫恳求道：“弹琴吧，给我们唱首歌吧。”于是，普列特涅夫就给我们弹起了竖琴，唱道：“明亮的太阳升起来了，升起来了。照红了整个天空……”他那圆润的嗓音，冲击着人们的心房。

屋子里一片寂静，所有的人都一脸沉思，被这悲伤的歌声以及哀婉的琴声深深感动了。

“太棒了，太棒了。”那个被富豪太太用来发泄苦闷的悲惨的大学生感叹道。

在贫民窟居住的奇异的人群中，古利·普列特涅夫被大家称为最有智慧的人。他善于在这群人中间制造欢乐的气氛，如同神话故事里那些快乐的神仙。

他的内心具有青春的活力，闪烁着青春的火焰。他可以讲极妙的笑话，唱动听的歌曲；也可以大胆地批评社会上的旧风俗、旧习惯，敢于揭露社会上所发生的那些不合理的现象，就连人们那漆黑的生活，也因他的存在而有了一丝亮光。

普列特涅夫年仅 20 岁，看起来还像个小孩子。然而，这个大院中所有的人都非常尊敬他。当人们的生活遇到困难时，就会让他给一些冷静的建议；当他有能力帮助人们时，他总会给他们指出一两个解决问题的方法。好人爱戴他，坏人畏惧他，甚至那个名叫尼基弗勒奇的老警察只要一看见他，也会露出一副虚伪的笑容。

警察哨所是一个非常舒适的地方，离贫民窟的大门不远。它位于老戈尔舍内娅街的拐角处，玛鲁索夫加贫民窟是去哨所的必经之路。

尼基弗勒奇是我们这块儿的警长——高高的个子，瘦削的身材，胸前挂着许多闪闪发光的奖章。他看起来非常聪明，有一副甜蜜的笑脸，长着一双诡计多端的眼睛。

他说对我们这个贫民窟相当感兴趣，这儿有嘈杂的吵闹声和各种各样的人。因此他几乎天天都要衣帽整齐地来这儿巡查几次，巡查时不慌不忙，仿佛动物园里的饲养员检查那些被关在铁笼里面的野兽一样，把窗户一个挨一个地检查一遍。

今年冬季，我们这儿有两名居民被逮捕了。他们是只有一只手的军官斯密尔诺夫和兵士穆拉托夫。他们两个人以前都被授予过乔治勋章，都曾经是中比列夫将军带领的俄哈尔杰克远征军中的一员。他还把佐伯宁、奥夫希金、葛利高里耶夫、克勒洛夫等人也抓了起来。他们被抓，是因为他们企图建立秘密印刷所。在一个光天化日的星期天早上，穆拉托夫和斯密尔诺夫企图把坐落在闹市中的克留锲尼夫印刷所的铅字盗出来，因此锒铛入狱。

有一天晚上，仍旧是在贫民窟，警官们又把那个又瘦又高，神情非常沮丧，我曾经把他称为“漫游钟楼”的彼得抓了起来。第二天一大早，普列特涅夫听说了这件事后，扯着他那黑头发对我说："看看这儿吧，马克西莫维奇①，那个只有 37 岁的大恶棍。你尽快跑到那儿去……"

他向我说明了应该跑到什么地方去，然后又补充道："一定要谨慎，周围可能有侦探。"能够执行这次秘密行动，我感到非常高兴。于是我快速赶往海军村，如同一只疾驶的燕子。在一家昏暗的铜匠店铺里，我看到一位长着鬈发，有一双引人注目的蓝眼睛的青年人，正在那儿做一口铜锅，看起来根本不像一位工人。远远的角落处，在老虎钳旁边还有一位小老头，他那满头白发用一根小皮带扎着，正忙着做活塞。

我问道："这儿有什么活儿做吗？"

那位铜匠老头粗暴地回答道："活儿多的是，但都不是给你干的。"

青年人匆匆朝我瞥了一眼，然后又低下头继续干他的活儿。我偷偷碰了碰他的脚，他瞪着那双蓝眼睛，朝我看了看，目光中满含愤怒与惊愕的神情。他手拿铜锅，仿佛要朝我用力掷过来一样，青年人注意到我一直对他眨眼睛，然后才平静地说道："出去吧，出去吧。"我又对他使了个眼色，才离开了那家店铺。走到门外，我就停下来等他。那位鬈发青年人赶上我，舒展着肢体，点燃一支香烟，静静地望着我。

"你是不是吉虹？"

"我是吉虹。"

"彼得被抓了。"

他恼怒地紧锁着眉头，仔细观察着我。

"你在说什么呀？谁是彼得呀？"

"那个瘦高个儿，像教堂的助祭。"

"嗯？"

---

① 马克西莫维奇：小说主人公阿廖沙的你称名。

“就这些了。”

“但是，你说的是哪个彼得？你那番胡言乱语与我有什么关系啊？”青年人问道，从他问话的语气，我可以断定他根本不是普通的工人。于是我很高兴地跑回贫民窟去了，为出色完成了普列特涅夫交给我的任务感到骄傲。那是我第一次参与这种“秘密活动”。

普列特涅夫经常参与这种事务。但是当我要求他让我也参加这种事务时，他老是这样说：“你还年轻，老弟，你好好读你的书吧。”有一次，叶甫里诺夫把我介绍给了一个做秘密工作的人。这次介绍被安排得非常严密，周围严加防范，让我感到真有一些意义重大的意味呢。

为了完成计划，叶甫里诺夫领着我来到了城外的阿尔斯科波尔平原。一路上他一直警告我一定要小心，还说，对这次会面，我一定不要走漏了风声。最后，他用手指着远处一个灰色的身影，那身影正在慢步穿过荒芜的原野。他朝四周看了看，小声告诉我：“他就在那儿。你就跟着他，当他停下来以后，你就走上前去告诉他：‘我是从外地来的。’”这样神秘的行动总是吸引着我，但是这次我觉得有点儿荒谬：炎热晴朗的大白天，而那个孤独的、摇摆不定的人影，就如同一棵生长在野地里的小草——再也没有别的什么了。

在墓地的大门口，我赶上了他。站在我面前的是一个年轻人，他个子不高，脸庞清瘦，圆圆的眼睛如同鸟眼一样，但目光却非常严厉。身穿一件灰色的学生制服式的外衣，但是衣服上那明亮的金属纽扣已经掉了，补缀上了一些黑色的纽扣。头戴一顶破帽子，学生制帽上仍旧能够看出帽徽的痕迹。总的说来，他现在仍是一个孩子，尽管他过早地把自己打扮成一副大人的模样，仿佛他现在要急于长大成人似的。

我们坐在坟墓中间浓密的矮树荫里，他说话时态度非常冷淡，还非常呆板，我一点儿也不喜欢他。他非常严肃地问我以前都看过什么书，然后就建议我加入他所组建的学习小组中去，我同意了。然后，我们就分手了，他比我走得早，他机警地朝旷野的四周扫视了一圈后，才离开。

这个小组中一共有四五个人，我的年龄最小。我们是在罗夫斯基家上的课，他是师范学院的一名学生。我们学习的课程主要是约翰·穆勒的作品和车尔尼雪夫斯基对其作品所做的注解，以前我对约翰·穆勒的作品一点儿都不熟悉。后来罗夫斯基成了一名短篇小说家，是以叶洛恩斯基为笔名的，他仅写了5本小说就自杀了。我知道有很多人都选择了用这种方式来结束自己的生命。

罗夫斯基是一位寡言少语的人，胆子非常小，就连说话也非常小心。他住在一间脏兮兮的楼房的地下室里。每天都要做一些木工活，是为了“身心平衡”。同他在一块儿非常无聊，对穆勒的书我也提不起兴趣，不久我就感到他的经济学原理我以前就明白，对它们的记忆可以说是刻骨铭心的。

凭我的生活阅历我完全能够理解其含义，我觉得这些原理，只要是那些曾经为了别人的幸福和快乐付出过代价的人，都能很容易理解其意义，完全不必那么费劲地把它写成一大本厚厚的书。我坐在这个地下室里，一坐就是两三个小时，鼻子里闻的全都是木工的胶水臭味，看着那些从木头里长出来的小虫子在墙上爬来爬去，真是太恶心了。

一天，我们的老师来晚了。我们一致认为他今天肯定不来了，于是就到外面买了一瓶酒，又买了一些面包和黄瓜，打算开一个小小的宴会。

突然，窗外迅速闪过我们老师那双灰色的腿，这下可把我们吓坏了，在他来到教室之前慌忙地把酒藏在桌子下面。当他在讲台上侃侃而谈车尔尼雪夫斯基的伟大作品时，我们都正襟危坐，纹丝不动。大家都担心伸腿时会把酒瓶踢翻了。后来，老师不小心把酒瓶踢翻了，听到酒瓶的滚动声后，他朝桌子下面望了望，然后一句话也没说。啊，我们都以为他肯定会大发雷霆的。

他阴沉着脸默默无语，也因受到了这巨大的侮辱而眯成了一条线，这令我感到非常不舒服。我又偷偷瞄了一眼那些羞愧难当的同学们，觉得我们对老师犯下了滔天大罪，也真诚地感到对不住老师，尽管买酒的主意不是我出的。

听他的课无聊死了，我的身体虽然在这儿，然而灵魂却早已游荡到鞑靼区了。那儿的人们仁慈、善良、待人真诚、友好，个个都非常幽默诙谐，他们在那儿过着“桃花源式”的生活。他们说的是俄罗斯语，但是却不太正统。每当夜幕降临时，鞑靼人就会站在高高的清真寺塔上，用他们那奇特的声调招呼大家来祈祷。我暗自想道，鞑靼人的生活肯定非常奇特，一定与我过去的那些痛苦不堪的生活截然不同。

第二章

伏尔加河上，劳动生活的乐曲深深吸引着我。至今，那样的乐曲一直令我痴狂，我仍清楚地记得首次体会到劳动所包含的英雄史诗意境的那一天。

一艘大驳船，上面装满了从波斯运过来的陶器，在喀山一带触礁了，把船底碰坏了。我和码头上的搬运小组一块儿去给他们卸货。时值9月，狂风从上游吹来，大雨倾盆，灰色的河面上惊涛拍岸。我们这个小组共有50多个人，个个都身披防水油布或是帆布挤在光秃秃的甲板上。那艘累得气喘吁吁的小火轮拖着空驳船朝前走，小火轮冒雨前行，时而在大雨中还会冒出束束火花。

夜幕降临了，河上的光线也变暗了，雾气湿漉漉地飘浮在河面上空。搬运工们发着牢骚，骂个不停，诅咒雨天，诅咒狂风，又诅咒生活。他们懒洋洋地在甲板上移动，想找一个可以躲避寒冷和潮气的地方。在我看来，他们那副昏昏欲睡的样子确实不适合干这样的活儿，他们根本没有能力挽救这艘快要沉下去的货船。

午夜时分，我们到达了船搁浅的地方，尽快与触礁的货船船舷连在一起。搬运组的领头也来了，是个厉害的老头子，长着一脸麻子，一看就是一个老谋深算的家伙，长着一双鹰眼和一只鹰钩鼻子，满口污言秽语。他从光秃秃的头上取下那顶已经被雨水淋湿了的帽子，用女人般的嗓音尖叫道：“祈祷吧，伙计们。”

搬运工们在甲板上缩成一团，灰蒙蒙的夜色中他们犹如一团黑乎乎的东西，接着他们像狗熊一样吼叫起来。这位领导者也不再祈祷了，大叫道："来吧，伙计们，要试试你们的本事了，可要拿出你们的真本事啊！上帝保佑，小伙子们开始干吧。"

于是，这些慢条斯理、懒懒散散、全身湿淋淋的人们开始"拿出真本事了"。他们像去战斗一样，一跃，跳到了触礁的船上，一边大声吆喝，一边开着玩笑，卖力地干起活儿来。整袋整袋的大米、整包整包的葡萄干、整捆整捆的皮革在我的前后左右互相传递，人影在我的面前来回晃动。不久前，人们还都在怨气满满，吹着尖厉的口哨声，骂着一些尖酸刻薄的话。但令人难以相信的是，一瞬间他们竟然又高高兴兴、轻轻松松地干起活儿来了。雨下得越来越大了，天气也变得越来越冷，风也越刮越猛，掀起人们的衬衣，把人们的肚皮露在外面。透过黑暗阴冷的夜空，6 盏照明灯发出微弱的光线，50 多个人在这昏暗的灯光下跑来跑去，踩得驳船的甲板发出阵阵沉闷的响声。

他们是如此卖劲，仿佛他们一直都在渴望着享受一下手把手传递 4 普特重的米袋的快乐似的；仿佛他们正在扛着货包进行赛跑似的。这样形容他们可以说是最恰如其分的了：他们干活儿就像孩子在做游戏，他们那快乐的样子，就像除了女人的拥抱之外，就再也没有别的比这更令人陶醉、更甜蜜的事了。

一位个子高高的、脸上长满了胡须、全身上下都淋透了的男人，可能是货船的主人，也可能是代理人，扯着嗓门喊道："嗨！伙计们，给你们加 1 桶酒。嗨！强盗们，2 桶也可以，只要完成任务！"

漆黑的夜色中，立即有人从四周对他大喊道："3 桶！"

"3 桶也行！只要能完成工作！"

于是，劳动的激情更加高涨了。

我也抓起米袋，拖过去扔下来，如此往复循环。我感到，不管是我还是我周围的人，都好像在跳着野蛮疯狂的舞蹈。这些人仿佛可以一直这样精力充沛地干下去；他们仿佛可以用手托起城里的钟楼和尖塔，还可以把整个喀山城也托在手中，愿意把它们扔到什么地方，就把它们扔到什么地方。

那天晚上，我尝到了以前从未体会过的快乐。我的胸中燃烧着一团火，我真希望一生就这样痴狂地沉浸在劳动的狂热中。大滴大滴的雨点儿砸在甲板上，狂风仍在怒吼，透过黎明前那灰白色的天空，那些全身被雨淋透的半裸的搬运工们，继续在那儿飞快地跑着，不知疲倦地笑啊，叫啊，炫耀他们的力量和劳动。

此刻，风把天上的乌云吹散了，天空的一角露出了太阳那红红的脸庞。这群欢乐得如同野兽一般的傻子们一齐怒吼着欢迎太阳的出现，摇晃着脸上那湿漉漉的毛发和胡须。我真想拥抱这些长着两条腿的动物们，他们干起活儿来是那样娴熟、那样机灵，令我心醉神迷。

所有的一切都抵挡不住这些带有快乐和狂怒的力量冲击。它可以在地球上创造奇迹，能够如神话故事里所说的那样，一夜的工夫就可以遍地建造好一座座宫殿和一座座城池。过了一会儿，太阳看了一眼大家的劳动成果之后，就立即钻到那杳无边际的云层里去了，就如同小孩子掉进了辽阔的大海里，天空又下起了倾盆大雨。

“收工吧。”有人大喊道，但是马上就有人怒气冲冲地回答道：“是谁说要收工啊？”

下午两点钟，人们仍然一刻也没有休息过，直到货船上的最后一批货被卸完。他们那半裸的身体，顶着怒吼的狂风，冒着滂沱大雨，给我留下了不可磨灭的印象，我对他们身上所迸发出来的那股力量感到由衷的敬佩。完工后，他们个个都累得如同醉汉一样，躺在甲板上沉沉地睡去了。到了喀山以后，他们犹如一条灰色的泥流一样迅速地冲上了码头，飞快地朝小酒馆跑去喝那3桶伏特加酒。

在小酒馆里，贝什金朝我走来，他把我上下打量了一番，问道："他们让你干了什么活儿?"

我兴高采烈地把这次劳动的场景告诉了他，他听后叹了口气，轻蔑地说："真蠢，比傻瓜还要蠢，白痴!"

他吹着口哨，悠闲地穿过一排排的酒桌，走出去了。那时，搬运工们已经坐在酒桌旁边闹哄哄地喝起来了，一声男高音从墙角里传出来，唱起了那些淫秽的小曲：

"嗨哟，故事发生在午夜时分。
有一位夫人到后花园散步去了，嗨!"

10 多个人一齐怒吼着唱了起来，声音惊天动地，还用手在桌子上打着拍子。

"透过夜色，巡夜者看到了这样的情景。
他看到了那优美的……"

大家都大笑起来，一边吹着口哨，一边夹着污言秽语，这是世上少有的下流话。

通过别人的介绍，我结识了一个杂货店的老板安德烈 · 捷里柯夫。他的店铺坐落在一条街道的尽头，那条街道狭窄、破烂不堪，位于一条堆满了垃圾的小沟旁。

捷里柯夫的一只胳膊是残疾的，他面容和蔼，留着非常好看的胡须，长着一双聪慧的眼睛。他拥有全城最丰富的收藏禁书、珍本的一个藏书室，城里的那些教育机构的大学生和无数有革命思想的人，都来这儿借书看。

杂货店是一座低矮的平房，紧靠着一所大房子，店铺与那所大房子之间有一扇门相通。店铺里的光线很暗，因为它仅靠面向院子的那扇窗户射进来的光线照明，厨房紧连着大房子，还有一间穿堂屋位于小店铺与那所大房子之间。有一间小小的储藏室则位于穿堂屋的拐角处，也就是那间藏书室，那里面的一部分书是手抄本，用钢笔抄在厚厚的笔记本上，例如拉甫洛夫的《历史信件》，车尔尼雪夫斯基的《怎么办》，彼消列夫的《饥饿王》《阴谋的把戏》——所有的这些手抄本被人揉得皱巴巴的，几乎都快烂成碎屑了。

我第一次来这个小杂货铺时，捷里柯夫正忙着招待顾客，他对我点了点头，示意我到里面的房间里去。走进去一看，屋子里的光线非常暗，墙角处跪着一位老人，虔诚地在进行祈祷，他让我想起了萨洛无修道院里的圣徒塞勒菲姆画像。我站在那儿望着他，一股难受的感觉袭上心头，我对他有点反感。

别人告诉过我，说捷里柯夫是民粹派，以我的理解，民粹派就是革命者，革命者就不应当信仰神了。因此在我看来，这位虔诚的小老头真不应该待在这个房间里。

他祈祷完毕后，用手理了理他那满头的白发和胡须，吃力地望着我说道："我是安德烈的爸爸，你是谁？噢，是你呀！我误以为你是一位化了装的大学生呢。"

"为什么大学生出来时要化装呀？"我问道。

"唔，就是那样的。"老人平静地回答道，"毕竟，无论你怎样化装，上帝都可以分辨出来。"

他走进了厨房，我在窗户旁边坐下来，陷入了沉思。突然，我听到有人大惊小怪地说道："唔，他就长着这副模样啊。"

一位身穿白色衣服的女孩靠在厨房的门框上。她长着一头黄色的头发，剪得短短的，胖乎乎的小脸有点儿苍白，两只可爱的蓝眼睛一直带着微笑。她就像一位天使，大街上卖的那种便宜的天使印刷品。

"您为什么吃惊呢？我长得有这么令人讨厌吗？"白衣女孩问道，她的嗓音非常细，声音还有些颤抖。她慢慢地、非常谨慎地朝我走来，用手扶着墙，仿佛脚下不是结实的地板，而是悬挂在空中的一根晃晃悠悠的绳子。她看上去好像与我们不是同一类别的人，而是来自另一个星球似的。白衣女孩浑身发颤，好像脚底上扎着许许多多的针，又好像是墙壁上着了火，把她那胖乎乎的孩子般的小手烫伤了似的，她的指头非常奇特地、直挺挺地伸着。

我站在她面前默默无语，感到特别拘束。这间昏暗的房屋中的一切都是那么不同寻常！

白衣女孩小心翼翼地坐在椅子上，仿佛担心椅子会从身下飞走似的。她直率地对我说，也就是在最近四五天内，她才开始下床四处走动，她四肢麻木一直卧病在床，差不多快有3个月的时间了。

“是一种神经系统的疾病。”白衣女孩微笑着说道。

我当时真希望她的病是由别的原因造成的：一种精神紧张的疾病——这样的女孩，在这么一个奇怪的房屋里，患了这样一种病症，也有点过于平凡了吧。这间房屋中的一切仿佛都羞怯地靠在墙上，墙角处圣像前的那盏长明灯却非常明亮，铜像上面锁链的影子在餐桌那白色的桌布上无缘无故地来回摇晃着。

“我听过许多有关你的情况，我想看看你长什么样子。”她继续用她那孩子般尖细的声音说道。

我感到很不舒服，不知怎的就是不舒服，几乎有点儿难以容忍。这个小女孩一直盯着我，她那双蓝眼睛后面好像藏着什么东西，那种可以把我里里外外看个透彻的东西，我不能给这样的小女孩说些什么，况且我也不知道该怎样说。因此我只有静静地站在那儿，一言不发，抬头望着墙上的赫尔岑、达尔文、加里波第等人的画像。

有一个青年人，和我的年龄大小相仿，长着一头淡黄色的头发和一双傲慢无礼的眼睛。他忽然从店铺里飞快地跑进来一头扎到厨房里去了。他从我们身边经过时，用一种男孩嗓音变化时期的声音喊道："你是如何爬到这儿来的，玛丽亚？"

"他是我最小的弟弟，阿列克塞。"女孩告诉我，"我以前也在上学，你明白的，是想当一名助产护士。不过我生病了，您为什么不说话呢？是不是不好意思啊？"

捷里柯夫进来了，他把那只残疾的手放在怀中，用另一只手捋着他妹妹那柔滑的头发，把她的头发揉得乱七八糟的，然后才开始问我想找哪种活儿干。

然后，一个长着一头红发、十分苗条的绿眼睛女孩子走了进来，她严肃地瞄了我一眼，便让白衣女孩离开了，还说道："时间够长了，玛丽亚。"

这个名字太不合适了，它也太粗鄙了，我也兴奋地离开了。

两天以后的一个晚上，我再次来到这个藏书室，急切地想弄明白：住在这儿的人们过的是一种什么样的生活？他们的生活很奇怪。

这位和蔼可亲的老人叫斯契潘・伊凡诺维奇，满头白发，面色苍白得几乎有些透明了。他微笑着坐在墙角处，不停地翕动着双唇，仿佛在恳求别人："别管我！"他整天都感到惴惴不安，老是感到有一些不祥之兆，我把这一切看得非常明了。

捷里柯夫穿着一件灰白色的夹克，胸前沾满了油污和面粉，硬得如同一块木板。他侧着身子，在屋子里四处走动，脸上的笑容充满了愧疚的神情，那副模样仿佛是一位刚刚搞了一个恶作剧，已被原谅的孩子。阿列克塞在店铺里帮他的忙，他是一个粗鄙而又懒惰的家伙。

他的第三个弟弟伊凡是一名学生，在师范学校上学，住在集体宿舍里，在放假期间才回来。伊凡是一位非常注重衣着的小伙子，个子不高，整天把头发梳得油光可鉴，他那副模样活像旧衙门里的老官吏。卧病在床的妹妹玛丽亚就住在阁楼上，她很少冒险下楼。她一下来，我就觉得极不舒服，仿佛浑身都被无形的绳索绑着一样。

捷里柯夫的家庭事务交给了一名与房东同居的女人处理。那个女人高高的个子，瘦瘦的身材，脸长得像木偶，眼神严厉，就如同一位满腹怨言的修女。她的女儿娜斯佳给她帮忙，那个女孩长着满头红发，当她用绿眼珠看男人时，她的鼻孔就会颤抖起来。

然而，捷里柯夫家名副其实的主人还是喀山大学、神学院、兽医学院等各个院校的学生。这儿就是他们的一个聚点，每当他们来这儿聚会时总是非常吵闹，声音聒耳。这些学生时刻关心着所有的俄国人，时时关注着俄国未来的命运。

只要报纸上一有什么新消息：如新近发表的一篇文章、城里或者大学校园里发生的事件等都可以引起他们的兴趣和激情。每天晚上他们都从喀山城的四面八方来到捷里柯夫家的这间小杂货店里，投入到狂热的辩论中，也有的会静悄悄地坐在角落里，亲密地谈论着。他们带来一本本厚书，用指头指着某一页激烈地争论着，各抒己见，互不相让。

当然，对这类争论我并不理解，但是我觉得他们争论时所说的那些滔滔不绝的话语已经把真理稀释了，稀释得跟穷人家里做的菜汤里的油珠一样。有几个学生让我想起了伏尔加河沿岸那些教派中长着灰白胡须的教理神学者。但是，在这儿我也意识到这些大学生们的目的是想改变我们的生活，也就是要提高我们的生活质量。真理却掉进了他们那些真诚的、杂乱无章的话语所组成的奔流不息的河流中，但真理永远不会被溺死。

很明显，我也知道，他们是想找到圆满解决问题的方法，那些方法引起了我的兴趣，我感觉自己也被吸引进去了。听了他们的争论，我仿佛觉得他们所说的正是我想说却苦于不会用言语表达的那些话。我尊敬这些人几乎达到了崇拜的地步，就如同一位战俘对那些许诺要让他获得自由的人所持有的尊敬。

他们对我的看法如同木匠看待一块木料，极力想把我打造成一件不同寻常的器具。

“这是一位神童。”当他们中的一位把我介绍给另一位时总会这样说，甚至有一种引以为荣的感觉，就如同大街上那些四处乱窜的孩子，意外地捡到了一枚5戈比硬币后情不自禁地对其他人夸耀。我不喜欢别人叫我“天才”“人民的儿子”等类似的称呼，我感到自己实际上是一个生活的弃儿。有时，那些指引我学习的大学生们令我感到有一种精神上的压迫感。是这样的，有一天，当我在书店的橱窗里注意到了一卷名为《警世箴言》的书，虽然我不知道这个书名的意思，然而我却非常想看一看这本书，于是我就去找一名神学院的大学生，想从他那儿借这本书。

“下次您想看什么书呢？”这位未来的大主教这样讽刺我，他的头发鬈曲，长得很像黑人，厚厚的嘴唇，闪亮的牙齿。“你说的简直都是废话，老弟。让你读什么，你就读什么，不要把你的鼻子伸到不属于你的地方。”

他粗鲁的语调刺伤了我。当然，我最终还是把这本书买了回来，买书的钱，一部分是我在码头上干活儿挣来的，一部分是向捷里柯夫借的。我现在还保存着这本书，它是我买的第一本内容严肃的书。

总而言之，那些大学生们对我要求相当严格。读《社会学入门》这本书时，我觉得作者把游牧部落在一个文明社会中的重要性说得有些夸张，也不应当贬低有胆识的流浪者和猎人。于是我就向我的一位导师表明了我的这种感想，他是一位文科生，听了我的话后，他极力使他那张女人般的脸上保持着非常严厉的表情。接着他就给我上了一课，是关于“批评的权力”的，整整讲了一个小时。

“一个人要想获得批评的权力，必须先信仰某种明确的真理，你信仰什么呢？”他问道。

这位文科生经常读书，甚至在大街上走路时他也要读书。我经常见到他把脸埋在书上，沿着人行道朝前走，撞到了迎面而来的人的身上。他发高烧、患麻疹时，仍在那间小阁楼里神志不清地大呼小叫："道德应该是自由与强制的综合体！综合、综合、综合……"这个心肠柔弱的学生，由于经常挨饿导致营养不良，以至于身体非常虚弱，他又因持之以恒地寻找固定的真理，而累得疲惫不堪。生活中除了读书以外，他再也不知道有其他的乐趣了。对他来说，仿佛只有当心中的两种相对立的思想综合成一种思想时，他那双柔和的黑眼睛才会如同小孩子一样浮现出幸福的微笑。大约是在我从喀山出来 10 年之后，我在海尔科夫城遇到过他，那时他被流放 5 年之后又重新回到了学校。他给我留下的印象就是，他这个人的思想前后矛盾，即使是在他患了肺结核之后，在临死之际，他仍旧试图要把尼采的思想和马克思的思想综合成一种思想。最令我难以忘怀的就是，他把我的手放在他那湿乎乎的两手之间，气喘吁吁地说："生活不和谐——就没法活了！"

在去大学的路上，他死在了一辆公交车里。

我遇到过很多类似于他这样的为了真理而死的人，在我的记忆中，他们永远是那么神圣。

有 20 多个人常常到这个杂货店集合，其中有一个日本人，名叫佐腾·潘捷拉蒙，他也在神学院上学。我注意到还有一位高个子、宽胸膛的人，他长着浓密的络腮胡，留着鞑靼式的发型。他穿的衣服仿佛都很紧，总是穿着一件长长的灰色外套，一直把扣子扣到下巴处。他通常是独自坐在某个墙角处，吸着他的短烟袋，不住地转动着他那两只灰色的眼睛，注视着屋子里的人。

他的目光通常要在我的脸上停留一会儿，只要他这样望着我，我的心中就会感到特别沉重，不知道为什么，我有点儿怕他。他那默默无语的神情令我感到迷惑不解，这间屋子里除他之外的人，都在大声地、滔滔不绝地说个不停。当然，他们讨论得越激烈，我就越喜欢。很长一段时间，我都不知道在他们的争论背后其实有很多浅薄、虚伪的东西。而这位大胡子到底整天在那儿思考什么呢？

人们都喊他“霍霍尔”，除了捷里柯夫以外就没有其他的人了解他的真实姓名了。我发现这个人是刚刚从亚库梯省回来的，他是被流放到那儿的，在那儿待了10年。这增强了我对他的兴趣，而我却没有胆量主动和他说话。但是，我一点儿也不因害羞或胆怯感到难过。相反，我热衷于一切我所不知道的东西，我对一切都感到好奇，也是这个坏毛病妨碍了我认真地学习一些知识。

当他们说起人民时，我感到非常奇怪，觉得在这方面我与他们根本无法达成一致。他们认为：人民的身上体现着智慧、仁慈和美德，他们是庄严的群体，是高贵品质的发源地。然而，我却从来没有遇见过他们所说的那种人民。

我遇到的有木匠、搬运工、泥瓦匠，我还认识雅可夫、奥希普、格里戈里。但是他们所说的人民是作为一个整体的人民，他们把自己放在了比他们所说的人民低的位置，他们认为他们自己的意志依赖于人民的意志。然而，我觉得那些看起来非常美好的想法正是他们自己的思想，正是在他们身上才真正把仁慈、温和、自由等一些美好的品质融为一体的。

过去，在同我一起生活的人当中，我从未发现这样一种伟大的爱。如今，在他们所说的每一句话语中，每一个眼神中都包含了这种伟大的爱。

这些崇拜人民的话语就如同一场提神爽心的雨水落在我的心上。那些纯朴天真的文学在我的思想上给予了很大的帮助，大多是写一些关于农村生活的昏暗，是写农民如何受苦受难的。我认为除非对人类满含非常真挚的爱，才可以让人有力气去寻求生活的意义。自此之后，我不再仅为自己着想了，我也开始关心别人了。

捷里柯夫信任地向我解释道，他那杂货店所挣的钱，全用于救济那些抱有“人民的幸福高于一切”这种信条的人了。对此我深信不疑。他穿梭于这些人之间，仿佛自己就是一位真诚的服务于教堂事务的大主教似的。在这些读书人面前，捷里柯夫毫不掩饰自己欣喜的心情，他常常把手插在胸前，面带笑容，扯着他那光滑的胡须告诉我：“这不好吗？现在不是很好吗？”

兽医拉甫洛夫嗓音很怪，他的声音就如同鹅叫声，当他发表他那极端的论调来反对民粹派人士时，捷里柯夫就会惊恐地垂下眼睛小声说道：“真是个爱惹事的人。”

捷里柯夫与我对待民粹派的态度相似。然而，大学生们对他与我的态度也一样粗鲁、无礼，就像皇宫贵族对待他们的仆人，或对待那些跑堂的一样，捷里柯夫本人却没有意识到这些。

常常，当人们都走后，他就会邀请我留下来过夜。我们会先找一个比较合适的地方，把毛毯朝瓦片做成的地板上一铺，睡在上面。在圣像前面那盏昏暗的灯光的照射下，我们会低声一直谈论到深夜。他面带平静的喜悦，深信不疑地对我说：“将来我们可以培养出数以百计、数以千计类似他们的精英，并且他们将被安排到俄国的领导岗位上，到了那时，他们将会改变我们的生活，尽可能快地改变我们的生活。”

捷里柯夫比我大 10 多岁，我可以看出来，他喜欢那位长着一头红发的姑娘娜斯佳。在别人面前他有意表现得仿佛是根本不正眼看她，就连与她谈话时的语气也非常冷淡，而是以那种役使她的语气与她说话。但是他却经常以一种着迷的眼神注视着她，并且，当仅有他们两个在一块儿时，他就会以一种非常羞怯的语气与她说话，面带内疚的微笑，紧张地捋着胡子。

他的妹妹玛丽亚也经常在屋子的某个角落处观看大家的“口头战争”。她全神贯注地听着他们的辩论，眼睛瞪得大大的，而且那非常滑稽、天真烂漫的小脸很容易表现出生气的神色。当人们大声疾呼时，她就会快速并且大声呼吸着，仿佛突然被冰冷的水泼了一下。一个红头发的医学院学生经常待在她的身旁——那是一个严肃的好斗的年轻人，以一种神秘的语气和玛丽亚小声说话，还爱皱眉头，看起来格外有趣。

但是，秋天到了，我不可能继续过这种没有稳定工作的日子。我对我新近发现的一切都产生了浓厚的兴趣，钱赚得越来越少了，依靠别人施舍的面包生活，这种面包令人难以下咽。我该给自己找个地方糊口过冬了，我找到了一份工作，是在瓦西利·塞米诺夫的面包店干活。

第三章

我把那个时期的生活在我的短篇小说《老板》《柯诺娃洛夫》《二十六个和一个》中做了大致的描述，那是一段痛苦的时期，但是对我以后的生活却非常有益。

身体上遭受了痛苦不算什么，精神上的痛苦更让人刻骨铭心。

我走进那家面包店的地下室以后，就与过去那些时刻陪伴在我身旁的人之间竖起了一堵“忘却的墙”。如今，与他们见面，听他们谈论对我来说已变得非常重要。

他们中没有人来面包店看我，我由于天天要干 14 个小时的活儿，即使是周末也不能去拜访捷里柯夫。在节假日我要么睡大觉，要么与面包店里的同伴们一块儿消磨时间。

面包店里的一些人，起初把我视为开心果。然而另外一些人却对我怀有孩子气的敬佩之情，因为我会给他们讲一些动听的故事。只有那些魔鬼才明白，我到底给他们讲了什么！当然，我给他们讲的全都是可以最大限度地激发他们期盼心理的故事。他们对另一种有可能实现的生活——一种不太繁重、有意义的且有目标的生活，充满了期望。有时，我讲得非常成功，可以看出他们浮肿的脸上所表现出来的悲哀情绪，还可以看出他们眼神中流露出来的愤怒情绪，那时我就会欣喜若狂，我自豪地以为自己是在“人民中间工作”，在“启发”他们呢。

然而更多的时候，我发现自己是如此无能，知识是如此匮乏，甚至连生活中简单的问题都回答不了。那时，我就会觉得自己好像掉进了一个黑暗的深渊中，深渊中的人，像没有脚的蜥蜴一样摸索着朝前走。在那儿他们忘记了现实，要么整天进酒馆，要么去寻找妓女那冷淡的拥抱。

每到发工资那天，他们是必定要去妓院的，这已成了牢不可破的规律。在这快乐的一天到来前的一周内，他们就兴致勃勃地等待着这一天了。过了这一天之后，他们就会不知羞耻、兴高采烈地相互谈论着自己的经历，还会不知羞耻、夸大其词地说自己具有阳刚之气，以及他们是如何残忍地对待那些妓女的。一说起妓女，他们就会厌恶地吐唾沫。

然而，令我感到惊奇的是，在这一切的背后，我听到的、感觉到的却是痛苦和羞愧。我好像看到了“安慰屋”① 中的情景，在那儿 1 卢布就可以让一个妓女陪他们整整一个晚上；我仿佛看到了同伴们的那些笨拙的行径，以及他们那满是忏悔的神情。尽管丢人然而还可以谅解，但是其中有些人表现出的那份虚张声势的扬扬自得的神情，却让人感到恶心。很显然，这是他们故意装出来的。对于男女之间的那种事，我有高度的洞察力，我还没有体会过与女人接吻的味道，因此处在一个尴尬的位置，不管是妓女还是我的伙伴都嘲笑我。

很快，我的同事就不再邀我去“安慰屋”了，他们坦率地告诉我：“最好不要和我们一块儿去，老弟。”

“为什么呀？”

“因为有你在身旁时我们感到不舒服。”

我敏锐地抓住了这句话，认为其中一定有什么重大意义，然而我却搞不清楚它的意思。

“你这家伙，我们已经告诉过你了——不要来了！有你在身

---

① 安慰屋：妓院。

旁我们会感到不舒服的。”仅有阿尔及姆冷冷地笑着说，“你就如同一位牧师，又像一位真正的父亲。”

那些妓女们开始时还嘲笑我拘谨，后来她们就充满愤恨地说道：“你是不是觉得我们不配你呀？”

那位肥胖的、有魅力的、40 多岁的波兰“女孩”捷罗莎·布鲁塔，是这儿的“女管家”。她用像家狗一样机灵的目光看着我，对妓女们说：“不要再打扰他了，姑娘们。他准是有情人了，我说得没错吧？这么强壮的年轻人，一定是被他的情人缠住了，一定是的，不然还能有什么呢？”

她是个酒鬼，经常会不顾一切地拼命喝酒，醉酒时的神态令人厌恶。然而，当她醒过来以后她那沉着冷静的态度又令人惊叹不已，她按逻辑推理别人的行为动机时，那份沉着冷静也令我钦佩。

“最让人难以理解的就是神学院的那些大学生们，的确是这样的，是的，的确是。”她告诉我的同伴说，“他们是怎样对待姑娘们的：先把地板用肥皂打一遍，然后再把赤裸的姑娘们俯躺在 4 个瓷盘上。再从后面对她们用力一推，看她们到底可以在地板上滑行多远。一个接一个地这样做。你们说说，他们这样做是为什么呀？”

“你在撒谎。”我说道。

“噢，不，我没有说谎。”她大喊道，仍旧心平气和地说，然而平静中又含有一种令人感到压抑的意味。

“这纯粹是你们瞎编乱造的。”

“一个女孩子家怎么会编造这种事呢？你以为我是一个疯子吗？”她瞪着眼望着我。

人们对我们俩的争论非常感兴趣。捷罗莎一直平静地叙说着客人们那些离奇的行为，她想搞明白这一点：他们这样做到底是为了什么呢？

听众都厌恶地朝地上吐着口水，诅骂那些野蛮的大学生们。

但是我觉得捷罗莎是故意诋毁我所爱慕的大学生们的，因此我告诉他们说，大学生是爱戴人民的，并且他们一心想帮助人民。

“你所说的学生是来自伏斯克罗森卡亚街上的那所大学，而我所说的学生来自城外的阿尔斯克波尔神学院，他们都是教会里的人员，都是一些无家可归的孩子。那些无家可归的小孩长大成人后一定会成为劫贼、无赖、坏蛋的，由于他们是孤儿，所以他们无所顾忌。”

这位“女管家”平静的讲述以及女孩们对大学生、政府职员和那些所谓的“上层人士”的抱怨，除了激起我的同伴们的憎恨和反感外，还让他们产生一种近似高兴的心情。他们说：“就是说，那些受过教育的人比我们还坏呢。”

他们这样一说，我心里更加痛苦了。我开始明白了，这些昏暗的小房间，就是一个污秽的场所，这些人就如同城市中流出的污水聚集到这里。他们在这儿激情高涨地发泄一通后，又怀着满腹憎恶回到喀山的各个地方。

在这个所谓的“安慰屋”中，那些人因为受到了动物本能的驱使以及对生活的厌烦，从周围各个角落来到了这个龌龊的洞穴中。我亲眼看到他们荒谬地唱着动听的情歌，瞎编乱造一些“接受过教育”的人们的丑事，他们轻视、反对那些使他们感到难以理解的事物。这使我非常清楚地意识到这“安慰屋”也是一所大学，我的伙伴们在这所学校里学到了很多有毒的东西。

我看着那些“快乐的姑娘们”拖着脚步懒洋洋地在污秽的地板上走来走去，在手风琴那悲哀的乐音和一架仿佛要塌下来的钢琴的颤音中，扭动着她们那柔柔的细腰。看着眼前的情景，我的内心情不自禁地升起了丝丝茫然的惆怅，我身边的一切都令人厌烦，我那深受毒害的灵魂在有气无力地告诫自己快点儿离开这里。

在面包店里，当我一讲到大学生们是全心全意地为人民寻找自由和幸福时，我就可以听到这样的答复：“啊，然而女孩们所说的与你说的不一样。”

接着他们就会残忍地、生气地以一种玩世不恭的态度嘲笑我，然而我也是一个难以对付的、非常自负的傻小伙子。我感到自己的智慧够用，也有勇气，而且要比那些体积大的动物聪明、勇敢，因此我感到义愤填膺。我开始意识到，思考生活并不比生活本身容易。有时候，我非常憎恨同伴们身上的那固执的奴性。他们有着病态的忍耐力，我不明白他们怎么会愿意承受酒鬼老板的侮辱，那种逆来顺受和永无止境的忍耐令我感到恼火。

然而，在那段难熬的时期，我接触了一种新思想，尽管它与我的本性是背道而驰的，然而它依旧可以在我的内心深处打动我。

在一个风雪交加的夜晚，狂风怒吼，仿佛要把天空撕碎似的，大地上白雪皑皑，好像世界末日就要到来，太阳再也不会升起来了。这恰好是忏悔节的夜晚，我走在回面包店的路上，刚从捷里柯夫那儿回来。刺骨的寒风吹打在我的脸上，我闭着眼睛朝前走，眼前是一片灰蒙蒙的、混浊的世界，突然我被什么东西绊了一下，摔倒了。

有一个人躺在雪地里，横躺在右边的人行道上。我站起来后，我们两个就开始对骂起来，我说俄语，他说法语：“噢，活见鬼了！”我感到非常好奇，于是就把他拉起来，扶着他让他站稳。他个子矮小，又不太重，然而他却一把甩开我的胳膊，愤怒地大吼道：“我的帽子，活见鬼了。快把我的帽子还给我，我快要结冰了。”

我在雪地里找到了他的帽子，又把粘在帽子上面的雪甩掉。朝他那宛如钢毛一样的头发上一戴，但是他却一把把帽子取下来，挥舞着帽子，用俄、法两种语言大声诅咒我：“滚开。”

突然他飞奔而去，瞬间就被飘舞在天空中的漫天大雪吞没了。但是，过了一会儿我又看到了他，他正站在熄灭了的路灯下，环抱着那个木制电线杆，口中还不停地念叨："琳娜，我不行了……噢，琳娜……"很显然，他喝醉了。如果我把他丢在大街上，他很可能会被冻死，于是我就问他住在哪儿。

"这条街是什么街啊？"他哭喊道，"我不知道该走哪条路了。"

我搂着他的腰，领着他朝前走，不停地问他住在哪儿。

"在布莱克街。"他喃喃自语道，还不停地打着寒战，"在布莱克街……那儿有好几家浴池……有座房子……"

他东倒西歪、蹒跚地朝前走着，以至于我走路时也非常困难。我听见他的牙齿在不停地打战："如果你知道……"他推着我喃喃自语道。

"我不明白你所说的话。"

他站住了，抬起一只手，吐字清晰，仿佛还有点儿自豪地说道："如果你知道，我想把你带到什么地方去……"他把手指含在口中，身体左右摇摆不定，几乎就要栽倒了。我拖起他，把他放在了我的背上，当我背着他走时，他的下颌顶在我的脑袋上不住地抱怨道："如果你知道……但是我快要冻僵了。噢，上帝呀！"

我们到达布莱克街后，我不得不让他指一下自己住在哪儿。最后，我们磕磕绊绊地来到了他的住处，是一座快被雪花掩盖住的房屋。他摸索着来到了房门口，轻轻地敲了一下门，小声对我说："嘘，请安静！"门开了，一位身穿红色长袍的女人出现在我们面前，她手中举着一支蜡烛，无声无息地把我们领进屋去，然后她默默地走到一边儿去了。半晌，不知道她从什么地方拿出了一副长柄望远镜，对我从头到脚彻底检查了一遍。

我告诉她，那个男人的双手好像已经冻僵了，必须尽快把他的衣服脱下来，让他上床休息。

"是吗？"她问道，嗓音中具有青年人清脆的音调。

"必须把他的双手泡在冷水中。"

她默默地用那架长柄望远镜指着角落处的画架，画架上面是一幅山水画，画面上有一条小河和一些树木，别的什么也没有了。我迷惑不解地走上前去，望着那个女人的脸，那是一张平静得出奇的脸。她又从我身旁走开了，走到另一个角落，那儿有一张桌子，上面是一盏点亮的灯，罩着一个粉红色的灯罩。她就在那儿坐了下来，从桌子上拿起一张“红桃 J”扑克牌，仔细地观察起来。

“您这儿有伏特加酒吗？”我大声问道，但她没有回答我的问话，而是忙于把扑克牌摊在桌子上。那个男人坐在一张椅子上，头垂在胸前，通红的双手无力地耷拉着。我把他抱起来放在沙发上，让他平躺着开始给他脱衣裳。我不知道发生了什么事，我感觉好像做了一场梦，沙发后面的墙上挂满了照片，在那些照片中间一个有白丝带的金色花圈发出黯淡的光，丝带的末端清晰地写着几个字：献给无与伦比的吉尔塔。

“小心点儿，活见鬼。”当我给他揉手时，那个男人呻吟道。

那个女人还在摆弄扑克牌，全神贯注、悄无声息地玩着扑克牌。她的鼻子尖尖的，如同鸟嘴一样尖，眼睛也非常大。就在这时，她抬起手，那是一双少女般的手，梳理着她那柔顺的灰色头发，看上去似乎是一头轻盈的假发。她声音很低，但却清晰地问道：“你见到米莎了吗，乔治？”

那个叫乔治的男人迅速地站了起来，一把把我推开，心神不宁地回答道：“哎呀，但是，你不是知道他已经去基辅了吗？”

“是的，他到基辅去了。”这个女人回答道，她的目光一直固定在扑克牌上。我注意到，她说话非常简明，非常冷淡。

“他很快就会回来的。”

“是吗？”

“噢，是的！很快就会回来的。”

“是吗？”这个女人重复道。

乔治差不多是半裸着身子从沙发上跳了下来，连忙跪在了女人的脚前，用法语给她说了一些话。

“我非常平静。”她用俄语回答道。

“你明白吗？我迷路了，在这样一个风雪交加的日子里，我迷路了，我还以为我会被冻死呢。”乔治慌慌张张地告诉她，又用手抚摸着她那双顺从地放在膝盖上的手。

乔治大约40岁，他那红润的脸庞上流露出了一种担忧、害怕的神情，浓密的胡须下长着厚厚的嘴唇。他使劲搓着他那圆圆的脑袋上的灰白色毛发，此时他吐字已经非常清晰了。

“明天我们就到基辅去。”那个女人说道，这句话可能是个问句，也有可能是宣布已经下定决心。

“行！明天去。那你现在必须去休息了，你为什么不上床睡觉呢？已经很晚了。”

“米莎今天晚上不来这儿吗？”

“噢，不，不来了！今晚有暴风雪……来，现在你必须去休息了。”他端着桌子上的那盏灯，把那个女人领到了书柜后面的门里去。我独自一人在外屋逗留了很长时间，头脑一片空白，心不在焉地听着从隔壁房间里传出来的乔治那嘶哑的声音。肆虐的暴风雪不停地敲打着窗户，地板上一小摊融化的雪水羞怯地反射出烛光。这间屋子因为放了太多的家具，显得拥挤不堪。一股奇特的、热乎乎的气息遍及整个房间，使人感到睡意蒙眬。

最后，乔治终于出来了，手中的那盏灯摇摆不定，灯罩不停地碰撞着灯泡。

“她已经上床休息了。”

他把灯又放到了桌子上，站在房屋中间，仿佛陷入了沉思，开始说话，但却不抬眼看我：“唔，该说些什么呢？我认为，今天晚上要是没有遇到你的话，说不定我已经冻死了，多谢了！那……你是谁呢？”

他站在那儿歪着头，听着隔壁房间里发出的微弱的沙沙声，全身不住地发抖。

“她是不是您的太太?”我低声问道。

“是的，我的太太，我的全部，也是我的生命。”这个男人慢慢地、平静地说道，眼盯着地板，还不停地用手搓着自己的头。

“我们喝点儿茶吧，嗯?”

他心不在焉地朝门口走去，但是又停下来了。他想起来了，家里的女仆因病而被送进了医院。

我说我可以去烧茶，他点头表示同意，并且忘记了，很显然忘记了，自己还半裸着身子。他赤着脚走在潮湿的地板上，领着我来到了一间小厨房里。在那儿，他把背靠在火炉上说道：“如果不是遇到了你，说不定我现在已经死了。多谢!”

突然间，他全身颤抖了一下，瞪着他那双可怕的双眼，盯着我。

“要是我死了，她该怎么办呢? 仁慈的上帝!”

他的眼睛望着那黑乎乎的门洞，快速地低声说道：“她的身体不好，你都看到了。她曾经有一个儿子，是一位音乐家，住在莫斯科……后来他自杀了。但是她却一直认为他会回来，差不多已经快两年了。”后来，我们在一块儿喝茶时，他断断续续地说了很多离奇的话。

这个女人是一位乡村贵妇人。当时他是一位教历史课的老师，还给她的儿子做家庭教师。后来他们俩就坠入了爱河，为了他，女人离开了丈夫。她的丈夫是一位德国男爵，她在歌剧院工作，尽管她丈夫利用他手中的权力做了所有可以迫害她的事情，然而却没有吓倒她，他们一直愉快地生活在一起。

当他给我说这些话的时候，两眼呆滞地盯着厨房里的某个阴影处污秽的东西，眼睛眯成了一条线。火炉一旁的地板已经烂了，他喝着热茶，烫得他皱起了眉头，脸上也表现出了痛苦的神情。

突然，他惊慌地眨着他那圆圆的双眼，“那——你是谁呢?”他再次问道。“噢，是的，一位面包店的工人。真是稀奇，你好像不适合做那样的工作，到底是为什么呢?”

他的话语中流露出不安，以受过折磨的那种疑惑的目光看着我。于是，我简要地给他说了一下我的情况。

“原来是这样的呀。”他小声惊呼道，“噢，原来是这样的呀。”然后，他又突然活跃起来，问道：“那个童话故事——丑小鸭的故事，我想你一定知道吧?”

他的脸都变了样，话语中充满了愤怒，以一种极不自然的嘶哑的声音尖叫道：“这个故事真吸引人，我在你这个年龄时，也曾这样想过——说不定，我也可能成为一只白天鹅呢！咳，现在……我应当进神学院，然而我却上了大学。我爸爸……他是一位牧师……所以就不认我了。那时，我在巴黎上学，研究的是关于人类悲惨命运的历史——进化史，我也写过一些文章。是的，噢，是那样的……”他猛地站了起来，又坐在那儿仔细地听了一会儿内室有没有动静，然后又继续说道：“进化……是人们自己创造的，是为了愚弄他们自己的，生活本身是没有意义、不符合逻辑的，没有奴隶制度就不会有进化。要是不存在一小部分的统治者，那么社会将会停滞不前。当我们想使生活变得舒适，想减少劳动量时，我们会把生活弄得更加复杂，劳动也会变得更加繁重。许多工厂和机器制造出更多的工厂和机器——这是多么蠢笨的行为啊！越来越多的人成了工人，农民也就越来越少了。而全社会真正需要的是农民，谷物的耕种者。食物——那是我们唯一需要通过手工劳动从大自然中获取的东西。人们需要的东西越少，就会越快乐；愿望越多，自由就会越少。”

或许这不是乔治当时所说的原话，然而他所表达的意思是如此令人吃惊，他这种思想我还是第一次听说，它们是如此尖锐，如此露骨。他又兴奋地怪叫一声，目光焦虑不安地朝那扇敞开着的通往内室的门望了一眼，然后又悄无声息地听了一会儿里面的动静，继续以一种几乎狂怒的声音低声说道：“把这些话记在你的脑子里吧——谁的需求都不会太多，我们需要的不多：一块面包和一个女人就行了……”当说起女人时，他用一种神秘的语气，用我闻所未闻的话语和诗句谈了起来，突然间，他似乎很像小偷贝什金。

“贝尔雅德、非亚米塔、劳拉、妮依。”他小声嘀咕道——这些人的名字我都不熟悉。他对我说了许多关于国王和诗人们迷恋爱情的故事，还吟唱了几首法国诗歌，在吟唱的过程中还挥舞着他那瘦弱的、赤裸的手臂打拍子。

“爱情和饥饿在世界上占统治地位。”他说出了这个炽热的语言。我知道这句话，它出现在一本名为《饥饿王》的革命小册子的标题下，就是这个事实，使我觉得它更有分量，更有意义。

“人类寻求忘却和安慰——不是知识。”这个最终的结论使我感到震撼。

早上我离开他家厨房的时候，墙上的小钟显示的是6点多一点。我在昏暗的风雪天气中使劲地向前走着，周围暴风哀号着，这个受尽折磨的人那愤怒尖锐的声音仍在我的耳边响起。我觉得他的话是一剂药，这剂药不能下咽，卡在喉咙里，让我感到窒息。我不想回到面包店，也不想遇到任何人，就在鞑靼区的街道上闲逛着，一直到黎明时分。这时已经有人在街道上行走了，透过飘落的飞雪已经可以看到那些市民的身影了。

我再没有遇到过这位历史老师乔治，也不希望再遇到他。在那以后我多次听到这样的观点，持有这种观点的人在各行各业都有，有四处游荡的文盲，有无家可归的游浪者，有托尔斯泰的崇拜者，还有其他受过高等教育的男人和女人。我也从教堂教职人员、造炸药的化学家、主张新生力论的生物学家和很多其他的人那里听到过这样的言论。后来，这些言论对我的影响，已不像第一次听到时使我感到震惊了。

大约在一两年前——在我与那位历史老师谈话 30 多年后，我非常惊奇地从一个工人（我的老相识）那里听到了同样的想法，而且表达用语也几乎是一样的。

我与这个老工人坦诚地谈着话，这是一个政治老油条，这是他自讽的说法。他坦率地对我说过，这种坦率我相信只有俄国人拥有，他说："阿廖沙，亲爱的朋友，研究院、飞机、科学这些东西对我有什么用呢？一个僻静的角落和一个女人是我所需要的，我高兴的时候能够吻她，她的身心属于我，这样我就感到很满足了。您是知识分子的思维，与我们这类人不一样，您已经中毒了。您把理论、思想看得比人还要重要，您与犹太人有同样的想法——人活着是为了礼拜六，对吧？"

"犹太人不是这样的。"

"只有鬼才知道他们是怎样想的，他们这个民族令人费解。"他把烟头猛地扔到河里，再静静地看着它沉到水里。

这个秋天的夜晚月光皎洁，我和老工人一起坐在涅瓦河边的花岗岩长椅上。我们两人都竭力想做点什么有意义的事，但却没有什么结果。另外我们也劳累了一整天，现在已经心力交瘁了。

"你和我们在一起，但你不是我们的人——我要说的就是这个。"他继续思考着平静地说："知识分子们——他们喜欢找麻烦。从古时候，他们就喜欢聚在一起去暴乱，像耶稣，这个空想主义者，为了另一个世界的好处进行反叛。同样的道理，这些知识分子为了乌托邦而反叛。只要有一个空想家鼓动闹事，那些废物、坏蛋、恶棍就会跟随他，因为他们看到生活中没有他们的位置。工人为了革命而造反，他们需要的是合理分配劳动工具和财富，但当他们得到所有的权力后，你想他们能建立一个国家吗？不可能。因为到那时他们会各走各的路，他们每个人都想给自己找个安静的角落……"

“您说机器、科技吗？但它只会拉紧我们脖子上的套索，只能加强对我们的控制。我们不需要机器，我们需要摆脱那些不必要的劳动，一个人需要的是安静，但工厂和科学不让人安静。一个人的要求并不是很多，当我们每个人的需求只是一间小小的屋子时，为什么还要去建造一座城市呢？当人们都住在一起，你会发现那里有大量的自来水管、下水道和供电设备。如果人们抛弃了这些东西，生活会变得多么轻松啊！我们有大量并不需要的东西，它们都是知识分子们弄出来的，那就是我说知识分子喜欢找麻烦的原因。”

我想地球上没有其他人能这样彻底地、毫不犹豫地否定生活的意义，像我们俄国人这样。

“所有人中，俄国人的精神是最自由的。”老工人轻轻地笑了笑，又说道，“只是请你不要生气，我的论断是正确的。我这种想法成百上万的人都有，只是他们不能把这种想法用语言表达出来……生活应过得简单一些，那样才能使我们更舒服。”

老工人从来就没有信仰过托尔斯泰，他也不曾有无政府主义的倾向，对他的思想发展过程我是比较了解的。

和他谈过之后，我禁不住想：如果他说的是真的话，即成千上万的俄国人，男人和女人因承受痛苦和压力进行革命，仅仅是为了减轻劳动，那会是怎么样呢？以最少的劳动，取得最大的享乐：这是个很诱人的想法。它像各种不可能实现的美妙幻想，就像乌托邦一样。

我记起了易卜生的一首诗——《保守派》：

你说我现在变成了保守派。
我还是原来的我，一生也不会改变。
我不愿把棋子一个个地摆弄，
我要推翻整个棋盘。

我只记得一次革命，
它是最聪明的革命，
它能把一切毁灭。
当然，那就是世纪初那场洪水，
但甚至魔鬼也被骗了，
因为诺亚成了独裁者。
所以让我们再努力吧，激进的朋友们，
去干吧，我会帮助你的。
您把肆虐世界的另一场洪水带来吧，
我很乐意引爆方舟下的水雷。

第四章

捷里柯夫的店铺所带来的收入少得可怜，需要金钱帮助的人数却不断地增加。

“我们必须想些办法。”捷里柯夫说，他很茫然地捻弄着他的胡须，带着歉意的微笑，长叹了一声。

在我看来，捷里柯夫认为自己应该毫不利己地帮助别人，他像是心甘情愿地为别人做苦工，但有时他也觉得太累了。

我曾不止一次地用各种方式问他：“您为什么要这样做?”

很显然，捷里柯夫没有理解我的意思，他大谈人民生活的苦难以及让他们受教育的必要性，他的话很令人费解。

“人们需要知识吗？他们正在寻求的是知识吗?”

“当然了，还有其他吗？你也想要知识，对吗?”

是的，我需要知识，这时我又想起了乔治的话：“人类追求忘却和安慰——不是知识。”

这种思想很尖锐，它对 17 岁的青年有害无益。如果经常听到这样的话，心态会被影响，青年人不会从中受益。

我开始想，无论在什么地方，总有同一种情况：人们喜欢有趣的故事，是因为它们可以让人们忘记自己不幸的、但已习惯了的生活。一个故事的离奇性越强，人们越容易接受它，那些包含了大量离奇情节的书籍被看成是最好的书。我像是在浓雾中摸索前进，观察着人们的思想和行为。

捷里柯夫决定开一个面包店，记得当时用最精确的方法计算出这番事业可以用 1 卢布获利不少于 35 戈比。我做了面包师助手，作为“自己人”，照看着面包店里的一切，不让工人偷面粉、偷鸡蛋、偷黄油和已经做好了的商品。

于是，我从那个又大又脏的地下室搬到了一个又小又干净的地下室。还有了一个新职责，就是保持店里卫生。原来在一起工作的有 40 个人，现在和我在一起的只有面包师布托宁，他两鬓灰白，脸又瘦又黄，还长着尖尖的小胡子，眼睛很黑，看起来善于思考，他的小嘴巴很特别，像鲈鱼的嘴，嘴唇厚厚的，总是紧闭着，好像要和人接吻。从他眼睛的深处，透出一种嘲弄人的神情。

当然他也偷东西，我们在面包店工作的第一个晚上，他把 10 个鸡蛋、3 磅面包、一大块黄油放到了一边准备拿走。

“这些是干什么用的？”

“噢，这是留给一个小姑娘的。”布托宁很友好地回答道，皱了皱眉头又说，“这个小姑娘很好。”

我努力使他信服，偷窃是犯罪。但我的口才不好，也许是我对自己所想证明的理论不够坚信，无论怎么说，对他都没有产生任何影响。

布托宁躺在放面团的柜子上，看着窗外的星星，怪声怪气地小声说道：“教训我？这是他第一次见到我，居然就教训我，我的岁数是他岁数的 3 倍，这太滑稽了。”

他不再看星星了，问道：“你在哪儿工作过？好像我在什么地方见过你，是在塞米诺夫家，你说是不是？或者是在闹暴动的那家？噢，要不然，我是在梦中见到过你。”

几天后我发现这个布托宁特别能睡，他在任何时间、任何地点都能睡着，甚至手执铲子站在炉前烤面包的时候也能入睡。在睡着的时候，他的眉毛向上扬起，脸上也发生了变化，露出一种含有讽刺意味的表情。在平时，他最喜欢谈论的话题是关于埋葬起来的财宝和梦的故事。

他很自信地宣称："我从头到尾看穿了这个世界，它像一个里面装满财富的大馅饼，成罐的钱、成箱的东西藏得到处都是。我不时地还梦到过一些我所知道的地方，有一次我梦到了一个浴池，有一箱子的银盘埋在浴池的角落里。于是我醒来之后，直接跑到那儿，虽然是在夜里，但我仍然开始挖了起来，挖了一尺半，你猜猜我挖出来了什么，我挖出了煤渣和狗的头骨。正在这时，突然，'砰'的一声，一个窗户破了，紧接着一个蠢女人扯着嗓子大叫道：'有贼，抓贼呀。'当然我跑了，否则我就会挨揍，这太可笑了。"

我经常听到布托宁说"这太可笑了"，但他并不笑，只是皱皱前额，耸耸鼻子，眯着的眼睛稍微有些笑意。

他的梦里没有什么稀奇的东西，它们和现实一样乏味和暗淡。我不理解，他怎么能从描述他的梦中获得如此大的乐趣，但同时，他对周围的生活从来不愿意谈。

有一个富裕茶商的女儿，由于对违背自己意愿的婚姻不满，在婚礼举行完之后，就开枪自杀了，这件事轰动了整个城市。许多青年，大概有几千人加入了为她送葬的行列。大学生们在她坟前发表演讲，最后警察把他们驱散了。这时我们面包店隔壁的房间里，大家都在为此事争论不休，这个大房间里挤满了激动的大学生，各种愤怒的声音，锋利的言语，不时地传到我们的地下室里。

"这个姑娘是对她管教不够，打得太少了。"布托宁对此事发表了评论，随之他的话题又转到了梦境上："我梦见我在池子里捉鲫鱼，突然一个警察大喊'站住，你有什么权力？'我无处可逃，于是我就跳入水中，随后我就惊醒了……"

不过，虽然现实生活不在他的注意范围之内，但不久他也看到了我们的小店里有一些不同寻常的地方。面包店里的顾客由两个女孩接待，但这两个女孩干不好这种工作。她们都爱读书，一个是老板的妹妹玛丽亚；另一个是玛丽亚的朋友，个子很高，脸蛋红红的，一双眼睛显得很温柔。学生们每天都来这里，他们到店铺后面的房间里能待上几个小时，有时大声地说着，有时窃窃私语。店老板很少出现，而我这个帮手却好像成了店铺的管理者。

“你与老板带些亲戚关系吗?”布托宁问我，“或者他想让你——也许是这样——做他的妹夫。不是？真是太好笑了，那些大学生老在这儿乱转着干什么？为了看年轻的姑娘？……嗯，可能如此，但那两个姑娘没有什么可看的。依我看，这些大学生到这里是为了吃面包，而不是看姑娘。”

几乎每天早上五六点钟的时候，就有一个女孩出现在面包店的窗口前。她的腿很短，身体像是由一些小半球构成的，看上去像一个装满西瓜的袋子。她光着脚来到地下室的窗子前，边打着呵欠边喊道：“瓦西尼亚。”

浅黄色的鬈发，从她的头巾周围露了出来，像一个个小圆环披散在她那圆鼓鼓、红通通的脸上和低矮的前额上，刺得她蒙眬的双眼更加睁不开。她懒洋洋地把那些头发向后理了理，手很小，手指张开着，看上去很滑稽，像婴儿的小手一样。我时常想：面对这样的一个女孩该说些什么？我把布托宁叫醒后，他会问道：“来了?”

“你这不瞧见了吗?”

“你觉睡得好吗?”

“为什么我睡不好呢?”

“你梦见了什么?”

“忘了。”

这时，整个城镇还在寂静之中。但也不完全寂静，不时传来清洁工清扫地面的声音，麻雀也醒来了，叽叽喳喳叫个不停，温柔暖和的阳光也照到了地下室的窗子上，我喜欢清晨这段宁静的时光。布托宁把胳膊从窗口伸出去，摸着女孩的双腿，女孩没有什么反应，让他摸着，她脸上没有笑容，眨着两只绵羊般温顺的眼睛。

“阿廖沙，把甜饼拿出来，时间到了。”

我把铁篦子从炉里抽了出来，面包师抓起10多个小甜饼、圆面包和白面包，把它们扔到了女孩的裙子里。她把一个滚烫的甜饼在两手间不停地交换着，然后小心翼翼地咬住甜饼，甜饼烫了她的嘴，她边吃边哼哼。

布托宁色迷迷地盯着她说：“把你的裙子放下来，你这个不知害臊的丫头。”

等那个女孩走后，他对我吹嘘起来：“多像只小羊羔，头发卷曲着。你看见了吗？老弟，我很注意那种事，我从不和妇女们混在一起，只和小女孩们在一起。她是我的第13个女孩了，她是尼基弗勒奇的干闺女。”

我静静地听他炫耀着，心里自问道：“我呢？我也应该那样活吗？”

当论磅卖的白面包已蒸好，我就拿了10个或者是12个放在一个长木板上，匆匆地把它们送到捷里柯夫的杂货铺。送完之后，我又找了个能装两普特重东西的篮子，在里面装满了白面包和奶油面包，然后把它们送到神学院去，这是给大学生们的早点。我站在学院餐厅的门口，给大学生们提供面包，然后“记账”或收“现金”。在那里，我可以听到他们关于托尔斯泰的全部争论。这里有一个教授，名字叫古色夫，他坚决反对列夫·托尔斯泰和他的思想。有时候，我在面包下放几本书，秘密地送到某一个大学生的手中，有时候，他们迅速地把书或纸条塞到我的篮子里。

我每星期都有一次需要带着面包到很远的地方去，到一个疯人院里。在那里，精神病学家别赫捷列夫会授课并开展实例教学。一天，他让学生们看一个夸大狂，那个病人到了教室的门口，他个子瘦高，穿着白色的病人服装，头上戴着高高的帽子，这时我禁不住笑了一下。他向大厅里走去，经过我身旁的时候停了一会儿，盯着我的脸，我急忙向后躲去，他那犀利的目光好像刺到了我的心上。当别赫捷列夫捋着胡子进行授课，郑重地与病人进行交谈的时候，我一直把手盖在自己的脸上，好像被热灰烫痛了一样。

病人用低沉的语调说话，他好像一直想从别赫捷列夫那里索取什么东西。他从白色病号服里，伸出了那瘦长的手，态度很专横，手指瘦长。在我看来，他的整个身体都在不自然地延伸，显得越来越长。我也感到他那黑黝黝的手在屋间里张开了，好像要伸过来掐住我的脖子似的。他瘦骨嶙峋，眼窝深陷的脸上，一双黑眼睛恐怖而又威严地放出光芒。

大约有二十几个学生看着这个戴着怪帽的疯子，有少数几个笑了，但大多数静静地坐着，感到有些悲哀。他们的目光太普通了，不可能与疯子炙热的目光相比。疯子的恐怖能深入我们的心里，他身上有一种傲气——这是千真万确的。

大学生们都静悄悄的，只有别赫捷列夫那清晰明朗的声音在教室里回响着。他所提的每一个问题，疯子都要用他那低沉的声音严厉地呵斥一下。这声音好像是来自地下，来自毫无生气的白墙里面，疯子的行为舒缓、庄重而威严，就像一个大主教。

那天晚上，我写了一首诗描写这个疯子，称他为“万王之首，上帝的朋友和顾问”，在很长的一段时间里，疯子的形象不断地出现在我的脑海中，使我坐卧不安。

从晚上 6 点一直到第二天的中午，我都很忙，到下午我才能睡觉，因此我几乎没有时间看书。在工作的空隙中，我可以找点时间读书，也就是在一团面已经揉好，另一团还没发酵好，而炉子里还在烘烤着面包的时候。当我差不多学会怎样干这活之后，布托宁的活儿就越干越少了，他把一切都推到我的身上，亲切而惊奇地教导我：“你很有才能，一两年过后，就是个优秀的面包师了。这也太好笑了，像你这样的年轻人，谁会尊重你，谁会看重你？”

布托宁对我酷爱读书十分不赞成：“不要读了，去睡会儿觉吧。”他会这样关切地劝我，但他从不问我在书中读到了什么。

他的整个心灵都被梦境占据了，他梦到过埋藏着的财宝，迷恋着那个短腿的圆球似的姑娘。那个姑娘夜间经常过来，他会把她带到堆放面粉的门洞里。如果天冷，他会皱皱前额，对我说道：“出去一下，半小时后再回来。”

我出去后，想到他们的恋爱方式与书本上描写的有很大的差异……

老板的妹妹玛丽亚住在面包店后面的小房里。我总是按时给她烧茶，但努力避免与她碰面，因为她会使我不安。她孩子般的目光总会盯着我，那目光使我无法忍受，像我第一次见到她时那样，我觉得她的眼神中藏有笑容，好像在嘲笑我。

由于我的力气大，使我显得很笨拙。见我能搬动 5 普特重的面粉，布托宁就会同情地说：“你的劲很大，能够顶得上 3 个人，只是你很笨拙，就像一头公牛，尽管你又瘦又高。”

此时，我已读完了很多书。我喜欢诗，也开始写一些诗，但说话时，我经常用方言而不是书面语。比如仍用“我自个儿”这样的话。听起来又笨又粗鲁，但在我看来，只有方言才能准确地表达我纷乱的思想。我时常故意显得很粗鲁，目的是为了抗议一些事——抗议一些我也说不清楚但又无法容忍的事。

我的一位老师，是数学系的一个大学生，曾经这样责备我：“你说话的方式只有魔鬼才能理解，那不是话，而是秤砣。”

其实，我也不满意自己，大概十五六岁的少年都是这样的吧。我觉得自己很荒唐、很粗鄙，脸上的颧骨突出，就像卡尔美克人，我没法控制自己不讲方言。

与我形成鲜明对比的是，玛丽亚的动作很敏捷、很优美，像一只轻盈的燕子。在我眼里，她轻巧的动作与圆胖的身材很不相称。从举止和步态上，可以看出一点虚假的矫揉造作的味道。玛丽亚的声音很美，很爱笑，但当听到她那清脆的笑声时，我就会想，她是在努力让我忘掉第一次见到她时那种病态。我想忘记它，但是那些不一般的事物都会给我留下深刻的印象，我非常想知道和认识也许发生了或确实已经发生了的不一般的事件。

有时她问道："您正在读什么呢?"

我简短地回答了，但我有一种冲动想反问她："我读什么书与你有何关系?"

一天晚上，布托宁又和心上人约会，他用陶醉兴奋的语气说："出去一会儿，好吧？为什么不找玛丽亚玩呢？不要让机会跑了，大学生……"

我告诉他如果再这样乱说的话，我会用一个秤砣把他的脑袋砸碎。说完我到了面粉房的门口，布托宁的声音从关得不太严实的门缝里传了出来："为什么我要生他的气呢？他一天到晚只知道拿着书本，像个疯子似的打发着时间。"

老鼠在门口蹿上蹿下，吱吱地叫着，那个女孩在面包店里呻吟着、咕哝着。我跑到了院子里，天空中正慢慢地、无声无息地飘着细雨，但空气不新鲜，充满了焦味，大概是哪个地方的森林失火了吧。

已是后半夜了，对着面包店的那座房子的窗户还开着，从几个灯光暗淡的房间里飘出了歌声：

年老的圣秆瓦拉米
带着金色的光环
俯身笑着向下望
看到她们很高兴

我试图想象玛丽亚躺在我的膝盖上，就像布托宁的心上人躺在他的膝盖上一样。但我又感到这是不可能的，这种想法是很可怕的。

从黄昏到黎明
他既唱歌又喝酒
而且他——哎呀呀
连那种事也干了

他们还特别突出了这个耐人寻味的“哎呀呀”，听起来具有挑衅性。我双手按在膝上，向前屈身望着一个窗口，透过镂空花边的窗帘我看见了一间正方形的地下室。地下室的墙壁是灰白色的，屋里有一盏小灯在天蓝色灯罩下面燃烧着，在灯下，一个女孩在窗子前坐着写信。这时她抬起头，用红笔杆把垂在额角的头发推到后面，眼睛眯着，脸上带着笑容。她不慌不忙地把信叠好后，装进信封里，又舔了舔信封的边缘，把它密封好。然后，她把信扔到了桌子上，用食指指着信封做了个威吓的动作。她的食指比我的小拇指还要小，但她又把信件拿了起来，皱着眉头撕开了信封，把信从头到尾又读了一遍，然后又装进了另一个信封。她俯身到桌子上，把地址写到上面。之后，她在空中像挥动休战旗一样挥动着信封，想让信封快点干。

那女孩旋转着身体，轻拍着手掌，走出了我的视线，向房间角落的床走去。当我再次看到她的时候，她已经脱去了宽松的外衣，肩膀圆润丰满。她从桌上端起了灯，又隐没到角落里了。当你观察一个人独处时的行为，你会感到他是个疯子。我在院子里来回走动的时候，我想：这个女孩一个人待在小房间里的时候，她的生活可真奇怪。

我说的这个姑娘就是玛丽亚。当那个长着暗黄色头发的大学生来找她，并坐下来与她低声说话的时候，她缩着身子，看上去比平日小了许多。她用眼睛羞怯地望着大学生，并把手藏到身后或者桌子下面。我讨厌他，那个暗黄色头发的大学生，很讨厌他……

那矮脚女孩裹着头巾蹒跚地走出来了，她对我低声说道："你进去吧。"

布托宁从柜子里往外掏面团的时候，向我夸耀他的心上人很会安慰人，使人感到轻松。我站在那儿想："这样下去，我会发生什么事呢？"

我觉得，在附近的某个地方的角落里，有不幸的事在随时等着我。

面包店的生意很好，捷里柯夫甚至想找一个更大的面包作坊，他也决定再雇一个帮手。这是个好消息，现在我的负担太重了，每天累得动也不想动。"在新作坊，你会成为高级助手的。"面包师对我许诺说，"我告诉他们，把你的工资升到每月 10 卢布，这才对。"

我很了解为什么他想让我当高级助手，他不喜欢干活儿，而我总是很自觉地干。疲倦对我是有好处的，它减少我精神上的不安，抑制我的情欲，但使我不可能再读书了。

"把这些书扔掉是一件好事。"布托宁说，"它们可以作为老鼠的食物，你没有做过梦吗？当然你做过，但你的嘴巴闭得很紧。这太可笑了，把梦说出来没有什么害处，不会伤害任何人。"

他总是很友好，好像对我有真诚的敬意。也许他怕我是老板的耳目，不过这并不妨碍他偷店里的货物。

我的外祖母去世了，当我收到信时，她已经下葬 7 个星期了。信是我的一个表兄寄来的，信很简短，甚至没有标点符号。信中提道：外祖母乞讨的时候，从教堂的台阶上跌了下来，把一条腿摔断了。8 天后，由于生坏疽，她死了。后来我才知道，我的表兄、表弟、表姐及她的孩子，在外祖母生病的时候，居然不知道去请个医生，而他们正是依靠外祖母乞讨而生活的。

我的表兄弟写道：

> 我们把她葬在彼得列巴甫洛夫斯克坟地。所有的亲属都参加了葬礼，乞丐们也来参加了葬礼，因为乞丐们都爱她，并且乞丐们都哭了。外祖父把送葬的人全都驱走了，只有他自己留在那儿，哭得几乎就要死了。

我没有哭，只觉得有一阵刺骨的寒风吹到我的身上。那天夜里我坐在院子里的木柴堆上，很想找些人和他们谈谈我的外祖母，告诉他们外祖母有多善良、多贤明，她是所有人的母亲。这个沉重的愿望我怀揣了很长时间，但我一直没有找到合适的人谈论这事，就这样永远埋藏在我的心底。

许多年过去了，当我读到契诃夫描写一个马车夫的短篇小说时，我又回想起那些痛苦的日子。小说中写道，马车夫向他的马讲述他儿子的死。我感到自己更可悲，没有一匹马或一只狗听我诉说我的痛苦，而我不想向一群老鼠讲述我的痛苦，面包店里有太多的老鼠，我与它们相处得很和睦。

警察尼基弗勒奇开始在我身边不停地盘旋，就像一只饥饿的猛禽。他是一个身体强壮、身材匀称的老人，长着一头银发，胡子修理得很整齐。他咂着嘴，盯着我看，好像我就是一只为了圣诞节而待杀的鹅。

“你喜欢读书，我早就听说了。”他又说了，“那么哪一类书是你喜欢看的？比如说是《圣经》还是《圣徒传》？”

是的，我读过《圣经》，也读过《使徒殉教传》。对此，尼基弗勒奇感到很惊奇，同时，他也有些糊涂了。

“那好，这些书都是合法的。托尔斯泰的作品怎么样，你也读过吧?”

我也读过托尔斯泰的书，但这些书好像不是警察感兴趣的书。

“其实，他的书和其他作家的作品一样，都是普普通通的，但他的另外几本书是反对神父的，这些书很值得一读。”

“另外几本书”我也已经读过了，它们都是胶印的书。我觉得它们枯燥无味，在这一点上不必与警察争论。

在大街上进行过几次简短的交谈后，尼基弗勒奇邀请我去拜访他：“到我的小哨所去，我们喝杯茶吧。”

我知道他想干什么，但还是想去一下。我与一些聪明的人商量了一下，经过商量，他们得出结论，如果我拒绝他的友好邀请，就会加强他对面包店的怀疑。

于是，我就拜访了尼基弗勒奇的小哨所。这个矮小房间的三分之一被俄式火炉占据了，还有三分之一被一张大大的双人床占据了，床上挂着花边帐子，里面放了很多枕头，包着鲜红的大枕套。剩余的地方，摆放有一个碗橱、一张桌子、两把椅子，还有一条长椅子。他解开了上衣的纽扣，坐在长椅子上，后背挡住了整个窗子。我坐在他对面，而他的太太就坐在我身边，胸脯很丰满，二十几岁，粉红色的脸上长着一双灰蓝色的眼睛，看上去阴险、狡诈。她说话的时候故意翘起鲜红的唇，好像在抱怨什么。

“我知道。”那个警察说，“我的干闺女谢克列捷亚经常到你们的面包店去，这个不要脸的东西，所有的女人都是这样。”

“所有的女人都是?”他的太太反问道。

“没有例外。”尼基弗勒奇有力地回答道，他把胸前的奖章晃得叮当直响，就像马儿晃动鞍辔似的。他喝了一些茶后，又津津有味地重复着他的看法：“淫荡且放纵，从低等的妓女到高贵的女王都一样。氏巴女王穿越2000里的沙漠去所罗门王国，仅仅是为了淫乱放荡。叶卡捷琳娜女王也是这样，他们称她为大帝，但是……”

他详细地叙述了一个宫内仆人的故事，那人与女皇过了一夜以后，在军队里便步步高升，从军士一直升到将军。他的太太听得太专注了，不停地舔着嘴唇，在桌子下面，她还用腿来碰我的腿。尼基弗勒奇老了，说话却很流利，用词也很有趣。不知怎的他突然转到了一个全新的话题上：“现在，就以我们街上的那个大一的学生为例吧，他的名字叫普列特涅夫。”

他的太太叹息一声，插话道：“外表不好看，但人很好。”

“那个人好?”

“普列特涅夫先生。”

“首先，你要放弃对他先生的称呼，在他毕业后他才能被称为先生。现在他只是个学生，和其他的学生没有什么不同之处。另外，你说他人好是什么意思?”

“他很快活，并且年轻。”

“第一，马戏团里的小丑也很快活。”

“小丑为了挣钱而快活。”

“闭嘴！第二，老狗也是从小狗长过来的。”

“小丑，就像是猴子。”

“闭嘴！如果你没有忘记的话，我刚才已对你说过了，你听见没有?”

“我听见了。”

“好，那么……”

他的太太向他屈服了，尼基弗勒奇把脸转向了我，说：“我现在说的这个普列特涅夫，是个很有趣的家伙，你应该和他认识一下。”

我想他也许经常见到普列特涅夫和我在一起，我回答道：

“我们认识。”

“你们认识？噢。”

他的语气显得有点失望，他的身子在长椅子里突然颤抖起来，所以他胸前的奖章又叮当地响了起来。我立即警觉起来，因为我知道普列特涅夫正在胶印传单。

那个女人仍然一边用腿不停地碰我的腿，一边挑逗她的老丈夫，而尼基弗勒奇却滔滔不绝地说个不停，就像孔雀开屏似的卖弄着。但他的太太在桌子下胡来，使我不能安心听他说话，不知他何时又转变了话题，用低沉、生动、有力的声音说：“一张看不见的网——你能理解吗?”他又大又圆的眼睛盯着我，好像有些害怕。

“如果你可以把沙皇看成是一只大蜘蛛……”

“哎呀。你在说什么呢?”那个女人大叫起来。

“你——闭上嘴！愚蠢的傻瓜！我的话是为了让人容易明白，而不是诽谤。懒妇，把茶具收拾起来。”尼基弗勒奇皱着眉头，眯着眼睛，继续生动地说着：“这张看不见的网……像一张蜘蛛网。你可以这样说，他从最高统治者——亚历山大三世的心中伸出来，通过俄罗斯的各部大臣、地方长官和其他的各个阶层一直伸到我这儿，甚至可以伸到军队中的兵士那里。这一条条的线伸了出去，绞在一起，把一切都紧紧地包裹着，沙皇的万世统治正是靠这看不见的线来维持的。但狡猾的英国女王，她已经收买了一些波兰人、犹太人，还有俄罗斯人。他们努力寻找在什么地方可以打破这张网，还假装成是为了人民的利益。”

他从桌子上探过身来，严厉地低声说道：“你理解我的意思吗？你明白我为什么对你说这些话吗？你的面包师布托宁赞扬你是一个聪明的小伙子。他说，你诚实，还是光棍一条。不过有许多大学生聚集在你的面包店里，他们能在捷里柯夫的房间里谈上一整夜，如果只有一个学生，那很简单，但是学生太多了。什么意思？我不敢说那些对大学生不利的话，今天他们是学生，明天有可能就是检察官了。学生们没有坏人，但他们太喜欢没事找事了，另外皇帝的敌人也会鼓动他们，你明白我的意思吗？我还要告诉你……”

他还没来得及说下去，门被打开了，一个老人进来了。这个老人个子很小，鼻子红红的，他的鬈发用小皮条束着，手中还拿着一瓶伏特加，很明显，他喝了不少的酒。

“玩盘跳棋怎么样？”他高兴地问道，像是个很有意思的人。

“我的岳父。”尼基弗勒奇懊恼地说，很明显他生气了。

我很快离开了，那个顽皮的女人送我出来的时候，捏了我一下说：“看那云彩，像火一样红。”

天空很晴朗，只有一小朵金色的云。

我不想轻视我的那些大学生老师，但我必须说，尼基弗勒奇对当时的国家机器给我了一个更容易理解的解释：一只大蜘蛛坐在某个地方，放出无数条丝线，把整个社会紧紧裹住。很快，我就学会到处觉察出用这条线结成的一个个牢固的结扣。

那天晚上，店铺关了门后，玛丽亚让我到她的房间里，她一本正经地通知我有人派她来了解警察尼基弗勒奇对我说了些什么。

当我把一切向她报告了之后，她惊叫道：“我的天啊！”她像一只被困的老鼠在房间里团团转，沮丧地摇着脑袋，“布托宁没有向你打听过吗？他的情人——她是尼基弗勒奇的亲戚，对吧？我们必须赶走他。”

我站在门口，不高兴地看着她。她用“情人”一词，说得也太随便了，我不喜欢，我也不喜欢她把布托宁赶走的决定。

“你要知道你应该更加小心了。”她像往常一样对我说道，她盯着我看，我感到很不舒服，好像她在向我追问我不能理解的事。现在，她站到我的前面，手放在背后。

“为什么您总是不高兴？”

“我外祖母不久前死了。”

这种回答好像使她感到可笑，她问道：“您很爱她吗？”

“是的，您还有其他的事吗？”

“没有。”

我就离开了，夜里我写了首诗，我记得其中有这么一句固执己见的诗句：你并不像自己期望的那么好。

后来决定让大学生们离开面包店，尽可能少来，但我仍能见到大学生，只是机会很少了。在书本上读到不理解的地方，我几乎没有机会去问别人了，我只能把疑问写到笔记本上，但有一天，当我非常累的时候，我就枕在笔记本上睡着了，而布托宁却看了我的笔记本。他把我叫醒，问道：“你总是乱写些什么东西？‘为什么加里波第不把国王驱逐走？’加里波第是谁？过去谁听说过这样的事情，把国王驱逐走？”

他生气了，把笔记本扔到了面粉柜上，然后转身离开了，在火炉那边，他还对我咕哝着：“国王，你想把他赶走就可以赶走吗？真是笑话，把那样的想法快点扔掉，脑子里尽是书的家伙。在萨拉托夫，四五年前，宪兵们捉了大量像你这样的书虫，把你们赶得左右乱窜，尼基弗勒奇已把眼睛盯在你的身上了，不要忘了，国王不是鸽子，任你驱逐。”

他好心地说着，但我不能按我的意愿回答他，我被禁止与布托宁谈危险的话题。

有一本很使人激动的书，在全城到处传阅。在人们读过这本书的地方，都会对其争论不休。我让兽医拉甫洛夫给我找个副本，但他令人失望地回答：“不行，我的朋友，那是不可能的。但好像最近某个地方要宣读这本书，也许我能把你带到那儿。”

圣母升天节的午夜，我跟在拉甫洛夫模糊的身影后，走在阿尔斯克波尔漆黑的大地上，与他相隔大约有50丈远。尽管在这旷野里看不到一个人，但我遵照拉甫洛夫的建议一直在警惕地观察着周围的情况。我吹着口哨，哼着小曲，蹒跚地走着，像喝醉酒了的工人那样。大块的乌云压在头顶上，月亮像金色的圆球在云中滚动，一处处的水洼地闪着银光或铁蓝色的光，低沉轰鸣着的喀山城留在了我的身后。

我的向导停在了果树园的栅栏外，这是在神学院附近的某个地方，我急忙追上了他。我们悄悄地爬过了栅栏，穿过杂草丛生的果园，一不小心碰到树枝，就会有大滴的露水落到我们身上。我们到了一间房子前，轻轻地拍了拍紧闭的窗户，窗户打开了，一张长满胡须的脸向外张望。他背后一片漆黑，没有声音。

“谁在那儿？”

“亚柯夫的朋友。”

“爬进来吧。”

在这一片漆黑中，我感觉到了其他人的存在。这里有衣服沙沙的摩擦声，鞋底擦着地面的声音。我还听到了轻微的咳嗽声，接着又听到咕哝的声音。一根火柴点燃了，照亮了我的脸，我看见墙上出现了许多黑乎乎的人影。

“人都到齐了吧？”

“是的。”

“弄些东西堵住窗户，别让光照出去。”

有人生气地大声说：“谁出的好主意，把我们聚集到这个没人住的房间里开会？”

“声音不要这么大。”

在一个角落里，有人点起了一盏灯。这个房间里空空的，没有什么家具，只有一条木板放在两个箱子上。5个人并排坐在上面，就像乌鸦停在树枝上。另一个箱子竖立着，上面放了一盏灯。还有 3 个人靠墙坐在地板上，一个长头发的年轻人坐在窗台上，他很瘦，脸色苍白。除了这个年轻人和那个一脸胡子的人之外，我认识在场的每一个人。

那个一脸胡子的人首先用低沉的声音给大家声明了一下，他说要给大家读一本小册子。它的名字是《我们的分歧》，作者是普列诺夫，过去是个民主党人。

从墙下的阴影处传来某人气愤的吼声："我们知道。"

我喜欢这种神秘的气氛，让人感到莫名的兴奋。神秘的诗具有最好的诗意，我觉得自己像一个在教堂里做晨祷的教徒，想到了古罗马时期教徒们祈祷的地下室。窃窃私语的声音充斥着整个房间，不过字字句句都说得清清楚楚。

从一个角落里，有人又气愤地说了一句："胡说。"

在那个角落里，铜器透过黑暗微弱地发出暗淡的、神秘的光彩。它使我想起了古罗马骑士的头盔。过了一会儿，我认出了那是炉子通风门上的把手。

人们不断地交头接耳，压住了朗读者的声音，分不清到底是谁在讲话。这时，从窗台上，也就是从我的头顶上一个嘲讽的声音响起来了："我们还读不读了？"

说话的是那个长发、脸色苍白的青年。闻言，杂音渐渐消失了，只有低沉的朗读声，火红的烟头在燃烧着，还有人在不时地点燃火柴，照亮一张张深沉思虑的脸。有的人闭着眼睛在想着什么，有的人眼睛睁得大大的盯着某处。

这篇文章太长了，我逐渐不想听了，虽然我喜欢尖锐而富有激情的词句，喜欢通俗易懂的句子。

突然，朗读者不再往下读了，屋里立刻响起了愤怒的叫喊声。

"叛徒。"

“全是废话。”

“玷污英雄们所流的鲜血。”

“这是在喀涅拉罗夫和乌里扬诺夫被执行死刑之后……”在窗台上，那个年轻人又说话了：“先生们，我们是否可以考虑放弃咒骂，而进行严肃的讨论呢?”

我不喜欢争论，也不想听他们争论。我也听不出他们到底在慷慨激昂地说些什么，我跟不上他们的思路，对辩论者自以为了不起的态度也感到很生气。

坐在窗台上的青年弯腰对我说：“您是阿廖沙，对吗？从面包店来的？我是弗得塞也夫，我们两个应该互相认识一下。看，在这儿我们不会有什么收获，他们一直要争论几个小时，但不会有什么结果。我们离开这儿，好吗?”

我早就听说过弗得塞也夫这个名字。他是一个很重要的青年小组的负责人。我被他深不可测的眼睛、苍白而生动的脸吸引了。

我们一起穿过旷野，他问了很多有关我生活上的事：在工人中是否有熟人？读过什么书？有多少空闲时间？他又说：“我听说过你们的那个面包店，你花费大量的时间干些蠢事使我感到很奇怪，你能从中得到什么呢?”

在过去的某些时间，我自己也感觉到没有什么收获。我对他说，他看上去很高兴。分别的时候，他高兴而热情地握住我的手，脸上露出灿烂的微笑。他对我说，他要在一两天后离开这个城镇，大约有 3 个星期不能回来，等他回来后，他会让我知道我们在什么地方相见，以及如何相见。

面包店里一切都顺利，但我自己的生活却一天比一天坏。当我们搬进新作坊后，我的责任更重了。除了在作坊里做活外，我还必须把面包送到私人住宅，送到神学院和贵族女子寄宿学校去。

在我的篮子里挑面包的时候，有些女学生会把小纸条悄悄地塞进我的篮子里，这使我感到很惊讶。她们在漂亮的小纸条上用很幼稚的字体乱写着非常无耻的话语。

看着这群眼睛明亮、俊秀的贵族小姐们在我篮子的周围欢快地说个不停，看着她们极尽媚态，粉红色的小爪子在面包篮里乱翻的时候，我搞不清楚是哪一个给我留下了那个厚颜无耻的纸条，这使我感到很奇怪。也许，她们不懂这些话的真正意思，不禁让我想起了“安慰屋”。我向自己问道：“那条看不见的线从‘安慰屋’伸到这些贵族小姐身上了吗?”一天，一个胸脯丰满、肤色浅黑、脑后有一根大辫子的女学生在走廊里拦住了我，她低声地对我快速说道：“如果你愿意给我送这封信的话，我可以给你10戈比。”

她咬着嘴唇，温柔的黑眼睛含着泪水，脸和耳朵一下子全红了。我没有收下她的10戈比，但接过了信并把它按照地址送了过去，送给了高等法院一位法官的儿子。他是个瘦高的学生，从他脸上的红潮可以看出他患有肺病，他要给我50戈比，在他心不在焉地数钱时，我说我并不想要钱。他准备把钱装进裤兜的时候，由于他的手太不稳了，钱一下子全撒落在地上。

他茫然地看着钱在房间里乱滚，把他的双手使劲地握着，关节啪啪直响，接着叹了一口气，咕哝着说：“现在应该做什么呢?那好，再见吧。我必须想想……”他能想出什么样的结果，我不知道，但我对那个女学生非常同情。当我再次遇到她时，已是15年后的事了，她在克里木的一所学校里教学，患了肺结核病，当谈到社会上的事时，她就流露出被生活欺凌者特有的悲愤和心酸。

送面包的任务完成之后，我可以稍睡一会儿。到晚上，我要接着到作坊里去干活，在半夜里要烤好一批面包。因为我们的新面包店位于市剧院附近。人们在看完戏后，会到店里来吃热面包。干完那些活儿之后，我还得揉好面团，准备做大面包和小面包，这样的大面团有 15 ~ 20 普特重，可不是说着玩的。干完之后，我可以再休息上两三个小时，然后又开始新一天的工作。

一天就是这样度过的，日复一日。在这段时间里，我有一种强大的欲望，把我所认为的“美好、正确、永恒”的东西传播到人们中去。我天生善于交际，也很会说话，个人的经历和所看过的书刺激着我的想象力。一般的故事，我可以把它变得有趣、生动，当然大量的、奇怪的、看不见的线也藏在我的故事里。

第五章

我在克罗托甫尼柯夫和阿拉甫佐夫工厂认识了一些工人。我与老织布工人尼基塔·鲁伯佐夫的关系特别亲密。他很聪明，思想很活跃，全俄国的织布工厂他都去过。

“我来到世上已经57年了，阿廖沙，我年轻的小流浪儿，崭新的小梭子。”他说，声音显得有些窒息。他那有点病态的灰眼睛总在他的黑眼镜后面带着一丝微笑，他的眼镜是用铜丝连接起来的，因此在鼻梁上和耳朵后面都留下了铜垢，出现了一些绿色斑点。鲁伯佐夫被他的同伴称为“德国佬”，因为他刮胡子的时候，总是在嘴唇上面留髭，在嘴唇下面留一绺浓密的灰白胡子。他胸脯宽阔，中等身材，面上总带着艰辛的笑容。

“我喜欢看马戏表演。”他说着，把凹凸不平的光头向左一歪，直到挨住了左肩，“他们是怎样驯这些马的，啊？毕竟，马是畜生，但这些让人看了真高兴。我自己寻思着，一定也有训练人的方法，使人会用脑子。训练牲畜的时候用的是糖，我们需要的是另一种糖——精神上的糖，糖的名字是善心，而不是从杂货铺里买来的糖。所以我说，年轻人，为人处世一定要有善心，而不是棍棒——那种在世上已在使用的方法，对吗？”

他自己却没有这种善心，对别人说话的时候，总是带有轻视嘲笑的意味。在与别人争论的时候，总是大喊大叫地反驳别人，一副唯我独尊的样子。我第一次见到鲁伯佐夫，是在一个啤酒店里，那时一群人被激怒了，要上去揍他，并且一两拳已经打到他的身上了，我进去调解，把他拉了出来。

“他们把您伤得怎么样?”那是个下着细雨的秋天的夜晚，我们在黑暗中走着，我问了他这句话。

“伤我? 他们还不知道怎样才能伤着我?”他若无其事地回答道。

就这样我们相互认识了。刚开始，他还取笑我，显得他很有才能、很有技巧。但当我向他说出我们生活中的那张“看不见的网”时，他若有所思地惊叫道：“噢，你不是傻瓜，绝对不是!对吧?”对我的态度来了个大转变，就像我的父亲似的，他甚至叫我的时候也加上了父称。

“你的观点是正确的，我的阿廖沙·马克西莫维奇，我的小梭子。它们全都是对的，只是没有人相信你，它们不能起作用。”

“您相信我，对吗?”

“我? 我是一条迷路的短尾野狗，但大多数人都是带着锁链的家狗，尾巴上挂着很重的东西：老婆、孩子、手风琴、棉鞋等一些破碎的东西。他们都很恋家，他们不会相信你的。我们曾闹过一次事，是在莫列佐夫工厂进行的。谁在前面就打谁的脑袋，脑袋可不是屁股，这种痛将持续很长时间。”

他认识亚柯夫·沙坡什尼柯夫后，也谈些新的话题了。亚柯夫·沙坡什尼柯夫是克罗托甫尼柯夫工厂的一个钳工，他患有肺病，会弹吉他，是个《圣经》专家，他坚决否定上帝的存在。当亚柯夫激烈地进行争论的时候，他会吐着带血的痰，坚决而狂热地证明自己的观点，说：“第一，我不是按上帝的外表制造出来的。我没有才智，不善良。哦，我一点也不善良。第二，上帝不知道我过着怎样艰苦的生活，也不能帮什么忙；或许，他能做些事来帮助我，但他却不想帮忙。第三，上帝并不是什么都知道，他的力量也不是最大，他并不仁慈。简单地说，没有上帝，上帝不存在，上帝是编造出来的，是人创造了上帝，但他们不能用这来愚弄我。”

听了这话，鲁伯佐夫先是惊得向后退了一下，接着气得脸色发白，他开始大骂起来。但亚柯夫引用了《圣经》中一句庄重的话使鲁伯佐夫不再说话，缩着身子，深思地安静下来。

与别人争论的时候，亚柯夫几乎变成了个令人可怕的人物。他的脸黑瘦黑瘦的，头发又黑又卷，像吉普赛人。他那蓝色的嘴唇里闪动着发光的、像狼牙一样的牙齿。他的黑眼睛盯着对方，目光锐利，几乎使人无法忍受，这使我想起了那个狂躁病人的目光。

离开了亚柯夫，鲁伯佐夫脸色阴沉地说：“还没有人在我的面前反对过上帝，我听说过很多的事，但还没听说过这样的事。当然，这个人活不久了，真可怜，他的这种思想已经到了白热化的程度……这很有意思，兄弟，是吧？很有意思。”

但他却很快与亚柯夫形影不离了，而且整个人变得非常兴奋，他不停地用手擦那有病的眼睛。

“那么，”他会得意地说，“这就是说，罢上帝的职？可以。如果你要罢沙皇的职，我自己也说两句，沙皇并不妨碍我。沙皇并没有什么问题，问题全是由工厂老板造成的。我愿意与任何一个沙皇相处，伊凡勒帝也可以，坐下来当你的沙皇吧，只要让我有惩治老板的权力就可以了。如果你那样做的话，我就用金链子来确保你的统治，我是朝拜你的。”

在读过《饥饿王》之后，鲁伯佐夫说：“当然，事实就是这样。”

第一次看到这本平版小册子时，他问道：“谁给你写的这本书？这本书太好了，把我的感谢送给他。”

鲁伯佐夫对知识有一种贪得无厌的欲望。他常常很专注地听亚柯夫说亵渎上帝的话，他坐下来听我讲书中的故事，一坐就是几个小时，高兴起来就会笑得前俯后仰，并大叫道：“人脑是多么聪明的东西呀！人脑是多么聪明的东西呀！”

他有病的眼睛使他不便阅读，但他懂得很多，他知道得这么多使我感到很吃惊。

“德国人那儿有个木匠，脑子非常聪明。国王常召他进宫，让他提意见。”在问了他几个问题后，我才知道他说的是倍倍尔。

“您是怎样知道他的？”

“我知道。”他简单地回答道，同时抓着他不平的头。

而亚柯夫对繁忙的生活和周围的混乱不感兴趣，他全心全意地与上帝作对，嘲笑上帝。他尤其痛恨修道士。

一天，鲁伯佐夫心平气和地问道：“这是为什么呢？亚柯夫，你总是骂上帝而不干其他的事。”

听了这话，他更加凶狠地叫道：“还有其他什么能妨碍我？还有其他什么？我几乎崇拜了他 20 年，在他的威吓下生活，我忍受着，因为疑问是禁止的，一切都是命中注定的。结果，我什么也没有得到，我活得很痛苦，也很压抑。当我详细地读了《圣经》后，我明白了，全是编造出来的，尼基塔也是编造出来的。”

他挥动着一只胳膊，好像要挣断那“看不见的线”。他几乎就要哭了，继续说道：“还没到老我就要死了，全是因为这个造成的。”

我还认识了其他的几个人，他们都很有意思。我经常到塞米诺夫面包店拜访我的老伙计。他们看到我通常也都很高兴，并对我说的话很感兴趣。不过鲁伯佐夫住在海军村，亚柯夫住在卡班河对岸很远的鞑靼区。两人相距大约 5 里的路程。我很少能够见到他们，因为他们不可能来看我，我没有地方接待他们。此外，新面包师是个退伍兵，与宪兵们的交往很深。宪兵司令部的后院和面包店的院子只隔了一堵墙。那些强壮的“蓝制服”经常翻墙为岗卡尔特上校买些新鲜的面包，或为他们自己买些黑面包。

另外，也有人教导我，不要太“出风头”，以免把有关方面的注意力引到面包店来。

我的工作逐渐失去了意义：人们从不考虑面包店的实际情况，越来越自由地从抽屉里拿钱。有时柜子里居然没有钱来付面粉款。

捷里柯夫摸着自己的胡须，无奈地笑着宣布道："我们要破产了。"

他也发现了生活的困难，红头发的娜斯佳怀孕了，像一只生气的猫对着他乱发脾气。她的绿眼睛怒视着整个世界，好像都得罪了她。

走路的时候，她会直往捷里柯夫身上撞，好像没有看到他似的，捷里柯夫不想招惹她，就给她让路，然后看着她叹气。

捷里柯夫有时向我抱怨："所有的一切太随便了，每个人都可以拿走到手的东西。这是什么意思？我买了一些袜子，有 6 双吧，可是在一天内全都没有了。"

袜子的故事，太好笑了吧。

但我没有笑，我看到这个无私的、谦虚的人怎样奋斗，从而使他有益的事业持续下去；我也看到了周围的人怎样轻率随便地对待他的事业，他们正在怎样毁坏这个事业。捷里柯夫并没有期望从他所帮助的那些人那里得到感谢，但他有资格从他们那里得到更友好、更体谅的态度。他的家庭突然支离破碎了：父亲因为宗教方面的原因患了精神抑郁症；小弟弟天天喝酒，和女人鬼混；玛丽亚也像一个陌生人了，看来她和红头发大学生之间的恋爱没有什么好的结果。我常看见她的眼睛红肿，于是我也开始恨起了那个大学生。

我想我爱上玛丽亚了，同时也爱上了娜捷什塔·社尔巴托娃。她是我们店里的女售货员，长得胖胖的，双颊红红的，嘴角总是挂着友好的微笑。

总之，我就要恋爱了。我的年龄，我的性格，我的"丰富多彩”的生活都使我需要一个女同伴。这一点与其说是早了，还不如说是晚了，我需要女性的温柔，至少是女性的关心；我需要对人毫无保留地谈谈有关我自己的情况；我需要有人帮我把我那杂乱无章的思想和各种乱七八糟的印象理出头绪来。

我没有亲密的朋友，有些人把我看成是“可培养的人”，但我对他们不感兴趣，不可能对他们倾诉衷肠。

我努力想给他们讲些事，只要我的话题不是他们感兴趣的，他们就会简要地建议我：“就到这儿吧。”

我曾经的室友普列特涅夫被逮捕了，被关进了彼得堡的“克罗斯特”监狱。今天清早我在街上偶尔遇到老警察尼基弗勒奇，他把这个消息告诉了我。早上遇到尼基弗勒奇时，他胸前挂满奖章，好像刚参加完阅兵式。他庄严地迎面走来，在我们相遇的时候他把一只手举到了帽子上，不说一句话就走了过去。但很快他在我身后停住了，粗暴地叫道：“古利·普列特涅夫，昨天晚上被捕了。”他扫视了一下大街，挥着手小声说道：“他完了，可怜的家伙。”

好像他狡诈的眼睛里还闪动着泪花。

普列特涅夫早就料到自己会被逮捕，他向我警告过，建议我离他远一些，并让我把这个警告传给鲁伯佐夫，他与鲁伯佐夫的关系就像和我的关系一样，很亲近。

尼基弗勒奇看着地面，闷闷不乐地问道：“为什么你不到我那儿去坐坐?”

那天晚上我到他的住处，他刚醒来，坐在床上喝格瓦斯，他的太太坐在窗前弯着腰给他补裤子。

“是这样的。”他搔了搔像浣熊似的长满了毛的胸脯，看着我，好像还在想着什么，说，“他们逮捕他，是因为找到了一个制墨水的平底锅，他用墨水印刷传单反对沙皇。”

他向地上吐了一口唾沫，怒气冲冲地对太太叫道：“把裤子递过来。”

“等一会儿。”她没有抬头，回答道。

“她很可怜他。”尼基弗勒奇看着他的太太对我说，“她哭了一夜。我也感到难过，大学生能做些什么去反对沙皇的权威呢？”

他穿好衣服，说：“我很快就会回来……你，把茶炊准备好。”

他的太太一动不动地坐在那儿，向窗外看着。当他把门关上后，她迅速转过身，在他身后狠狠地挥挥拳头，还咬着牙，恶狠狠地骂道：“老恶棍，呸。”

她的脸已经哭肿了，左眼上有一块蓝黑色的伤痕，眼睛几乎合在一起了。她站起来走到火炉前，弯下腰准备茶炊的时候，气愤地咕哝着：“我要骗他，把他骗得像晚上的狼一样号啕大叫。你不要相信他，连一句话也不要相信。他也想把你抓起来，他说的全是谎话，他不会可怜任何人，他像个捉鱼的，他知道你们的一切，抓人是他谋生的手段。”

她走过来靠在我身上，口气像乞丐乞讨一样乞求道：“你能亲我一下吗？”

我对这个女人不感兴趣，可是她的眼睛看着我时，显得很热切、很痛苦。于是我用一只胳膊抱住了她，抚摸着她那乱糟糟的头发，她的头发粗糙且很油腻。

“现在他正在跟踪谁？”

“那些住在雷伯内斯卡娅旅馆的人。”

“他们叫什么名字？”

她笑着说道：“想想吧，如果我告诉他，你都问了我些什么事，他回来了……就是他找出了普列特涅夫。”说完这些她很快离开我，坐回了火炉那边。

尼基弗勒奇带着面包、果酱和伏特加回来了，我们坐下来喝茶。他的太太坐在我旁边，非常友好地给我提供服务，她那只没有受伤的眼睛还一直亲切地看着我。尼基弗勒奇从我的利益出发来教导我："这条看不见的线在人们的心中，在人们的骨髓里。试试把它拔掉，试试把它连根拔起吧！对人民来说，沙皇等同于上帝。"

他突然问道："现在，你读了这么多的书，读过《四福音书》吧？你说说，上面写的全是正确的吗？"

"我不知道。"

"在我看来，上面写着无用的东西，并且有很多。比方说吧，关于穷人的话，说穷人是幸福的。可穷人有什么福呢？那样的话真是太没有意义了。看看所有的有关穷人的话，有很多使人感到不明白。你应该进行区分，区分生来就穷的人和中途败落变穷的人。生来就穷，没什么好处，如果中途败落变穷，可能是运气不佳，就应该这样看问题，这种方法比较好。"

"为什么？"

他沉默了一会儿，用审视的目光看着我的脸，然后又沉重而明确地说起来。很明显，他要说的话是经过很长时间考虑的。

"福音书里有太多的同情，同情是一种有害的东西，这是我对同情的认识。同情意味着将在无用的人——甚至是在有害的人身上花费大量的钱，还要办养老院、监狱、疯人院。那些强壮结实的人应该得到帮助，使这些健康的人不浪费他们的力量，但我们没有这样做。我们帮助了虚弱的人，好像你能使虚弱的人变强壮似的，结果是健康的人丧失了力量，这是被弱者拖垮的。有很多的问题需要好好思考，进行修正，我们要记住，现实生活与福音书严重不符，生活有自己的规律。普列特涅夫，想想他为什么被捕，你考虑过吗？就是因为他的同情心。我们同情穷人，却不考虑大学生，让大学生堕落了，这符合什么逻辑？"

过去我也曾不经意地听说过这种思想，它们比我所想象的更持久、更广泛，但过去我还没有听到过如此激烈的表述。

大约在 7 年后我读到尼采的作品时，又清晰地想起了这个喀山老警察的思想。顺便我要说明一下，我发现在书本中所看到的观点，其中很少有在现实生活中找不到的。

尼基弗勒奇继续向下说着，说话的时候，还轻拍着茶托的边缘。他干瘪的脸严厉地绷着，眼睛一直盯着那个明亮得可以作为镜子的铜茶炊。

“你该走了。”他的太太提醒了他两次，但他却没有做任何回答，而是顺着自己的思路一句又一句地往下说。突然，他改变了话题：“你不是个蠢货，并且又有文化，在面包店里工作对你合适吗？如果你做另一种工作，为沙皇工作的话，你可以得到同样的钱，或者更多……”

表面上我是在听他说话，其实我在考虑如何警告雷伯内斯卡娅街那些不知名的人，告诉他们尼基弗勒奇在跟踪他们。在旅馆里住着一个人，他叫色尔盖伊·梭莫夫，他刚从雅布托罗夫斯克流放回来，我听说过许多他的故事，并且都很有趣。

“有头脑的人应该聚在一起，像蜂房中的蜜蜂，或像巢穴中的黄蜂一样，沙皇帝国……”

“看看那个钟，已经9点了。”那个女人说。

“真见鬼。”

尼基弗勒奇跳了起来，急忙把上衣的扣子给系上。

“噢，那么，我坐马车去吧。再见吧！老弟，随时来我都欢迎。”

离开他的哨所后，我下定了的决心，以后再也不会去拜访这个老警察了。尼基弗勒奇很有趣，但他太令人厌恶了，他说同情有很大的害处，这使我感到很不安。他的话将深深存在我的记忆中，永不会忘记，我觉得这话也有些道理，但不幸的是它出自警察之口。

对于这个问题的争论在当时并不罕见，其中有一次，我的思想受到了很大的震撼。

一个托尔斯泰主义者来到了城里，过去我还没有见到过这样的人。他个子很高，身体很强壮，紫红色脸膛，留着黑山羊胡子，长着黑人般的厚嘴唇。

他有些驼背，好像在盯着地面，但他不时地会做出个剧烈的动作，就是把半秃了的脑袋向后一甩。他湿润的黑眼睛充满着激情，好像带着一点仇恨的样子。我见到他的时候，大家正在一个大学教授家举行辩论会，那里有很多的年轻人，其中有一个神学研究生，样子文雅，身材细弱，他穿着黑色的丝绸法衣，使他的脸显得更加苍白俊秀，他那黑灰的眼睛看上去很无情，流露出冷冷的笑意。

这个托尔斯泰主义者花费了大量的时间谈论福音书中的伟大真理以及它的永恒性。他的声音有些嘶哑，语句简短，但铿锵有力，使人感到一种威慑的力量。他讲话的时候，喜欢把右手放在口袋里，不时地挥动着毛茸茸的左手，这样增强了他的影响力。

“太会演戏了。”离我不远的地方，有人在角落里低声说道。

“是的，很有戏剧性。”

不久前，我读过一本书，我相信那本书是德里波尔写的，书中写的是天主教怎样反对科学的。那些天主教教士们——在我看来，那个托尔斯泰主义者也是其中的一员——相信爱的力量可以拯救全世界，而他们却出于对人的仁慈，去撕碎并焚烧人类。

他穿着白色的衬衫，袖子宽大，外面披了个灰不溜秋的旧长衫，这使他在众人中很显眼。在结束讲话的时候，他叫道：“我要问你们，你们是追随基督还是追随达尔文?”

提出这个问题，就像向年轻人所坐的那个角落里掷了块石头，而角落里挤着的人们对此大为震惊。那些青年男女先是热切地望着他，他们好像都被托尔斯泰主义者的话震住了，随后都低下头去思考了，没有人说话。

他用炽热的目光扫视了房间，又严厉地继续说：“只有法得塞人才想要把这两个矛盾的事物统一，试图这样做。这是在卑鄙地欺骗他们自己，同时也在腐蚀着这个世界上的其他人。”有个瘦小的神父站了起来，慢慢地挽起袖子，带着不友善的冷笑从容不迫地说道：“显然你对法得塞人有同样的庸俗观点了，这种观点不但粗鄙，而且全都荒唐……”我感到非常吃惊，他继续说应该把法得塞人看成是真正的忠实的犹太人遗训的保卫者，并说人们经常和他们在一起反对他们的敌人。

“读读约瑟夫的书吧，举个例子来说……”托尔斯泰主义者跳了起来，挥动着手，叫喊道：“现在人们还跟着敌人一起反对自己的朋友。人们并不是按自己的意愿行事，他们是被强迫、被驱使的，你的约瑟夫书对我有什么用?”

这个神父和其他的争论者，把他们的基本主题扯成了无数的碎片，使得辩论没有了主题。

“真理就是爱。”那个托尔斯泰主义者继续说道，他的眼睛中闪着仇恨和蔑视的光芒。他们的争论使我头晕，我抓不住其中的含义，好像在他们的争论中，脚下的大地也被震动了，我一次又一次绝望地想，世界上没有其他的人比我更愚蠢了。

汗水顺着托尔斯泰主义者的红脸颊流了下来，他狂暴地大叫：“把福音书扔掉，把它忘了！那样你就不会说谎了，把基督再往十字架上钉一次，那样会更诚实。”

像一堵厚墙壁，一个新问题在我面前升起：这是什么？如果生活是为了幸福而不断地斗争，那么仁慈和爱心在斗争中只会起妨碍作用吗？

我打听到托尔斯泰主义者的姓名——克罗波斯基，也知道了他在什么地方住着，于是我第二天晚上便去看他了。他寄住在两个女孩的家里，这两个女孩是地主，我去时，他们正在花园里，坐在菩提树下的桌子旁。他身材高大瘦削，颧骨很高，穿着白色的长裤，白色的衬衫，衬衫扣子没系，大片的胸毛露在外面，他的模样与我脑海中到处游荡的使徒或传教者相同。

他用银勺子从面前的碗里舀莓子和牛奶吃，好像吃得很香，他的厚嘴唇使劲地摩擦着。每吃一勺，他就要吹一下落在他胡子上的白色牛奶。姐妹中的一个站在桌子旁边，随时为他服务；另一个靠在树上，双臂抱在胸前，充满幻想地看着燥热的昏暗天空。两个女孩都穿着很薄的丁香色的衣服，并且长得很像，几乎不能辨别。

他欣然地与我交谈，很友好。他讲述爱的创造力量，还说一个人必须在他的灵魂深处发展这种爱，只有这种爱才能把一个人与世界精神联系起来。这种世界精神是贯穿在我们生活中的博爱精神。

“只有这种爱才能把人团结起来，没有了爱，生活将难以理解。那些宣称生活的法则是斗争的人，都是些精神盲人，命中注定他们要灭亡。火是不可能用火熄灭的，同样的道理，邪恶也不能征服邪恶。”

过了一会儿，两个女孩手挽着手一起离开了这里，穿过花园走向房间。这个人眯着眼睛看着她们的背影，问道：“那么，你是谁呀？”

当我把我自己的情况告诉他之后，他用手指敲着桌面又开始大谈起来，说人终究是人，无论走到哪里。因此不必立志去改变自己在生活中的位置，应该努力培养对人类的爱。

“人的地位越低，就越接近生活的真理，越接近生活最大的智慧。”虽然我有些怀疑他对最大智慧的精通程度，但我没做任何评论。我能看出他感到有些烦了，他懒懒地看了我一眼，打着呵欠，把手抱在脑后，伸着腿，半闭着眼睛咕哝着，好像是在梦中：“服从于爱……是生活的规则……”

他突然哆嗦了一下，伸出了胳膊，好像在空中抓什么东西似的，然后盯着我说道：

“这是怎么了？对不起，我很累。”

他又闭上了眼睛，紧咬着牙齿，好像很疼痛。他的下嘴唇向下翻着，上嘴唇向上翻着，这样他的几根黑青胡子好像直立了起来。

我回来的时候，心里对他产生了一股厌恶，并怀疑他演讲时那副诚挚的嘴脸。

一天清晨，我给一个大学教授送面包。这个教授是个单身汉，还是个酒鬼。在那里，意外地遇到了克罗波斯基，他好像一夜没睡，脸是褐色的，眼睛又肿又红，我想他也喝醉了。

那个酒鬼教授穿着内裤坐在地上，手中抱着吉他，家具、啤酒瓶、外衣到处乱扔。他摇摆着大叫道："仁……仁爱……"克罗波斯基严厉又气愤地叫道："这里没有仁爱，我们在爱中死亡或在为爱的奋斗中被压碎。无论如何，我们注定要死。"他抓住我的肩膀，把我拽到了教授面前。

"这儿！问问这个家伙——问问他想要什么？问他——问他想要人类的爱吗？"

教授抬头看看我，眼睛里溢满了泪水，笑着说："他从面包店来，我欠他钱。"他摇晃着身子，把手伸进一个口袋里，掏出了一串钥匙，把它递给我，说："这儿，全拿走。"

但克罗波斯基抓走了钥匙，他对我挥挥手，说："走吧。下次来拿钱吧。"他把我送去的面包扔到了角落的睡椅上。

他没有认出我，对此我感到高兴。我离开了，记住了他刚才的话——关于人在爱中死亡的言论，我对他更加厌恶了。

后来过了不久，我听说，他向所寄住那家的一位小姐表达了对她的爱慕。但在同一天，他也向另一位小姐做了同样的表达。姐妹俩互相向对方说了这一喜讯后，她们的欢乐变成了对求爱者的恨，于是她们让这个同时向两人求爱的克罗波斯基立即搬离，他从此在城镇里消失了。

爱和同情在人类生活中的意义，是一个复杂的令人烦恼的问题。这个问题早就出现在我面前，起初我尖锐地感觉到它的存在，但是比较模糊。后来，我清楚明确地提出了问题：“爱的意义是什么?”

我所读的书都渗透着基督教的思想和人道主义思想，是出于对人类的同情而发出的哀号。那时我所认识的进步人物充满激情地谈论，也是关于这个问题的。

我在周围的现实生活中，所看到的一切，都与这些思想差别很大，几乎完全不同。在我看来，生活中充满无止境的敌意和残酷，为了一点利益就会进行卑鄙的、无穷无尽的斗争，所有的一切对我都没有价值，我只对书充满了激情。

你只需走到大街上，在大门外坐上一个小时，就会明白所有的人——车夫、扫院子的人、工人、政府官员、商人等，他们的生活与我的生活不同，与我所喜欢的人的生活也不同，他们被不同的愿望所激励，追逐着不同的目标。我所敬重的、所相信的人，在大多数人中是多余的，显得孤独和格格不入。这大多数的人为追逐利益像蚂蚁一样挤在一起，为了生活不惜做出一切勾当，对此他们还称之为生活。在我看来，大多数人的生活太无聊了。

生活中散发着致命的沉闷，我经常发现，那些大谈博爱、仁慈的人，并不像嘴上所说的那样。当他们面对现实的时候，他们也会屈从生活中的一般规律。

生活可真难呀。

第六章

我的朋友拉甫洛夫是个兽医，由于他患了水肿病，全身变得又黄又肿。一天，他气喘吁吁地对我说：“残忍必须得以发展，让它发展到无论什么地方的人都对它感到厌倦为止，就像厌恶这浑蛋的秋天一样。”

那一年秋天来得很早，多雨且温度也低，疾病肆虐，有很多人自杀。最终拉甫洛夫也忍受不了水肿病对他的折磨，于是就服氰化钾自杀了。

“兽医呀！给牲畜看病，自己却像牲畜一样死去。”拉甫洛夫的房东裁缝美德尼柯夫在给他送葬时说。这位房东瘦弱，敬神，能背所有的赞颂圣母的诗。他有一根鞭子，是用 3 根皮条编成的，他经常用来打他的孩子——一个 7 岁的女儿和一个 11 岁的儿子，还用竹竿打太太的腿肚子。他经常抱怨：“治安长官训斥我，说我是从一些中国人那里学来了这种方法，可我从来没有见到过中国人呀，只是在广告上和画片上见过。”

美德尼柯夫的店里有一个雇工，天天都不快活，罗圈腿。他的外号叫顿卡老翁。这位雇工是这样评价他的老板的：“我最怕信神的慈善人，就像我们老板这样的人。那些恶人，你能看出来，因此你有时间去躲避他。而那些面目慈善的人，就像一条草丛中的蛇，它悄悄地爬到你身边，在你还不知道的时候，已经被咬了，我就害怕外表慈善的人……”顿卡老翁是个慈善的人，也是个圆滑的人，喜欢说老板爱听的话，所以老板很喜欢他，但他说的这些话非常有道理。

有时，我觉得慈善的人就像石头上生长的苔藓，能把硬石变得松软，使它更加富有养分，从而有利于植物生长。但更多时候，他们很圆滑，善于见风使舵，像蚊子那样老是诉苦哀鸣。看到这些，我心里很难受，就像一只跛马陷入了一群马蝇之中似的。

从尼基弗勒奇的哨所回来后，我就有了这种想法。

风呼呼地吹着，街上的灯光闪烁着，好像整个昏沉沉的天空都在颤动，向大地上洒落着 10 月的细雨。一个浑身湿透的妓女在大街上走着，扶着一个酒鬼的胳膊，酒鬼不知在哭着咕哝着什么。那个女人也很累了，疲倦而嘶哑地说道："这是命运。"

"是啊。"我想，"我也如此，我正在被人拖着，拖向一个丑陋的角落。在这里我看到了世界上所有的假、恶、丑，这使我感到累了。"也许这些不是我当时所想的原话，但我的想法确实如此。

就在这个令人伤心的夜晚，我第一次感觉到了自己思想的疲乏，也第一次感觉到心情沮丧到了极点。正是从此时起，我开始用旁观者的目光来看待自己，其间还夹带着敌意。

我开始感觉到每一个人都是矛盾对立的统一体，这种矛盾不仅存在于语言、行动上，还存在于感情上。感情上的矛盾反复变化，就像一场断断续续的戏，使人感到特别压抑。在我的思想里，我也看到这种变化，这是最糟糕的。几乎各个方面都对我有吸引力：女人、书籍、工人、高兴的大学生，但我没有时间使自己在任何一方面得到满足，于是我在任何方面，都一无所获，可是一只无形的、强有力的手拿着看不见的鞭子在一个劲抽打着我。

听说亚柯夫住院了，我就到医院里去看望他，但一个长着红耳朵、戴眼镜、胖胖的歪嘴护士冷冷地对我说："他死了。"

我没有离开，静静地站在那里。好像挡住了她的路，她大发脾气，高声地叫道："嘿，还有什么事？"

那时我也恼了，说道："你是个白痴。"

"尼古拉，把他赶出去。"

名叫尼古拉的那个人正在忙着擦几根铜棍，听了这话，他像鸭子似的咕了一声，拿起一根铜棍打到我的后背上。于是，我抱住了他，在门外离台阶不远的地方，有个水坑，我把他一直拖到水坑里，他待在那儿好像很冷静，居然坐了一会儿，接着站起来说道："呸，你是条狗。"

我去了捷尔查文公园，坐在诗人纪念碑旁的一个长椅子上。我有一种强烈的愿望，想去干一些丑陋的事，干一些难看的事，这样就会有一群人来打我。如果他们对我发起攻击，我就有理由对他们出手了。

虽然那天不是工作日，但花园里仍空荡荡的，就连附近的街上也看不到一个人。只有狂风刮过，把落叶吹得满天飞，把路灯杆子上的广告纸吹得沙沙作响。

夜幕降临，天有些凉，清澈的蓝天也变暗了。纪念碑在我面前就像一个巨大的偶像。我站在诗人的巨大铜像前，心中暗想：曾有一个人生活在世上——亚柯夫，他一个人孤孤单单地生活在世上，竭力地否认上帝，结果普通地死去，他的死使人痛苦和惋惜，我感到很难过。

"尼古拉是个傻瓜，他应该与我打一场架，或者叫警察来把我投入监狱。"我去了鲁伯佐夫那里，他正俯身在一个桌子上，对着微弱的灯光补他的上衣。

"亚柯夫死了。"我说。

鲁伯佐夫举起他的手，手里仍拿着针，好像要在面前画一个十字，但却没有动，好像他的线绊住了什么东西，他轻轻地、恶毒地骂了几句。

过了一会儿，他低声说："事实上，我们都会死的，那是人生的一个过程。亚柯夫死了，附近有个光棍铜匠也同样死了，上个星期天，宪兵抓走了他。他很聪明，和大学生交往得很密切，大学生起来闹事了，你听说过吗？给你，帮我把这上衣缝一下，干这活儿我看不清楚。”

他把衣服、针和线都给了我，然后在房间里走来走去，还把手放在他的背后，边咳嗽边嘟囔着：“无论在哪里，只要有一点亮光闪烁，恶棍们立刻就把它扑灭，于是，人们又处于黑暗中了。这个城市真令人讨厌，在河还没结冰、船还没有停渡的时候，我要离开这儿。”

他停了一会儿，搔搔头皮道：“问题是去哪儿呢？没有哪个地方是我没有去过的，没有一个地方。是的，我四处游荡，结果是把自己累坏了，那就是我游荡的全部所得。”

他吐了一口唾沫，说道：“生活？见鬼！工作、劳累，却没有得到什么，无论是在精神上还是在身体上。”

他在门口一角静静地站了一会儿，好像在听什么东西。接着他迅速地向我走来，坐在我身旁，说：“我说，我的阿寥沙·马克西莫维奇，亚柯夫反对上帝，结果白费一生精力，那是很悲哀的。我看无论上帝还是沙皇都不是好东西，但要反对上帝和沙皇，老百姓们先得对自己表示一下愤怒，对自己卑微的生活说不，只有这样了。我老了，太晚了，很快就要看不见东西了，这样太糟糕了。老弟，缝好了没有？谢谢……走，我们去客栈喝茶吧。”

在去客栈的路上，我们在黑暗中蹒跚地走着，他抓住我的肩来支撑他的身子。他又接着说：“你要记住我的话，老百姓的耐性总有一天会用完的，他们会发怒的，粉碎这个世界里的一切，把这无聊的生活粉碎。”

我们没有能够进入客栈，因为我们碰到了一群水兵正在围攻妓院的大门，而保卫大门的是阿拉甫佐夫工厂的纺织工人。

“每一个假期这儿都有人打架。”鲁伯佐夫赞许地说。当他发现工人中有他的朋友后，他就摘掉了眼镜，立即加入了斗殴。他大声鼓励他的朋友：“坚持，同志们，把这些癞蛤蟆压扁，打烂这群小鳟鱼的脑袋。哈！哈！哈！”

看到他的狂热，让人觉得很奇怪，这个老头是个机灵的人，他在水兵中间站着，展示着他的身手，用肩膀把水兵们撞倒在地，同时也用肩膀迎接拳头。这场战争好像是在做游戏，工人们一点也不害怕，他们很有信心和勇气，也有力量。黑压压的人群把工人们挤压在大门板上，门板被挤得吱吱作响，从人群中传出了欢快的叫声：“揍那个秃顶军官。”

有两个人爬到了屋顶上，在那里唱起了欢快的曲子：“我们不是小偷，我们不是强盗，我们也不是骗子，而是坐在船上的捕鱼青年，啊，我们是捕鱼的人。”

一声哨子尖厉地吹响了，警察服装上的扣子在黑暗中闪闪发光，他们脚下是泥泞的土地。屋顶上又传来了歌声：

我们把渔网撒开，
撒向那两岸从未湿过的土地，
撒向商店，
撒向货栈和仓库。

“住手，不要再打躺在地上的人了。”

“老爷子，要小心呀。”

最终，鲁伯佐夫和我，还有五六个人，被直接带到了警察局。在这深秋的夜晚，从我们身后传来了歌声：

哈哈，我们捕了梭鱼40条，
正好来缝件鱼皮袄！

“伏尔加河上的人，不会被打败。”鲁伯佐夫赞叹地说道，他不时地擦鼻子、吐唾沫，在我耳边小声说道：“逃离这儿，找个机会，快逃，为什么你想去警察局呢?”

我突然冲进了一条小胡同，一个瘦高的水兵也仿效我，我们跳过了一道道的栅栏，但那是我最后一次见到我那聪明、可爱的朋友鲁伯佐夫了。

我的生活越来越空虚，大学生们又闹事了，我不能理解他们的运动，不能领悟他们的目标和原因。我看到他们欢快地忙乱着，但没有察觉到背后的真正斗争是什么。

如果我能在大学学习，就是任何折磨我都可以忍受。如果有人对我说：“你可以去学习，但为此，你每个星期天都必须到尼古拉也夫广场挨打。”我也会接受的。

一天我到了塞米诺夫面包店，我听说那里的工人正在计划冲进大学，去打那些学生。

“我们带些秤砣去。”一个工人恶狠狠地笑着说。

我竭力想与他们争论，但我惊骇地觉得自己没有拥护学生们的热情了，我也没有任何理由为他们辩护。

我沮丧地离开了面包店，心里难受得好像就要死了。

深夜里，我坐在卡班河边，从岸上往黑乎乎的河水里投着石子，重复想着：“我该做些什么呢?”

为了不使自己过于空虚，我开始学拉小提琴。每天夜晚，面包店里的琴声使巡夜人和老鼠不得安宁，我喜爱音乐，对学习音乐有强烈的兴趣。一天晚上，上课的时候，我出去了一会儿，在此期间，我的老师——从戏院乐队请来的——把我那个忘了上锁的钱匣打开了。当我回去之后，发现他的口袋里已装满了钱。他看到我站在门口，就把他沉闷的、胡子刮得发青的脸伸了过来，平静地说：“好了，你打吧。”

他的嘴唇颤抖着，泪水从他那无神的眼睛里流了出来，顺着呆滞的脸向下淌。

当时我很冲动，想把他打一顿，但我没有这样做。我坐到了地板上，把拳头压到身下，让他把钱放回抽屉里。他掏空了他的口袋，走到门口时，突然停住，大声对我叫道："给我 10 个卢布吧。"

我给了他 10 卢布，但我不学音乐了。

我下定决心要在 12 月份自杀，我试图向人们展示我自杀的背景，于是我写了一个故事，起名为《马卡生活事变》。但我写得很不成功，故事写得很笨拙，没人会喜欢，而且没有内在的真实。但在我看来，没有内在的真实正是它的主要价值，里面描写的事件是真实的，但它们好像都与我无关。如果撇开这篇小说的文学价值不谈，让我感到高兴的是我能够控制自己了。

我在市场上买了一支军队乐队里鼓手用的左轮手枪，里面装了 4 颗子弹，我朝自己的胸口开了一枪。我想打中心脏，但仅仅是刺穿了肺。一个月后，我回到面包店工作，对自己感到很愚蠢、很惭愧。

过了不久，在 3 月底的一天夜里，我从面包作坊来到店里，我发现霍霍尔在店铺后面的房间的窗户下坐着，他正在吸一支很粗的烟。周围都是烟雾，而他正若有所思地盯着面前的烟雾。

"您有空闲时间吗？"没有相互问候，他就问我了。

"有 20 分钟吧。"

"坐下，我想和您谈谈。"

像平常一样，他穿了件紧身的粗糙的哥萨克上衣。淡黄色的胡子飘垂在宽阔的胸前，倔强的脑门上短发向上直立着，脚上穿的是农民靴子，散发着呛人的焦油味。

"哎，"他开始平静地说，"您想到我那儿去吗？我住在克拉斯诺维多渥村，顺伏尔加河走 45 俄里。我在那里有个小商店，您可以在店里帮我，不会占用您太多的时间。我有一个很好的图书馆，可以帮您学到一些知识，怎么样？”

“那好。”

“星期五早上6点钟您到库尔巴托夫码头，向人们打听从我们村来的船，船主的名字叫瓦西里·潘可夫。有可能您也不需要去打听，我会比您先到那儿的，晚安。”

他要离开了，站起来向我伸出了大手，接着他从怀里掏出了一个笨重的银表说：“我们谈话花费了6分钟。对了，我的名字是米哈依·安东罗夫，姓洛马斯，再见。”

他头也不回就离开了，迈开大步，轻松地移动着强壮的身子，雄赳赳地向前走着。

两天过后，我出发去那个村庄了。

第七章

伏尔加河才开始解冻，灰色的、易碎的冰块向下漂流，在混浊的河面摇摆着。我们的船总是不停地碰到这些冰块，冰块遇船碎裂，碎片向两边漂去，一些碎片成水晶状散去。风不时地把浪花送到岸边，太阳的光芒使人目眩，阳光照在玻璃似的冰块上，反射着亮晶晶的光芒，我们的船顺风行驶，船上载满了木桶、袋子、箱子等重物。

掌舵的人名字叫潘可夫，是个年轻的农民，穿着比较讲究。他的短上衣是用羊皮做成的，在胸前还绣着美丽的花纹。他的脸色很平静，眼神冷冷的，看上去有些保守，几乎不像是个农民。他的雇工库库什金衣冠不整，头发蓬乱，外衣破烂不堪，还有一根绳子系在腰间，头上的神父帽揉得皱皱的，脸上有很多的伤痕，是个地地道道的农民。他用长篙拨着冰块，还轻蔑地小声骂着："滚开，想往哪儿去就到哪儿去吧。"洛马斯和我并排坐在船帆下面的箱子上，悄悄地说："农民不喜欢我，特别是富农。当然，你去了他们也不会喜欢你的。"

库库什金把长篙横放在甲板上，转过他那满是伤疤的脸，说："洛马斯，神父最恨你。"

"说得对。"潘可夫同意他的说法。

"你就像卡在他喉咙里的骨头，那个狗杂种。"

"但我也有朋友，他们都会成为你的朋友的。"洛马斯说。

天气仍有些凉，3 月明媚的阳光照射大地，但并不温暖。黑黑的、光秃秃的树枝在岸边摇晃着，沟坎里和岩石河岸的灌木丛里到处都有还没溶化的白雪，河面上点缀着浮冰，就像草原上的一群羊。

这一切使我觉得自己是在梦中。

库库什金边往烟斗里装着烟草，边说着自己的看法："虽然你不是他的太太，但他是神父，所以他就应像《圣经》里所说的那样爱所有的人，这是他的职业，对吗？"

"是谁把你打成这样的？"洛马斯嘲笑着问道。

"没什么，打我的那些人我也不想知道他们是干什么勾当的，大概他们是地痞流氓吧！"库库什金很轻蔑地回答，接着他又骄傲地说："一些士兵也打过，曾有一次好像是炮兵们打我，我不知道自己是怎样活过来的。"

"他们为什么打你？"潘可夫问道。

"你指的是昨天，还是那些炮兵？"

"噢……就问昨天的吧。"

"我也搞不懂为什么打我，我们这儿的人就像暴躁的山羊，即使是一些鸡毛蒜皮的事，也会动拳头，好像这就是他们的工作。"

"我想，"洛马斯说，"是你的口舌让他们揍你的，你说话太口无遮拦了。"

"好像是如此，我有一个好奇的毛病，总喜欢问人们一些问题，如果我能听到一些新东西，我会很高兴。"

这时船头猛地一下撞到了一个大冰块上，舷板发出刺耳的声音，库库什金的身子猛地晃了一下，他一把抓住长篙。潘可夫责备了他几句："库库什金，集中注意力干你的工作。"

"那么不要让我跟你说话。"库库什金边拨着冰块，边咕哝着说，"我不能同时既做事又跟你说话。"

他们两个人争辩着，但态度都很友好，洛马斯转身对我说：

“这里的土壤比我们那里的差劲，我的家乡在乌克兰，但这里的人比我们那里的好，聪明能干。”

我专心地听着他说话，也从心里相信他。我喜欢他平静的态度，平稳而有力的言语，我觉得他是个有广博知识的人，而且他衡量人有自己的标准。

令人高兴的是，他没有问我为什么试图自杀。如果是其他人，肯定早就问了。我对这个问题感到厌倦，因为不好回答，鬼才知道我为什么要自杀。如果洛马斯问了，我会回答，但会很冗长，涉及的范围也很广，也会很愚蠢。但无论如何，我不喜欢想起那件事了，眼前的伏尔加河多美丽，多宽广，多自由啊！

我们让船靠近高大的堤岸行驶，船左边的河面突然变得宽阔了，河水不时冲上长着大片草地的沙岸。我看到河水在上涨，有些浪花溅到了岸边的矮树丛里，岸上有沟渠，也有裂缝，清澈的春水顺着它们流着，最终流入河中。太阳也在空中对着大地微笑，在它金色的光芒中，几只黄嘴鸦闪动着像金属一样黑亮的羽毛，不停地叫着，在忙着筑巢。向阳的地方比较暖和，长出了嫩嫩的绿草，看上去舒服极了，虽然我的四肢感到寒冷，但我心里是快乐的，好像在萌发着美好的希望，在春天，大地上的一切都让人感到心旷神怡。

中午时分，我们到达了克拉斯诺维多渥村。在高高的、平顶的山上建了一座蓝色圆顶教堂。从教堂往下，一座座漂亮牢固的小木屋沿山的边缘连成了一条线，黄色的木板房顶和如花似锦的茅草屋顶在阳光下熠熠生光，虽然朴素，但看上去很漂亮。

我以前乘船多次经过这里，对这个村庄总是很羡慕。

库库什金和我开始卸船上的东西，洛马斯把一袋货递给我说：“您很强壮。”他的眼看着我扛的大袋子，问道：“你胸口不疼了吗？”

“一点也不疼了。”

他委婉的提问方式使我很感动，我特别不想让这些农民知道我曾试图自杀。

“你真是太强壮了，超过了工作所需。”库库什金唠唠叨叨地说，“你来自哪个省，年轻人？尼日高洛德的？你们是以水为生的人，人们都会这样笑话你们。有句话说得好：你看今天水鸥往哪儿飞，这句话说的就是你们那里的人。”

一个瘦高的农民顺着山坡下来了。他赤着脚，身上只穿了一件衬衫和一条衬裤，胡子卷卷的，头发红红的很厚实，好像戴着软帽。他穿过了无数条银光闪闪的溪水，踏着松软的土地，大步向前走着。

到达岸边后，那个农民响亮地大叫道：“欢迎你们回到家中。”

他看见我们正在忙着，于是俯身拾了两根木棍，把木棍的一头搭在船舷上，接着他轻轻一跳便来到了船上。他指挥道：“准备接桶。你，年轻人，过来帮帮忙。”

他很英俊，看上去也很强壮，微蓝色的眼睛，闪着红光的脸颊，端正的大鼻子。“你会感冒的，伊佐尔特。”洛马斯对他说。

“谁——我？从来不需担心。”

我们把煤油桶滚到了岸上，伊佐尔特把我浑身上下看了一遍，问：“来店铺里帮忙的吧？”

“你们试着摔一跤吧。”库库什金建议道。

“我看你脸上又有伤了。”

“和那样的人在一起你有什么办法呀！”

“哪样的人？”

“那些打人的人。”

“唉！”伊佐尔特厌烦地叹了口气，转向洛马斯，“车很快就要到了，我们在很远的地方就看到你们的船了，你们划得真好，你回家吧，洛马斯，我来照看这里的东西。”

很明显，伊佐尔特对洛马斯很友好，好像是洛马斯的保护人，虽然洛马斯比他大 10 多岁。

半小时后，我们走进了一座乡村的房子，这个房子是新盖的，墙壁上仍有一股树脂的香味，里面干净、舒服。一个目光锐利的农村妇女在屋里麻利地收拾着桌子准备吃饭，洛马斯从一个打开的箱子里取出了几本书，把它们放在壁炉旁的书架上。

"您的房间在阁楼上。"他说。从阁楼的窗户上，我可以看到村子的一部分。这幢房子的对面是一条山沟，林木中到处都突出着浴池的屋顶，沟的另一边是果园和耕地，它们排列得很整齐，一望无际，同远处山冈上的树林连到了一起。

在一个浴池的屋脊上坐着一个农民，他穿着蓝色的衣服，一只手拿着斧头，另一只手放在眼前眺望着伏尔加河。大车吱吱作响，母牛沉重地叫着，空气中充斥着流水哗哗的响声。

一个老妇人，穿着一身黑衣服，走出了小木屋，转身朝木屋大声叫道："你们去死吧！"

听到她的声音，刚才还在用石块和泥挡住溪水去路的两个小孩迅速地逃走了。

老太太捡起一块木板，朝上面吐口唾沫，然后扔到溪水里，再用脚把小孩们设的障碍捣毁。她的脚上穿的是男式靴子，随后她走向伏尔加河。

在这儿我会过上什么样的生活呢？

我被叫下去吃饭，在楼下，我看到伊佐尔特坐在桌子旁，伸直了两条长腿，他的光脚呈现出紫红色。他正在与洛马斯谈话，我一进来，他就停住了。

"那么，你怎么打算？"洛马斯皱着眉头说，"请继续说下去。"

"那就是我要说的全部了，我们要处理好自己的一切，当你出门的时候，要带上一把左轮手枪或者一根大棍，不要与塔林诺夫说得太多，他和库库什金一样，嘴不严，像女人的嘴一样。

喂，年轻人，你喜欢钓鱼吗？”

“不喜欢。”

洛马斯开始说起把小果农联合起来的必要性，这样大收购商就不能控制他们了。伊佐尔特仔细地听着，最后他说：“那些吸血鬼决不会让你好好过日子的。”

“我们走着瞧吧。”

“你要记住我的话。”

看着伊佐尔特，我想，他这样的农民就是卡洛宁和斯拉托夫斯基在小说里所描写的农民。

我心想，现在我已经从事重大严肃的工作了吗？从现在起，我就要和真正的革命者一起工作了吗？

吃完饭后，伊佐尔特说：“不要着急，洛马斯，性急是不会做出好事的，你可以慢慢来嘛。”

当他离开后，洛马斯沉思着说：“他是个聪明、诚实的人，不幸的是他不识字；但他学习很努力，在那方面你可以帮助他。”

为了让我知道各种商品的价格，我们一直忙到了晚上。他对我说：“我卖的价格比另外两个店的价格都低，当然他们都不高兴，于是就诽谤我，打算教训我一顿。并不是对商业的喜爱使我待在这里，也不是其他的任何利益，我不要任何利益，而是有其他的原因，原因与你们开面包店相同吧。”

我说：“我理解你的做法。”

“当然，无论如何必须给人民传播知识，是不是这样？”

小店的门已锁上了，我们拿着一盏灯，在店里不停地走着。突然，外面有人向我们这里走来，我们可以听到泥地里的脚步声，好像那人是在小心谨慎地走着，那人上了台阶，使劲地踏了几下。

“你听见那个人了吗？他叫米贡，是个光棍，没有土地和家属，但却像恶毒的野兽，喜欢干坏事，就像美女爱卖弄风情似的。与他谈话时要小心，与其他人说话也要如此。”洛马斯说。

我们回到洛马斯的卧室后，他舒服地坐到那里，宽大的后背靠在炉炕上，点起了烟斗，从胡子里飘出缕缕青烟。他的眼睛闭着，好像在思考着什么，慢慢地说出了一句总结性的话，他说，早就看出我是在浪费青春。

“您能力很强，并有坚强不屈的性格，所追求的目标也很美好，您是需要学习，但不能让书本成为影响你和周围人交往的障碍。曾经有一个老人，是一个宗派人士，他说得很正确，‘所有的一切都是从人那里学来的’。从人那里学习比从书本上学习痛苦，因为他们的教育方法很苛刻，但这些学到的东西却深植于您的脑海中。”

接着他又说了一些思想，都是我所熟悉的，他说农民的思想必须要唤醒，但从这些熟悉的话语中，我感到了新的、更深刻的意义。

“你们城里的大学生总是空谈爱人民。那么，我告诉他们，他们不可能做到这一点。你们不可能爱人民，这样的爱只是说说而已。”

他偷偷地笑了出来，用审视的目光看着我，在屋子里不停地转着，兴高采烈地说：“爱的意思就是宽容、同情、姑息、宽恕，当你爱一个女人时，这样是对的。但对于人民，则不可以，难道我们能忽视人民的无知吗？难道我们能宽容他们的糊涂吗？难道我们能同情他们的卑鄙、忘记他们的残忍吗？”

“不可以。”

“那好，你们那些城里的朋友都读涅克拉索夫的诗、唱涅克拉索夫的诗，我要说，你从涅克拉索夫那里不可能得到太多。农民应该得到这样的开导：兄弟们，你们不是坏人，但生活却很悲惨，你们不知道如何努力来使自己的生活变得轻松些、幸福些。而一个野兽也非常敏感地注意着自己的所需，在保护自己方面，它们做得比你们好，你们农民是一切的来源，那些高贵的人、神父，还有沙皇，过去全是农民，明白了吗？清楚了吗？那么，你们就知道怎样生活才能不被蹂躏。”

洛马斯到厨房里让厨师准备茶炊，之后，他向我展示了他的书架。大多数是自然科学方面的书，如莱伊尔、哈特波尔·勒奇、拉波克、奇罗、穆宾塞、达尔文等人的作品。本国的有杜勃罗留波夫、车尔尼雪夫斯基、普希金、涅克拉索夫的作品以及冈察洛夫的《战船巴拉达号》，他用宽大的手掌爱惜地抚摸着他的书，好像是在抚摸一个小动物，他低声说道：“全是好书，这本书很罕见，被检查机关检查出来后要给焚烧掉的，如果你想知道什么是国家的话，就读一读吧。”

他说着把霍布斯的《巨兽》递给了我。

“这里还有一本关于国家的书，但它很有趣而且比较浅显易懂。”

我发现这本有趣味的书是马基亚维利的《君主论》。

喝茶的时候，他简洁地说了一些自己的情况：他是车尔尼郭夫省一个铁匠的儿子，年轻时曾在基辅车站当过加油工。在那时候，他与革命者们有了些联系，组织过工人学习小组，因为这他还遭到逮捕，在监狱里蹲了大约两年，又被流放到亚库梯，在那儿待了 10 年。

“起初我想我完了，我和亚库梯人一起住在宿营地。那里的冬天，真该死，真是太冷了，好像要把人头颅里的大脑也冻住。不管怎么说，在那儿大脑好像是多余的，但后来，我发现附近也有俄罗斯人，住得比较混乱，但人数不多，并且之间相距又很远。但总算有同胞了，所以我们不感到孤独了，我们的交往逐渐增多，他们为人都很好。有一个大学生，名字叫乌拉古米·柯罗年科，在我回来之后，他也回来了。在一段时间里，我们是很好的朋友，但后来我们有了分歧，就互相疏远了，我们之间的友谊没有得到加深。这个人做什么工作都很聪明，有热情，并且有耐性。他曾试着画过圣像，而我不喜欢他这样做，他现在为书刊、杂志撰写文章，有人说，他文章写得很好。”他细细道来。

那天晚上洛马斯跟我谈了很长时间，一直到深夜。很明显，他想让我坚定地认识到，这是把我拴在他身边的开端，以前我从未有过这样的经历——这种深沉的快乐和友谊。自从我试图自杀之后，我的情绪低落到了极点，我认为自己是一个空洞的、没有价值的人，这种内疚感压迫着我，让我觉得这样活着很耻辱。

这就是洛马斯的非凡之处：他简单而又巧妙地向我打开了自己的心扉，让我恢复了平衡，这是个让我难忘的日子。

星期天，做完弥撒之后，我们一打开店铺的门，人们马上就开始聚集在我们的门廊上。第一个出现的是马特维·巴里诺夫，他脏乎乎的，头发蓬乱，长着像猿一样的长手臂，英俊的脸庞上带着漫不经心的表情，还有一双女人似的眼睛。

“城里有什么新闻吗？”他向洛马斯问候之后就问道，然而他不等回答，就接着向也是刚刚进来的库库什金大喊：“斯契潘①，你的几只猫吃了一只公鸡！”

接下来他立即向我们提供情报，说省长到彼得堡拜见沙皇去了，省长请求沙皇命令所有的鞑靼人搬到高加索和突厥斯坦那里。他称赞省长说：“真是一个聪明的人！他很会办事。”

“这一切都是你自己编造的。”洛马斯平静地对他说。

“我？什么时候？”

“这我就不知道了。”

“洛马斯，当然了，你从来不会相信一个人。”巴里诺夫遗憾地摇着头，用责备的口吻说，“我嘛，倒为鞑靼人担心，到高加索去居住是要适应的。”

一个瘦小的人侧着身子小心翼翼地走进来，他穿着一件明显

---

① 斯契潘：库库什金的名字。

是属于一个高大的人穿的、破破烂烂的外套。一种神经性的痉挛扭曲了他那张灰暗的脸，发黑的嘴唇带着病态的微笑张开着，他的左眼快速地眨巴着，上面被伤痕隔断的灰眉毛就跟着一起颤抖。

“哎呀，米贡先生来了！”巴里诺夫嘲弄地说，“昨天晚上你偷了点什么？”

“你的钱！”米贡清晰地大声回答道，同时向洛马斯摘下帽子致意。

我们的房东，也是邻居——潘可夫走了出来，穿着有城市气息的夹克，脖子里打着一条红色领带，脚上的皮鞋擦得发亮，胸前挂着一根银链子，就像是根缰绳。他一看见米贡就生气地说：“你要是再进我的菜园，我就用棍子打你，你这个老鬼。”

“又是老一套。”米贡平静地回答，然后又叹着气补充说，“如果你不把别人的头敲得噼啪作响，你的生活就阴暗了。”

潘可夫正要开始冲他生气地大喊，但是米贡继续说：“谁说我老了？46 岁就老了吗？”

“但是去年圣诞节时，你就 53 岁啦。”巴里诺夫叫道，“你自己说过你已经 53 了！为什么又撒谎？”

苏斯罗夫进来了——一个相貌堂堂、蓄着胡子的老人，然后是渔民伊佐尔特，其余的总共还有 10 多个人。洛马斯坐在店铺门边的走廊上，吸着烟斗，静静地听着农民们闲聊，农民们有的坐在门廊的台阶上，有的坐在店铺两边的长凳上。

这是寒冷且变化多端的日子，成群的云在仿佛被严冬冻住了的蔚蓝的天空中快速地移动。斑斑点点的亮光和阴影投射在水坑和小溪中，闪烁着令人眼花缭乱的光彩，让人感到像是光滑温柔的爱抚。

几个穿着节日服装的姑娘穿过街道，朝伏尔加河走去，跨过水坑的时候，她们都提起了裙子，露出笨重的皮靴。小孩们跑了过去，他们的肩上扛着粗糙的鱼竿，我们的店铺外面有一群慢慢行走的农夫，他们向里面扫视一眼，默默地摘下薄帽子或者是厚帽子。

米贡和库库什金心平气和地争论着一个不能决定的问题：商人和地主谁打起架来更狠？库库什金为商人辩护，但是米贡为地主鼓吹，他那响亮的男高音压倒了库库什金条理不清的说话声。

“芬格洛夫先生的爸爸，他揪住了拿破仑·波拿巴的胡子，而芬格洛夫先生——他抓住两人的外衣领子，来回地摇摆，把两人的头碰在一起——这就完事了！他们两个都像狗一样倒在地上不动了。”

“你要是这样碰一下也够受了。”库库什金表示同意，但是又补充道，“啊，无论如何，商人的胃口可比地主的大多了。”

相貌堂堂的苏斯罗夫坐在台阶的最高处，发着牢骚：“米哈依·安东罗夫·洛马斯，农民——他们现在没有了立足之地，在地主们的手下，根本不允许偷懒，每个人都有自己的事要去干。”

“为什么你不递上一份请愿书，恢复农奴制？”伊佐尔特反驳道，洛马斯默默地看了他一眼，开始在栏杆上磕他的烟斗。

我一直在等他讲话，一边注意听着农民们那不连贯的交谈，一边试着猜想洛马斯将会说些什么。不过在我来看，他好像已经放弃了加入这种谈话的机会，可是他保持着一种冷漠的沉静，像是一个静止不动的雕像，坐在那里看着风吹过水坑时泛起的波纹，还有飘过天空的铅灰色的积云。

河上，一艘轮船鸣着汽笛，从下面开过来，还有姑娘们尖细的歌声和手风琴的伴奏。一个喝醉酒的人沿着街道走过来，他打着酒嗝，大声叫喊着，手臂乱舞着，两条腿在他身子下面奇怪地弯曲着，不断地跌倒在水坑中。农民们的谈论慢了下来，说话声中流露出无望，我也感到茫然：因为这预示着寒冷的天空将要下雨，我不由得想起城市里各种各样不断的吵闹声，那街道上匆匆而过的行人，那敏锐的讲演、丰富的思想、鲜活的语言。

吃茶的时候，我问洛马斯打算什么时候和农民们谈话。

“谈话？关于什么事？”

“嗯。”他认真地听了我的解释以后，说道，“嗯，你知道，如果我和他们谈论这样的事情——在外面的大街上——我将会被再一次流放到亚库梯。”

洛马斯点着了烟斗，不断地吸着，直到浓浓的烟雾把他包围起来。然后他开始平静地剖析农民，说他们非常小心而且多疑，他们不相信自己，不相信邻居，不相信任何的陌生人。

农民们获得自由到现在，还没有 30 年。每一个 40 岁的农民一出生，就记得自己是农奴。自由的意思对他们来说是难以理解的，如果你简单地把自由的意思看作：我想怎么生活就怎么生活，那么——无论你在哪里出现，都会受到官府和官员的干涉，他们都在阻碍着自由的生活。

沙皇把这些农民从地主手中解放了出来，因此好像沙皇就是所有农民的主人。但是反过来说：他们这种自由到底是什么？人们都在期盼着这一天的到来——沙皇向他们解释自由的含义的日子。农民对于沙皇抱着很大的信心，他是所有土地和一切财富的主人，沙皇能把农民从地主手中解放出来，那么他也能把轮船和商店从商人那里拿走，农民感觉到，主人多了，是一件坏事，只有一个主人——反而不是太坏。

他们等着沙皇向他们解释自由的真正意义，然后每个人就能够拿他们想要的东西，每个人都在渴望这一天，可是每个人又都为此担心，在惶恐不安中过日子，唯恐错过了这个全体重新再分配的决定性的日子。并且，每个人都对自己的能力不太相信，想要拿很多东西，也有东西可拿；但是——如何拿呢？每个人都在想着同样的事情。

无论你在哪里——明显地都有官府老爷与农民敌对。是的，也与沙皇敌对着，但是没有官府你也不能生活，因为人们那时将会互相掐着对方的咽喉。

风怒气冲冲地将春日狂暴的大雨砸在我们的窗户上，外面的世界灰沉沉的，我的心中也充满了沉闷的灰色。洛马斯继续用他低沉的、平静的声音说着："要让农民一点一点地学习，让他们理解必须从沙皇的手中夺得权利。向农民解释他们有从自己的阶层中选择官府的权利——选择区警察局局长，选择官府，也选择沙皇……"

"这得花掉一百年的时间。"

"你希望在圣神降灵节前一切都办好吗？"洛马斯严肃地问。

晚上他出去了，不知道到哪儿去了，快 11 点的时候，我听见街上有一声枪响，离我们的房子很近。我飞奔到大雨中，外面一片漆黑，我看到洛马斯正朝大门走来，他那高大的黑色身影小心地、不慌不忙地绕过路上的小溪流。

"你出来干吗，什么把你拉出来了——枪声？那是我打的。"

"发生了什么事？"

"噢，有几个家伙企图攻击我，就在街道上，拿着棍子。我让他们停下来，要不我就开枪了，但是这没有用，好吧，我就向着天空开了一枪，天空是伤不着的！"

他在门口停了下来，脱下湿衣服，弄干胡子里的水……他摇着脑袋，像马一样发出呼哧呼哧的声音。"我这双满是洞的鞋子真是该死，我要换换，你会擦枪吗？帮我一下，不然它会生锈的，在上面涂上煤油。"

我非常钦佩他双眼中流露出的冷静镇定和顽强沉着！我们进了屋，他一边在镜子前梳理胡子，一边警告我："出门的时候留着神，尤其是在晚上和节日。我认为他们也想打你，但是不要带棍子，这样会激起那些小流氓的火暴脾气，只会让他们觉得你在害怕，没有必要害怕，他们都是胆怯的。"

这里的生活开始让我感到愉快，每天都能发现新鲜的重要的东西，我贪婪地阅读有关自然科学的书籍，因为洛马斯建议我："阿廖沙，这是你首先需要知道的东西，这是最好的，在这些科学里面有着最好的理论和力量。"

伊佐尔特每星期来3个晚上，我帮助他认字。开始的时候他对我很怀疑，接受指导时带着一种讽刺的神情，但是几节课之后，他温和地评论说："年轻人，你对此真是擅长，你倒应该做一个教师。"

突然他提议说："看起来——你好像很有劲，我们比比拉棍子吧。"我们在厨房里找到了一根棍子，两人坐在地上，脚对着脚，每人双手握着棍子的一端，都试图把对方从地上拉起来，而洛马斯愉快地笑着，为我俩鼓劲："加油！加油！把他拉过来！"

最后，伊佐尔特把我拉起来了，这好像让我更博得了他的好感。"没有关系。"他对我说，"你已经足够强壮了，你不喜欢打鱼，要不然你就可以和我一起到伏尔加河去了，伏尔加河的夜景就像是天堂一样。"

伊佐尔特学习非常勤奋，取得了很大的进步，连他自己都感到很吃惊，这种感觉特别迷人。有时他会打断上课，突然跳起来从书架上胡乱抽一本书，他的眉毛向上扬着，费劲地读上两三行，脸涨得通红，惊奇地转过身向我大叫："我能读书了！你看我还可以吗？"

接着他闭上眼睛重复着："号啕大哭的声音如此沉闷，就像是母亲哽咽在亡儿的墓前……""你认为怎么样？"有好几次他问道——慎重地问，几乎是耳语。

"老弟，难道你不能给我解释一下，这到底是怎么搞的？一个人看着这些弯弯曲曲的小细线，他们就变成了我们经常说的话，也没有人在我的耳边小声说，我是怎么知道它们的？要是一张图画——噢，我能理解。但是这些——就像是我看到了人们印在纸上的思想一样？这是怎么回事？"

如果我回答“不知道”，会让他很伤心。“简直是魔术！”他叹着气说，把印刷纸举到灯光前去看。

在他身上，有一种愉快的、天真的而又孩子气的东西。他一次又一次地让我回想起，书中描写的那些理想化了的农民，他像大多数渔夫一样，富有诗意，喜爱伏尔加河，热爱夜晚的静谧，爱孤独，爱安静的生活。

他有时望着星空，问我：“洛马斯说，也许在那里也有一种生命，就像我们这里一样，你认为这是真的吗？如果人类能向他们发出信号的话——就问问他们是如何生活的？或许他们比我们过得要好，要比我们快活。”实际上他对自己的生活很满足。

他是一个孤儿，没有结婚，无依无靠，很热爱他宁静的渔夫职业。但是他不喜欢村里的人，他警告我说：“不要被他们温和的谈话骗了，他们狡猾，欺诈别人。不要相信他们！今天他们向你展示一张面孔，明天又换另一张，他们只考虑自己，从来不为公共利益想——他们把这看作是最糟的负担。”

伊佐尔特说起农村的“吸血鬼”们就有一种仇恨，他是一个有着温和心灵的人，能做出这种评论真是奇怪。“他们为什么比其余的人富有呢？因为他们聪明。那么，如果农民聪明一点的话，他们就该知道一件非常重要的事，那就是农民必须要团结在一起，齐心协力，而不是争吵。这样，农民就强大了，但是相反，他们把村子搞得四分五裂了，就像是争夺一根发光木棍的狗。这就是他们所干的！他们是自己的敌人，都是些恶棍，你看，他们给洛马斯找了多少麻烦。”

伊佐尔特长相英俊，体格健壮。他对女人有很强的吸引力，她们不让他安宁。“她们真的是把我宠坏了，”他真心地忏悔说，“那些丈夫们——这对他们是不尊敬的，要是我在他们的位置上，我也会生气。可是，你怎么能不帮助那些漂亮的女人？女人就是你的第二生命，而她们过的生活——没有乐趣，没有亲情，像马一样工作着——这就是全部。她们的丈夫没有时间去爱她们，但是我是像风一样自由的人，她们大多数人在结婚一年之后，就尝到了丈夫的拳头。是的，我欺骗了她们，我承认这一点，我要求她们的只有一件事：你们不要彼此恼怒，我会照顾你们全部的，不要彼此嫉妒，你们对我来说都是一样的，我为每个人感到抱歉！”

他害羞地笑了，接着说：“曾经有一次我几乎和一个官太太勾搭上了。她是一个城里人，到这儿来度夏。她很美，皮肤白得像牛奶，头发柔软得像亚麻；蓝色的眼睛里有一种和善的神情。我把鱼卖给她的时候，每次都移不开视线。‘你怎么了?’她说。我说：‘你自己知道。’‘好吧。’她说，‘这样吧，今天晚上我去你那儿，你等着。’晚上她真的来了。但是，蚊子太多了咬得她不能忍受，她说‘我受不了叮咬’，‘它们咬得太厉害了’——她几乎要哭了。第二天她的丈夫来了，他是一个法官，唉，女人就是这个样子。”伊佐尔特忧愁地用责备的口气结束了他的谈话，“蚊子的叮咬就能扰乱她们的生活。”

他高度赞扬了库库什金。“你看看他吧，他有思想，有一副好心肠！人们要是不喜欢他，那就是他们的错误！当然，他是一个爱唠叨的家伙，可是谁是十全十美的呢?”库库什金没有土地，作为一个雇工给潘可夫家工作。他的太太，也是一个雇工——是个酗酒的女人，身子矮小，但是很强壮，很敏捷，脾气很坏。

夫妻俩把房子租给了一个铁匠，自己住在澡堂里。库库什金有一种讲新闻的热情，当没有新闻讲的时候，他就编造各种各样的故事——这些故事都是一成不变的，同一个内容和思路。

“洛马斯，你听说过吗?金可夫区的警官辞去他的工作，立誓要去做一个修道士。‘我不能再虐待农民了，’他说，‘我已经受够了!’”

洛马斯有力地评论说：“如果事情是这样的话，那么所有可爱的官员很快都要弃官了。”

库库什金一边从他那乱蓬蓬的头发上摘下干草、麦秆和鸡毛，一边说道：“要我说，不会是所有的官员，只是那些有良心的。当然，对于他们来说工作是困苦的，你不相信良心，洛马斯，我能看出来你不信这个，但是恰恰有一样：不管他有多聪明，没有良心人们就不能生活。这里，曾有一个女人的故事……”他开始讲述一个“非常聪明”的女地主的故事。

“她是一个邪恶的、残酷的女地主，甚至省长都放下他那高贵的身份，到她那儿拜访。‘夫人。’省长说，‘为以防万一，你还是小心点吧，你知道的，因为那些谈论。’他继续说，‘关于你肮脏的罪恶的谈论，已经通过各种渠道，传到彼得堡了！’”

“当然了，女地主用好酒和各种东西招待了省长。她只是对他说：‘平安地回家去吧，我不能改变我的性格！’3 年零 1 个月过去了，突然她把所有的农民召集到了一起。‘好吧，’她说，‘把我的土地全拿走吧，再见了，忘了我吧，我要……’”

“去做修女。”洛马斯插话道。

库库什金紧盯着他的脸，确定地点了点头，说：“是的，去做了院长。你以前也听说过她的故事？”

“不，我从来没有听说过。”

“那么你是如何知道的？”

“我知道你就要这样说。”

库库什金的故事总是不变的，他的故事中邪恶凶狠的人，都会厌倦作恶，并且“消失”；或者，他经常把他们送到修道院里去做修道士——就像是把垃圾倒进垃圾箱里一样。

他的脑子里常会出现奇怪的意料不到的想法，突然他就蹙着眉，断言道：“我们不应该去征服鞑靼人，他们比我们还要好呢。”这时根本就没有人提起鞑靼人——人们正谈论着成立水果种植者联合组织的事。

或者，当洛马斯正谈起西伯利亚和那里富有的农民时，库库什金会突然思索着喃喃地说："如果人们两三年不再捕捉青鱼的话，它们马上就会大量繁殖起来，让海水漫出海岸。多好呀，这种鱼的繁殖能力真是强！"

库库什金被村民们看作是一个没有脑子的、无价值的家伙，他的故事和奇怪的思想总是惹怒人们。然而，尽管他们诅咒和嘲笑他，但还是会专注地听着，并且很感兴趣——好像是要在他那奇想中发现真理似的。

人们都叫他"空袋子"，只有衣着整洁的潘可夫严肃地说："库库什金——他的谈话像谜一样。"

库库什金是一个非常能干的工人，他制作木桶，砌砖炉子，知道养蜂的方法，教妇女们喂家禽。尽管他做活的时候懒懒散散、磨磨蹭蹭，但样样都做得很好。

他很喜爱猫，在浴池里喂了 10 多只猫，全都喂得又肥又壮，让它们吃家禽和乌鸦，还训练它们捕家禽。因此，村民们更加不喜欢他，因为他的猫总是吃邻居的小鸡和母鸡，女人们就会捉住它狠狠地打一顿，他在浴室里经常听到邻居狂怒的怨恨声，但是这不能扰乱他。

"蠢脑袋！猫捕动物比狗要好多了，当我把它们训练得能去捕鸟时，再繁殖几百只小猫，这就意味着我的口袋里有钱了——她们真傻！"

库库什金曾经读过书也认识字，但是后来遗忘了，他也不想再去恢复以前的记忆。靠着天生得来的聪明，他能比别人更快地抓住洛马斯的讲话要点："就是这样。"他的脸总是扭曲着，就像小孩子吃了一剂苦药，"伊凡勒普并不是小百姓的敌人。"

伊佐尔特、库库什金和潘可夫，晚上经常来我们这里，总是待到深夜，他们听洛马斯讲世界的形势、外国人的生活、人民的革命运动。潘可夫喜欢法国大革命。"这才是真正地改变生活呢!”他赞许地说。

两年前，潘可夫要求从他父亲——一个富农的家庭中均分财产。他的父亲长着一个大瘤子，有一双让人害怕的突出的眼睛，潘可夫创造了他自己独立的生活，娶了“自由恋爱”的一个孤女，伊佐尔特的侄女。

潘可夫对太太管得非常严，但是让她穿得像个城里人。他的父亲对儿子的固执十分不满，每次他经过儿子的新房子时，都要狠狠吐口唾沫。潘可夫把他的房子租给洛马斯，在旁边建了一个商店，这就违背了村子里富人的意愿，他们因此恨潘可夫，但是他表面上一点也不关心富人对他的仇视，他谈到他们时总是持着轻视的、无礼的、嘲笑的态度，可以看出，他很厌恶村子里的生活。

“如果我有一门手艺，我就到城里去住。”他很注重修饰，衣服总是干净整洁。他尽量保持着严肃，坚强有力地维护着自己的尊严，头脑机警而且多疑。

“什么让你沉迷于这种事情？你的感情？或者是你的脑袋?”他问洛马斯。

“你是哪一种看法呢?”

“我不知道，你来告诉我吧。”

“你认为哪一种比较好呢?”

“我不知道，你认为是哪一种呢?”洛马斯很顽强。

最后他强迫潘可夫做出回答。“当然，你的脑袋——这是较好的方法。你的脑袋不会让你去干那些没有利润的工作，用在哪儿都有一些收获——这是真正可靠的。但是你的感情就可能给你一个坏的建议，如果按照感情的意愿，我就会陷入麻烦——啊呀！我就可能放火焚烧牧师的房子，这是有可能的——我会教训他别到处闲逛多管闲事!”

牧师是一个恶毒的家伙，长着田鼠一样尖尖的小脸。因为他曾经干预过潘可夫和他父亲的争吵，因而让潘可夫感到不快。而对于我，潘可夫在最初是不友善的，几乎是敌视的。他甚至像王子一样对我吆喝，不过这很快就停止了，但是从他对我的态度上，我仍然感到他对我有隐约的猜疑。不过，我必须说，我也不喜欢他。

那段日子对于我来说是难忘的——在那间整洁的四壁用圆木砌的小屋度过的那些夜晚。窗户紧闭着，墙角处的桌子上点着一盏灯，灯光后面是那个有着厚厚的胡子、前额突起的、高大的人在说话：“生活的重要意义，是让人类前进，远远地离开兽性……”3 个农民都在专注地倾听着，他们的双眼明亮，脸庞上闪着智慧的光芒。伊佐尔特总是安静地坐在那里，好像在听除了他别人都听不到的声音；库库什金坐在那里像是被蚊子叮着一样来回地扭动；潘可夫抚摸着他漂亮的短胡须，平静地思索着说：“毕竟，对于人民来说，分成阶级是有必要的。”

我对潘可夫有一件事非常赞赏——从来不残暴地对待他的雇工。比如库库什金，而且还是他虚幻的白日梦的专注倾听者。

第八章

每天晚上谈话之后，我就爬到顶楼的房间，在敞开着的窗户前坐上一会儿，看着外面沉睡的村庄和远处的田野，那里完全被寂静统治着。闪烁的星星，刺穿了夜的黑暗，好像离地面很近而离我很远。我的心在这严肃的寂静中收缩起来；我的思想却在这无穷的空间中奔驰着，这天空下面密密地铺着无数的村庄，就像地球表面一样的无声、牢固、静默。

空虚无边的黑暗把我紧紧拥入它的怀中，像是无数的水蛭附着在我的心上，直到我开始慢慢地感到困倦无力。我的心中感到一种模糊的不安，在我们的这个地球上，我是如此渺小，如此无关紧要……展现在我面前的乡村生活，没有让我感到愉快的存在。不止一次，我听到和从书上读到乡村生活比城市的生活更加有利于健康，让人感到亲切。然而，我却看到农民们总是在繁重地劳作着。许多人生着病，都是让沉重的劳动累病的，在他们中间很少有愉快的面孔。

城市里的技工和工人，尽管他们的工作并不轻松，但是他们的生活中有更多的欢乐，他们不像村民们那样抱怨沉闷的、乖僻单调的生活。

对我来说，农民的生活不像看起来那么简单。他们必须不断地紧紧关注着土地，还要在一定程度上对付村民之间相互的狡猾和诡计。在这些饥饿的头脑中，没有任何亲切的东西存在。

我能够看出来，所有的村民们都像是盲人一样，在黑暗中摸索着生活，他们怕事，彼此怀疑。他们中还有一些人有着“狼性”。

让我感到难以理解的是，为什么村民们固执地不喜欢洛马斯、潘可夫？而所有“我们这群人”，只是想根据理智的指引来建造生活。

我很明显地看清了城市人的优势，他们热烈渴望着幸福，大胆追求理想，有多种目标和问题。在这样的夜晚，我总是回想起两个城市里面的人：弗·卡洛根和兹·涅不依这两个钟表工，他们同时修理各种用具、外科器械、缝纫机，制造各种音乐盒和其他的。

这是一块挂在狭窄的门边招牌，位于一个小商店的两扇落满灰尘的窗户之间。在一扇窗户下面坐着弗·卡洛根，他身体强壮，圆脸，总是面带笑容。在他光秃秃的灰脑袋上长着一个大肉瘤，右眼上戴着放大镜。有时，用一把精巧的小镊子修理钟表的机件，还用藏在周围长满硬直的灰胡须后的嘴唱歌。

在另一扇窗户下面坐着兹·涅不依，他是个又瘦又黑、身材矮小的人，稀疏的鬈发，尖尖的胡须，大大的钩状鼻子，黑色的眼睛大得像洋李子，看起来像是一个魔鬼。他也总是忙碌着干活，把各种各样精致的机器分开或是黏在一起，他会不时地突然用那男低音吼一声：“特拉——达姆，达姆，达姆！”

在他们身后，地上杂乱无章地堆着板条箱、机械、备用的轮子、音乐盒和学校里的地球仪。我一眼就能看到这些东西，在架子上放着各式各样的金属物体，并且——在墙上挂着钟摆，它们愉快地摇动着。我多想终日站在这里，看着他们一天到晚地工作，但是我太高大了，挡住了光线，钟表匠痛苦地扭着脸，挥着手赶我离开。

我一边离开，一边羡慕地想：他们多么幸福啊——知道如何做我喜欢的工作。

我很尊重那些钟表匠们，坚定地相信，他们了解所有机械和器具的构造，他们可以修理地球上的任何东西，这才是能干的人呢。

但是乡村生活——我一点也不喜欢，对于农民的生活我是难以理解的。尤其是妇女们喋喋不休地抱怨着她们的健康：一会儿是“心口闷”，一会儿是“胸部沉重”，一会儿又是“肚子疼”，总是一成不变地说着这些。当妇女们在星期日或是节假日聚在一起，坐在伏尔加河的河岸上，或是坐在她们家门口的长凳子上时，讨论病症的话题就要多于其他。

农民们脾气暴躁，在每个琐事上都会狂怒地诅咒。因为一个只值 12 戈比的烂陶器，3 家人就会拿着棍子打起来，这也不新鲜了。从前他们就已经干过这样的事，打断老妇人的胳膊，敲破年轻小伙子的头。在不到一周的时间里，这样的争吵能发生好几起，年轻人厚着脸皮罪恶地调戏起姑娘们，拿粗糙的棍子戏弄她们，他们在田野里捉住姑娘，把裙子撩到她们的头上，然后用树皮把裙子的下摆牢牢地捆在头顶上，这个恶劣的游戏叫“处女开花”。

这些姑娘们腰部以下裸露着，发出尖叫和责骂声。但是看起来，她们并不讨厌这种游戏，她们以一种本来不应该那么慢的速度，放下她们的裙子。

在做晚祷的教堂里，那些年轻人就捏姑娘们的臀部，好像这才是他们来这里的唯一目的。

星期天，牧师站在讲道坛上指责他们：“畜生！你们就不能找个别的地方胡闹吗？”

“在乌克兰，”洛马斯对我说，“人们信仰宗教很真诚，很有诗意。而这里，我所看到的是，人们信奉上帝仅仅出于恐惧和贪婪。那种真正地由衷地对上帝的爱，对于它的力量和美德狂喜地进行赞叹——而你在这些人身上根本找不到。可能这也是一件好事，这样他们就容易摆脱宗教，我告诉过你们，宗教是一种最有害的偏见。”

村子里的年轻人很自大，但是都很胆怯，曾经有3次他们在夜间拦住我，想打我一顿，但是都没有成功，仅有一次棍子打中了我的腿。当然像这样的事，我没有跟洛马斯说，但是他发现我走路时有点跛，他猜到发生了什么事。

“被打了？我告诉过你要小心的。”

尽管他建议我黄昏之后不要在村子里散步，但有时我会沿着后面的菜地，来到伏尔加河岸上。坐在柳树下，透过夜色的面纱，望着河对面的草地。伏尔加河在我面前缓慢而又庄严地流过，落日的余晖反射在呆板的月亮表面将河面映成一片金色。我觉得月亮里面有一些险恶的东西，我不喜欢它的光亮，就像狗一样见了月亮就想发出低沉的号叫。

当我了解到月亮本身不会发光时我很高兴，月亮是死的，没有生命存在它的上面。在这之前，我曾幻想着有铜人在上面居住，他们是三角形状的，走起路来腿就像圆规一样叮当响，好像四旬斋时的钟声。

想象中月亮上的每一样东西都是铜的——植物、动物，所有的——都发出沉闷而刺耳的隆隆声，对抗着地球；所有的东西都在深处密谋着反对地球的罪恶。我如今知道在月亮上什么也没有，真是太好了，但是我仍然希望最好有流星撞到月亮上——猛烈地碰撞让月亮突然发出光芒，用它自己全新的光照亮地球。

看着带着月亮的光辉慢慢流动着的锦缎似的波浪，看着它们在黑沉沉的远处出现，又消失在岸边断崖的黑色阴影之中，我才开始感到恢复了精神，脑子里才有了透明的新感觉。

伏尔加河的夜晚让我思如泉涌，我的脑海里出现了在白天不能用语言形容的思想。流量巨大的河水悄无声息地流动着，一艘汽船沿着宽阔的河面滑行着，黑色的水流，像是一只幻想中的火尾鸟，发出温柔的呢喃声，这只鸟在抖动沉重的双翅，在睡眠中漂浮着。牧草滩上的灯发出强烈的光芒，深红色的光线照射在水面上。这是渔夫的火把，然而可以把它想象为一颗从天空坠落的流星，一朵盛开在水面上的火花。

在书本上读到的东西，现在变成了奇怪的幻想，幻想让这景象变成了一种无与伦比的美，我好像在这柔和的夜色中浮了起来，在水面上漂流着。

伊佐尔特找到了我，在黑暗中他仿佛更高大，也更让人愉悦。

“你又来这儿了？”他问道，并在我旁边坐了下来，陷入了长久的静思中——他盯着水面或是仰望着天空，抚摸着他那光滑的金黄色胡须。有时他幻想着说：“等我学到了知识，读了各种各样的书，我就沿着各条河流走，弄懂我所看到的一切！我将教育别人。是的，我会的。这是多好的事情啊，老弟，当你能把心灵打开的时候！即使是那些妇女们——如果你和她们敞开心扉谈真心话——她们也能理解。那天有一个妇人坐在我的船上，她想知道我们死了之后会怎样。‘我不相信有地狱。’她说，‘我也不相信有天堂。’你是怎么看的？老弟，你看她们也是……”他停了下来找着形容词，然后说：“嗯，挺有思想。”伊佐尔特是一个过夜生活的人，对于美，他有一种敏锐的感觉，并且能用像孩子说梦一样柔和的词句，愉快地讲述。

他相信上帝，但是对它无畏惧感，他把上帝看成宗教中的样子：上帝是一个至高无上、面容慈祥的老人，一个明智仁和的造世主。上帝不能破除罪恶是因为“它没有时间来管所有的事情——有许多人出生后还要到这里来呢。但是它早晚会管的，是的，它会管的——你就等着看吧！然而，只有对救世主——我不能理解，我根本不明白他插入进来干什么，已经有了一个上帝，不是吗？这对于我也就足够了。但是没想到，又出来了一个家伙，他们说是上帝的儿子，儿子又算得了什么？上帝还没死，我就是这样想的。”他说。

然而，更多的时候，伊佐尔特沉默着坐在我的身边，全神贯注地想着他自己的事，不时地发出一声叹息，说几句：“啊，是这样呀……”

“什么？”

“没什么，我在自言自语呢。”

然后他又凝视着黑沉沉的远处，举目遥望黑色的风景，又叹息一声：“多么美好呀——生活！”

我很赞同这一点：“是啊，生活是美好的。”

我们面前阴影中的水面，极像是包着金边的软缎子。在它上面是拱形的银河带，几颗大星星挂在那里，好像几只闪光的金色百灵鸟坠在黑色的天幕中，关于神秘生活的盲目的想法温柔地浮上了心头。

在远处的草原上，已经变红的云正渴望着射出光线，太阳光就像是孔雀开屏一样在天空中铺开了。

“真奇妙啊——太阳！”伊佐尔特喜悦地微笑着喃喃说。

苹果树正在开花，村子笼罩在粉红色的云里面，一种苦涩的香味到处弥漫着，冲淡了大粪的臭味。无数的苹果树开着像粉红色缎子似的花朵，成排地在房屋和田野间伸展。月明之夜，微风吹过花海，花枝摇摆着，发出刚好能听见的沙沙声，村子好像是融入了闪着金光的重重蓝色波浪中。夜莺不知疲倦地热情地唱着，在白天，八哥一直欢快地吵叫着，空中看不见的云雀，也不断地向土地献上它甜美悦耳的歌声。

在节日的夜晚，姑娘和年轻女人们都来到街上观望着。她们像雏鸟一样唱着歌，眼神温和，笑容慵懒而醉人。

伊佐尔特也在醉人地微笑着。他瘦了，眼睛深深地陷了下去，眼圈发黑，面容显得更加清俊，也更显得圣洁了。他整日睡觉，偶然走到街上也是，一副沉思的样子，这仅仅是在将近傍晚的时候。

库库什金粗鲁但友善地取笑他，他就羞愧地咧嘴笑笑回答说：“嗨，你就别说了，能怎么办？”

然后他又兴奋地解释说：“咳，但是生活是甜蜜的！你就想一想吧，那充满爱的善意！人们所能够找到的温暖彼此心灵的妙语！它们中的一些——直到死你也不能忘记，当你重新活过来的时候，你首先想起来的就是这些话。”

“小心点！她们的丈夫会痛打你一顿的。”洛马斯友善地笑着警告他。“唉，打吧。这是有理由的。”伊佐尔特赞同地说。

几乎每天晚上，随着夜莺的啼啭，米贡那激动人心的男高音，就会回响在果园里、田野上、河岸上。他把歌唱得非常优美，因为这，村民们甚至宽恕了他的许多罪行。

每逢星期六的晚上，越来越多的人聚集到我们的店铺旁。在这些人中，不变的是：苏斯罗夫、巴里诺夫、克洛托夫、米贡，他们坐着，边思索，边谈论。一些人来了，一些人走了，就这样继续着，持续到半夜。

有时也有醉汉跑到这儿吵闹——来得次数最多的是退伍兵可斯金。他只有一只眼睛，左手断了两根手指。他来到店铺，挽着袖子，野蛮地挥舞着拳头，像一只好斗的公鸡。用他那嘶哑的破嗓子叫喊：“洛马斯！你这个害人的民族，土耳其教徒，你为什么不上教堂？为什么？异教徒，捣乱分子，我们想知道你到底算是哪一种人？”

大家开始嘲笑他。“可斯金！为什么开枪会把自己的手指给打掉呢？你是不是太害怕土耳其人了？”

这时，他冲过来想打架，但是村民们抓住了他，人们喊着，笑着，把他推到山沟里。他沿着斜坡摔了下去，用刺耳的声音尖叫着：“杀人了！救命啊！”当他从山沟里满身是泥地爬出来时，就请求洛马斯送给他一杯伏特加酒。

“为什么？”

“因为我给你们逗乐了。”可斯金回答说，村民们大声地笑起来。

一个假日的早上，厨娘已经在灶炉里生好了火，走到了院子里。我正在店铺中，院子里突然一声巨响。店铺里的货架摇晃着。装糖果的盒子从架子上滚了下来。玻璃发出清脆的响声，稀里哗啦地直响，不知什么东西在地上滚着。

我慌忙跑向厨房，浓浓的黑烟正在厨房上空翻腾着，在烟雾里面好像有什么东西发出嘶嘶声，爆响着。洛马斯抓住我的肩膀说：“等一等。”门外，厨娘开始大哭起来。

“蠢女人！”洛马斯说着便冲进烟雾，厨房里传来哗啦声，他大声地咒骂着，“不要哭了！拿些水来！”

地板上放着冒着烟的劈柴，一些小木片还在闪着火星。炉砖倒塌了几块，黑乎乎的灶膛里什么也没有。我在烟雾中摸索着找到放水的地方，倒了一桶水扑灭地板上的火。然后我开始把木头扔回到灶膛里。

“小心！”洛马斯告诉我说，他领着厨娘离开了这混乱的地方，把她推到卧室去，命令说：“去把店门锁上。”——又对我说：“阿廖沙，小心点！可能还会爆炸呢。”他蹲了下来，认真地检查着放在地上的木柴。然后他走到灶膛，开始把我刚扔进去的木柴抽出来。

“你这是在干什么？”

“哎——看这里。”

他把一块莫名其妙被炸裂的木头递给我。我凑近一看，钻子已经把里面钻空了，洞里面被烟给烧黑了。

“你明白了吧？这些恶棍竟然在里面塞上了火药，蠢材！用一磅火药就能伤人吗？”

他扔掉木柴，开始洗手，补充说：“真是幸运，阿克西尼娅出去了，她要是在里面一定被炸伤了。”黑雾已经散去，我看到架子上的器皿全都碎了，窗户上的玻璃也全部被震碎了。几块砖头从倒塌的炉子里震了出来。

这个时候洛马斯仍然很平静，他的举动好像是认为这种傻事根本不值得他去生气。

孩子们在外面跑来跑去，传来他们的喊叫声：“失火了！失火了！洛马斯家失火了！”一个女人哭了起来。

阿克西尼娅在卧室里不安地喊道：“洛马斯！他们要砸店铺了！”

“安静点！我马上就来。”他说着，擦干了他的湿胡子。

在卧室打开的窗口处挤满了因恐惧和愤怒而面容扭曲的脸孔，他们眯起被烟雾呛痛的眼，有人兴奋地用刺耳的声音大喊道：“把他们赶出村去！他们老是出乱子！”一个红头发的小个子村民试图从窗户里爬进来，在每次努力之前画着十字低语着。但是他都失败了，他右手拿着一把斧子，左手用力拼命地扒着窗台，可是每次他都掉了下去。

洛马斯手中拿着那块空木柴，问他：“你这么用力想干什么？”

“我来救火。”

“火已经灭了。”

农民吃惊地走了，洛马斯走到店铺的走廊上，手里拿着那根木柴，对人们说：“你们中的某一位，把黑色火药塞到这里面，放到我家的柴火堆里，但是炸药太少，所以什么也没炸坏。”

我站在洛马斯的身后，看着这群人。

那个拿斧子的农民看起来很害怕，对他的邻居说："他老冲着我晃木柴……"

士兵可斯金带着一点醉意，继续喊着："赶他走，这个异教徒！把他送到法院去！"

但是大部分人都保持着沉默，注视着洛马斯，有点怀疑地听着他继续说："得需要很多火药才能炸掉这所房子，可能得 1 普特才够。好了，为什么你们不回家呢？"

有人喊道："村长在哪儿呢？"

"得去找村警！"

村民们不情愿地慢慢走开了，他们好像很失望。

我们走进来，阿克西尼娅为我们倒茶，我以前从来没有见过她如此亲切和友善。她同情地看着洛马斯，说："您从来不控告他们，所以他们就敢任意去欺负您。"

"难道你对此一点也不生气吗？"我问他。

"我没有时间和每一个蠢材生气。"

我暗自想：如果每个人都能泰然地做自己的事，有多好呀！

接下来洛马斯问我要从喀山带什么书回来，因为他打算这几天去一次那里。有时我觉得，他的心里有一种装置，只要在里面装上什么零件，他在整个生命中就会不停地匀速运转着。我很欣赏洛马斯，对他高度地敬佩，但我总想在哪一天看到他生气，跺着脚大吵，对我也好，或是对着别人。然而，这对他来说，根本不可能，或是他不想生气，当他被一个蠢人或是道德败坏的人激怒时，他也仅仅是把眼睛眯成一条缝，说几句简洁明了的冷淡话也就算了。

有一次他问苏斯罗夫："像你这样上了年纪的人！为什么还干这些伪善的事？"这个老农民的脸庞和前额由于窘态而变成了

深红色，甚至连白胡子根也变成了深红色。“毕竟，这对您没有什么好处，并且还会失去人们对您的尊敬。”

苏斯罗夫点着头：“是的，没有任何好处。”此后，苏斯罗夫告诉伊佐尔特：“他真是一个领导！如果我们能选这种人做我们的长官就好了。”洛马斯简洁地向我交代了在他走后，我要处理的事情。我觉得，好像是他已经忘了，就像忘了一只苍蝇的叮咬一样——忘了那天早上的爆炸对他的威胁。

潘可夫跑来检查炉膛，急切地问道：“吓住你们了吧?”

“害怕什么?”

“一场战争。”

“和我们一起吃茶吧。”

“我太太正等着我呢。”

“你从哪儿来?”

“捕鱼场，和伊佐尔特在一起。”

他离去了，经过厨房时他沉思着重复了一句：“这是战争。”

潘可夫和洛马斯谈话时话语很简短——好像对每件重要的、错综复杂的事他们早已进行了长谈。我记得，当洛马斯讲完伊凡勒帝时代的一个故事后，伊佐尔特先说：“一个无聊的沙皇。”

“刽子手。”库库什金补充说。

但是潘可夫坚定地声称：“我看不出他有什么特别之处，他杀掉了王公大臣，但是代替他们的是更多的成群的小贵族地主，而且也从外面带来一些——外国人。在这上面一点不明智。小地主比大地主更坏，苍蝇跟狼不一样，你不能用枪打，所以这更糟糕，比狼更坏，更讨厌。”

库库什金来了，提了一桶和好的泥，往炸坏了的炉子上砌着砖。他说：“这些坏蛋们想的是什么主意呀！连他们身上的虱子都炸不死，还想炸死人——他们还会再来找麻烦的！不要存那么多货，洛马斯。最好是经常去进货，一次不要带那么多，你看着吧，他们可能还会来捣乱的，并且你又有特定的任务！”

所谓的“特定的任务”就是成立让村里的富农们讨厌的水果种植合作社。这一次，在潘可夫、苏斯罗夫和其他几个有头脑的农民的帮助下，洛马斯几乎快把这个组织办成了。大多数农户对洛马斯的态度已倾向于有利的一面，这一点可以从明显增加的那些到店铺来的消费者的数目上看出来。甚至是“不干好事”的人——巴诺夫和米贡也尽可能做一切事情来帮助洛马斯。

米贡对我有更大的吸引力，他那优美动人的歌声，唱到了我的心里。当他唱歌时就会紧闭着双眼，痛苦的脸也不抽搐了。在夜晚，当没有月亮，或者是天空被厚厚的云层遮住时，他就变得生气勃勃。

有时到了晚上，他就会悄声对我说：“出来，到伏尔加河去。”

在河岸上，我看到他正在修理被禁止使用的捕捉鲟鱼的渔具。他横跨着坐在船尾，在黑色的水面里，晃动着他黝黑的罗圈腿。他平静地说：“当上流人物虐待我时，我还可以忍受，他们有地位，知道我所不知道的东西。但是——像我一样的农民，当他们也开始欺负我时，我怎么能忍受呢？我们之间有什么差别呢？不过是他们的口袋里装着几个卢布，而我的口袋里只装着几个戈比——这就是所有的区别！”

米贡的脸依然痛苦地抽动着，眉毛抖动着。他的手指敏捷地工作着，向他的网具上装着刺钩，又用锉子把刺钩磨尖。他那柔和的声音继续说：“他们说我是小偷，这是对的。是的，我偷东西，但是哪一个人不是像强盗一样地过日子呀？每个人不是都在压榨着别人吗？生活就是这样。上帝——他不会爱我们，但是魔鬼喜欢我们！”

黑色的河水在我们身边慢慢地流过，缓慢蠕动的乌云压在我们头顶。天太黑了，我们几乎看不到对岸，波浪轻轻地冲刷着沙滩，冲洗着我的双脚，好像是要把我带到这无边无际的、飘动着的黑暗中。

“人总得活下来，不是吗？”米贡叹着气说，在远处的断崖上，一只狗在凄凉地狂吠。在这黑暗中我问自己：“就像米贡这样生活吗？但是为了什么呢？”伏尔加河上一片寂静，只有黑暗和不安，这暖意融融的黑暗没有尽头。

“他们会杀死洛马斯，一样也会杀死你的。”米贡喃喃说着。突然他开始低沉地唱起来：

> “记得妈妈钟爱着我，她对我说：‘哎哟，雅沙，哎哟，我最亲爱的人，你要平平安安地生活……’”

他的眼睛闭着，歌声变得更加有力、更加忧郁了。他的手指仍在修理着网具，但是慢了下来：

> “可是我从来没有安静地生活，哎呀呀，从来没有，从来没有……”

我有一种奇怪的感觉，好像地球在这沉重的黑暗和无边无际的河水的运动下，正在倒塌；我仿佛正在不由自主地向地层的黑暗中滑下去，在这里太阳永远被淹没着。米贡突然中断了他的歌声，开始静静地把船推离岸边，爬了上去，悄无声息地消失在黑暗中，我凝视着他的背影想：“这种人活着是为了什么呀？”

我的另外一个朋友是巴里诺夫，一个懒惰的家伙。他自大而且懒散，爱说闲话，是个不肯安生的流浪汉，他过去住在莫斯科，提起那个城市，他就轻蔑地说：“莫斯科真像个地狱！到处都乱七八糟的！教堂——那里有14 006座，但是人们——每个人都是骗子，他们浑身长满了疥疮，就像是生疮癣的马。我说的都是千真万确的，他们都是这样！商人、士兵、市民——他们整个城市的人都是一边走，一边抓痒。但是，他们那儿有一门‘大炮王’，巨大无比，它是彼得大帝亲自铸造的，用来轰打那些暴动的人，那儿有一个贵族夫人为了爱情，带兵造反彼得大帝。她和彼得大帝在一起住了7年，有一天他抛弃了她和3个孩子，她气愤极了，起兵造反。呀，就这样，老弟——他就用那门炮对着叛兵们放了一炮，就打死了9 308条人命！连彼得大帝都吓呆了。‘不能用。’他告诉费拉里特——他是个大主教——‘我们要封住这门魔鬼炮，以免诱惑人！’于是他们就把它封上了。”当我对他说这完全是胡说时，他很不高兴。

“我的天哪！你这个人真是讨厌！这些我都是从一个很有学问的人那里听来的，在这儿你却说……”他曾经到过基辅，去那里“朝圣”。对于这段经历，他说：“这个城市有点像我们这里的村子。像我们这儿一样，有一处断崖，也有一条河，但是我记不起来他们叫它什么了，与我们的伏尔加河相比，它简直是一个小水坑！这是一个混乱的城市，我可以告诉你们，所有的街道都不直，弯弯曲曲地往山上爬。人们都是乌克兰人，但是和洛马斯不一样，他们是混血种，一半是鞑靼人血统，一半是乌克兰人血统。他们不好好谈话，总是胡扯，从来不洗澡，脏兮兮的。

“他们吃青蛙，那里的青蛙每个都重达10磅。他们骑牛，也用它来耕作。他们那儿的牛让人吃惊——最小的也有我们的牛4倍重，它约重83普特。那里有57 000个修士，273个主教……咦，难道你不相信？你怎么能和我争论这个？我是亲眼看到的。你呢……你去过哪儿？没有吧？那么，好了，我，老弟——我是喜欢精确的数目，这是主要的事。”

巴里诺夫喜欢数字，跟我学会了加法和乘法，但是对除法却没有耐心。他在沙地上用棍子写，热心而又积极地进行多位数的乘法运算，有错误也全然不在乎，有时他运算出了结果，就以孩子般的好奇凝视着长长的数字，惊叫着：“这样长的数——没有人能念出来啊！”

巴里诺夫是一个笨拙的、衣衫破烂的、头发蓬乱的家伙。但是他的脸蛋可以说是漂亮的，卷曲俏皮的小胡子，两只蓝眼睛天真地微笑着。他和库库什金身上有某些相似之处，可能是因为这点相似之处——两人总是彼此回避。

巴里诺夫曾两次到里海捕鱼。他常唠叨着：“老弟呀，大海——没有什么东西能和它相比！在它面前人就像个侏儒！你看着它，就——不知道你是谁？那儿的生活多好啊，各种各样的人都往海边跑，甚至有一个修道院的院长也去了，他还不错，像我们一样还会干活。”

“有一个厨娘，过去是一个检察官的情妇。每一个人都能有这么好的事吗？但是她离不开海。‘我的检察官，你待我真是很好，但是我们还是分手吧，再见！’因为任何一个见过海的人，甚至只是一次，他就再也走不开了。那么大的地方，像天空一样！没有人管你。我也要回到大海，待在那儿，我不喜欢周围的人，他们让我讨厌。真想做个隐士，住在荒无人烟的地方，可是我不知道是不是有这样的地方。”

他像一只无家可归的流浪狗一样在村子里闲逛。农民们都轻视他，但是都像喜欢听米贡唱歌一样，乐意听他讲故事。“聪明的说谎者！挺有意思的。”他编的故事就是在那些务实的头脑里也留下了印象。像潘可夫这样的农民就感到困惑了，一天他对洛马斯说：“听巴里诺夫说书上关于伊凡勒帝的描述不够真实，它们略去了许多。伊凡勒帝——巴里诺夫说，好像他是个会变化的人，他常常变作一只鹰。因此，从那以后，人们就印了一只鹰在我们的钱币上，用来纪念他。”

我注意到了无数次！——对于那些特别稀奇古怪的、即使有些粗糙的故事，人们也比对生活真理的解释更加感兴趣。当我向洛马斯说起这个时，他微笑着说：“这很快就会过去的，对于人们来说，重要的是学会思索。学会思索，他们就会去想自己的真正道路，对于巴里诺夫和库库什金，你应当学会理解他们。你知道，他们是艺术家、发明家，基督可能也是这样的人。你应称赞他，他有些故事也编得不错嘛。”

有一件事情让我感到吃惊，所有的人都很少而且也不愿意提起上帝。只有苏斯罗夫老头经常深信不疑地谈到上帝：“都是上帝的意愿。”我总是感觉到这句话里一种无望的含意。

我在这些人中间很开心，从晚上的谈话中我学到了很多东西。对于我来说，洛马斯提出的每一个问题，都像一棵根植于生活土壤中的大树——在那儿，在土壤的最深处，它又和另外一棵树的根缠在一起。那同样是一棵大树，每一个树枝上都开满了鲜活的思想之花，翠绿的叶子就是深刻的词句。喝着来自书本的让人愉快的花蜜，我开始感到自己正在向着明确的目标前进。

我谈话时信心也越来越强，洛马斯也不止一次地赞扬我：“阿廖沙，你做得很好！”对于他的这些话，我非常感激。

潘可夫有时会把他的太太带过来，她是一个有着温和面孔的小个子妇人，穿着城市风格的衣服。一双蓝色的眼睛闪着聪慧的光。她总是坐在房间的角落里，谦逊安静地坐着。但是过了一会儿，她的嘴会随着谈话的内容而惊讶地张开，眼睛也瞪得大大的。有时她听到一些敏锐率直的话，就会用手掩着脸不好意思地笑起来。

潘可夫向洛马斯递着眼色，说：“她听懂了！”有一些小心谨慎的人从外地来找洛马斯，他就把他们带到我的顶楼上，和他们一待就是几个小时。阿克西尼娅给他们送食物和水；他们就在上面睡觉，只有我和阿克西尼娅知道他们的出现，她绝对地忠诚于洛马斯——非常崇拜。

半夜的时候，伊佐尔特和潘可夫就划船把这些访问者送到过往的轮船上，或者是送到罗贝什卡码头。

站在断崖上，我望着小如扁豆的船在黑色的河面，或者有时在银白色的河面上穿过。为了引起轮船船长的注意，在小船上挂了一个彩色的灯笼。看着这些，我感到自己是一个伟大的秘密活动的参与者。

第九章

捷里柯夫的妹妹玛丽亚从城里来了，但是在她的眼睛里面不再有让我感到不好意思的神情。现在她的眼神已不像从前那般怯懦，而是透出一股自信的光彩，一个高大的、长胡子的人正在追求她。他用同样的语调和她说话，带点嘲笑的神情，同和别人谈话一样，但是当她在的时候，他抚摸胡子的次数多了，眼神里面有温柔的光在闪动。

至于玛丽亚——她的声音还是那么温柔，穿着一件浅蓝色的裙子，头发上束着一条天蓝色的缎带。她的双手奇怪地不停地动着，好像在寻找着什么东西想把它抓住，她一直哼唱着一种调子，用小手帕扇着她那张粉红色的、容光焕发的脸。玛丽亚身上有些什么东西激起了我新的不安、敌对和忧郁。我尽可能地少见到她。

7 月中旬，伊佐尔特失踪了，人们都说他被淹死了。两天以后这个说法被证实了：他的船冲到了河下游约 7 俄里的地方，船舷碰碎了，船底上有个洞。人们猜想他当时可能睡着了，船被水流冲到了下游大约离村子 5 俄里处，撞上了抛锚在那里的几条驳船。

这件事发生时，洛马斯仍然在喀山，晚上库库什金来到了店铺，他沮丧地坐在一堆麻袋上，盯着地板沉默了一会儿，最后问道："洛马斯什么时候回来？"

"我也不知道。"

他把手放在脸上开始搓他那带有伤痕的脸，小声但很清晰地诅咒着，发出奇怪的吼声——好像是一块骨头卡住了喉咙。

“你怎么了？”

他盯着我，咬着嘴唇，眼睛发红，下巴颤抖着，他一句话也说不出来。我紧张地等着，我知道他的消息一定很悲惨。最后，他朝门外看了一眼，竭力控制着自己，结结巴巴地说：“我和米贡一起划船去那儿了，我们看了他的船，船底的洞是被人用斧子砍的，你明白吗？用斧子，伊佐尔特是被人杀害的，这是真的。”

库库什金摇着头，他开始一句接着一句地咒骂起来，直到声音又干又哑才停止。然后他在胸前画了几次十字，看着他痛苦的样子，让人难以忍受。他的身子抽动着，被痛苦和愤怒憋得透不过气，他想哭，但是他不能——他不知道该怎么办，他又摇着头——跳起来离开了。

第二天晚上一群孩子在河里游泳，发现了伊佐尔特的尸体，在河的上游离村子不远的岸边有一条破驳船，一半搁在岸边的石头上，一半浮在水中。就在船尾的水里面，他被残存的破舵板挂住了，伊佐尔特的脸朝下，脑壳被打碎了，里面空空的，水流已经把脑浆冲走了，他是被人用斧子从后面砍死的，脑后有一个裂口。水流摇动着他的身体，使他的双腿和双臂向岸边摆荡，好像是他正尽力爬出水面。

大约有 20 多个村民聚集在河边，沉着脸，思索着，他们是村里的富农，贫农们在地里还没有回来，狡猾而又胆小的村长忙乱地挥动着手杖，他不断地吸着鼻子，用粉红色的衣袖擦着鼻涕。库兹冥，身体粗壮的店老板，双腿叉开站在那里，挺着大肚子，来回盯着我和库库什金。他的眉毛皱在一起，但是没有光彩的眼里含着泪水，我觉得他的麻子脸上似乎露出了悲惨的神情。

“唉，坏事。”村长在岸上跺着他那罗圈腿，呜咽着说。“唉，多恶毒的事！”他的胖媳妇坐在河边的石头上，毫无表情地盯着河水，用颤抖的手指画着十字。她的嘴抖动着，下嘴唇又厚又红，像狗的嘴唇一样松弛地耷拉着，露出了一嘴黄牙。

男孩子们从山坡上飞奔下来，女孩们快速地往下跑——像明亮的彩球似的从山上冲下来。满身泥土的农民刚从田地里回来，就急匆匆地大步走来了，人群小心翼翼地议论着。

“他是一个讨厌的人。”

“他是谁?”

“哎，库库什金，我跟你说，伊佐尔特是个讨厌的人，就这样。”

“什么也不为，就把人杀了。”

“伊佐尔特从来不伤害人。”

“从来不伤害人?”库库什金转向人群，接过话茬，吼叫起来，“既然这样你们为什么杀死他?！啊？你们为什么杀死他?！你们这一群浑蛋！啊?”

突然一个女人歇斯底里地尖声笑了起来，疯狂的笑声就像是一根鞭子抽打着人群，农民们开始互相喊着、诅咒着、互相拥挤咆哮着。

库库什金冲到那个店老板身边，在他那张麻脸上结实地打了个嘴巴：“该打——畜生!”然后挥动双拳，从人群中奋力冲了出来，对我兴奋地叫着：“快离开！马上要打架了。”已经有人打了他，他的嘴唇开了口，流着血，但是他的脸上闪着兴奋的光，说道：“看见我打库兹冥了吧?”

巴里诺夫跑到我们身边，不安地回头看着那群紧紧地拥挤在破驳船旁边的人。村长尖细的声音响了起来：“呸，拿出证据！我偏向谁了？你拿出证据!”

“我要离开这个地方。”巴里诺夫咕哝着，我们向山坡爬去。

傍晚的空气闷热而又沉重，压得我难以呼吸，深红色的太阳沉没在厚厚的发蓝的云层里，红色的返光照着灌木丛，树叶闪闪发亮。远处传来隆隆的雷声。

伊佐尔特的尸体在我眼前浮现，他在水中晃动着，头发被水流冲刷得好像是竖在他那空荡脑壳上，我想起他低沉的声音和愉快的谈话。“每一个人身上都有孩子般的东西，这是你应看重的东西——每个人心里的天真。你看洛马斯吧——你认为他就像是铁做的一样，但是他也有孩子般的心灵。”

我和库库什金大步并肩走着，他粗暴地说：“用同样的方法，他们会对我们都下毒手的，天啊，多蠢啊！”

过了两三天，深夜里洛马斯回来了，他好像是有特别高兴的事或是别的什么，比以前更亲切地问候着我。当我领他走进屋里时，他拍着我的肩说：“阿廖沙，你的睡眠不太充足吧？”

“伊佐尔特被人杀害了。”

“什——么？”

他的颧骨鼓了起来，胡须抖动着，像是沿着他的胸膛流动着的小瀑布，他忘了取下帽子，站在房子中间，眼睛眯着，沉重地摇着头。

“那么，不知道是谁干的？噢，是的，当然……”他慢慢地走到窗前，坐了下来，疲劳地伸开两条长腿。“我一直都在警告他……地方长官来过了吗？”

“昨天，警官来了。”

“唉，查到了什么？”他问道，又补充说，像是回答自己的问题，“什么也没有查到，当然了。”

我告诉他，警官和往常一样住在库兹冥那里，并且下令关押了库库什金，因为他打了库兹冥一个耳光。

“好了，说这些有什么用？”

我去厨房烧了茶水，我们边喝茶边谈，洛马斯说道：“这些人真是可怜，他们总是把他们中最好最优秀的人杀掉。如果一个人看起来像——高尚的人时，他们就害怕，对于他们来说他是无用的——他阻碍他们的路。当我被流放到西伯利亚时，我就见到过这样一个犯人，他告诉我，他是一个小偷，他们一伙有 5 个人。有一天，5 人中有人提议说，‘伙计们，我们不干了吧，反正也没什么好处，干这事我们富不了吧！’当他喝醉睡着的时候，因为这件事，其他 4 个人掐死了他。告诉我故事的犯人极力赞扬死掉的那个人。‘从那以后我们又杀死了 3 个陌生人。’他说，‘但对他们一点也不怜悯，但是我们的朋友——我为他感到很难过，他是一个好伙伴，聪明乐观，心地纯洁。’‘那为什么你们要杀死他呢？’我问他。‘担心他会出卖你们吗？’我的问题让他很不高兴。‘我们的伙伴？’他说，‘不，他从来不会出卖我们。所有的东西都收买不了他，钱也不能让他出卖我们！只是——有时，他在周围让我们感到不舒服，我们都是罪人，而他好像是圣人，让人不好受。’”

洛马斯站了起来，在房子里走来走去，把烟管紧紧地咬在牙中间，双手背在后面——穿着一件白色的长及脚面的鞑靼式大睡衣，光着脚在地板上走着。他一边静静地思索，一边继续说：“我不止一次地发现——人们害怕‘圣人’，他们想灭绝最优秀的人，人们对付这种好人，有两种方法：一种是先巧妙地想方设法陷害他，然后借机除掉；或者——这个不经常用——他们听着他的每句话，看着他的表情，在他面前爬行，像狗一样。但是要让他们去了解他，模仿他的生活方式，关心他——这是不可能的事，他们不知道如何去做，或者——可能……他们不想吧？”

他从桌子上端起已经凉了的茶杯，继续说：“这是根本不可能的。毕竟，你想想看，他们费了好大的劲儿才建造了现在这种生活，他们已经习惯了这种生活，这时突然有种另外的思想反抗说，他们的生活是不正确的。他们会想：‘什么？不正确？我们过的这种生活很好，你见鬼去吧！’他们打了这个教师，这个圣人一耳光。‘滚开！离开我们！’然而真理仍然在那些敢说‘你们的生活是错的’的人一边，真理站在他们这边，如果生活向着更好的方向前进，那也是他们的成就。”

他指着书架上的书，又补充说：“特别是这些书的成就，我要是能写有多好啊！但是我不适合，我的思想太沉重，太笨拙了。”他坐在桌子旁边，双手抱着头。“我们失去了伊佐尔特……”沉默了很长时间以后说，“噢，我们去睡觉吧。”

我爬上顶楼，坐在窗前。田野上方不断出现闪光，照亮了半个天空。一次次月亮好像是被这透明的微红的亮光吓回去了，狗狂叫着，如果没有这种凄凉的叫声，你一定会想这是生活在一个孤岛上，远处雷声隆隆，沉闷的热气流从窗口灌了进来。

我仿佛又看到伊佐尔特躺在河岸的矮树丛下，发青的脸向上望着天空，但他那玻璃般的眼睛严厉地凝视着自己的内心，金黄色的胡子缠在一起，嘴巴吃惊地张着，他从前说过的话在我耳边回响：

“阿廖沙，善良和亲切是最重要的！这就是我特别喜爱复活节的原因：它是所有节日中最亲切的。”

而现在，伊佐尔特的蓝色裤子在傍晚灼热的太阳光中已经晒干了，被伏尔加河的河水冲得十分干净，紧裹在他发青的腿上，苍蝇在他的脸上飞来飞去，他的尸体散发出浓重的令人作呕的气味。

楼梯上传来沉重的脚步声，洛马斯出现了，弯着身子从我那扇低矮的房门中钻了进来。他在我的床沿上坐了下来，抬起手抓住胡子，说：“我想告诉你，我准备结婚了。”

“一个女人到这儿来住，生活可不容易。”

他专注地盯着我，好像在等着我可能会进一步发表意见，但是我找不到别的话来说，闪光照亮了房间，带来一片可怕的白光。

“我要娶的是玛莎·杰连科娃。”

我忍不住微笑了，在这之前我从来没有想到用玛莎称呼玛丽亚。太有趣了！据我所知，她的父亲或是哥哥捷里柯夫都没有叫过她玛莎。

“您笑什么?”

“噢，没有什么。”

“你认为我对她来说年纪太大了?”

“不，不!”

“她告诉我说你曾经爱过她。”

“我想是的。”

“现在呢？过去了吗?”

“是的，我想是过去了。”

他松开手，放下胡子，平静地说：“在你这样的年纪，会经常这样幻想，可到我这个年纪，就不会这样啦。它会抓住你，抓住你的心和灵魂，直到你别的什么也不想。”

接着，他露出牙齿，带有讥讽意味地笑了，继续说：“安东尼在亚克兴海战中输给恺撒，就是因为放弃了作为指挥官所应指挥的舰队和他的职责，掉转船头去追因害怕而逃走的埃及女王克娄巴特拉去了。你看，爱情能让一个人干出这种事来。”

洛马斯站了起来，向后挺了挺身子，好像是要反对他的意愿似的，重复说道：“就这样，无论如何——我都准备结婚!”

“什么时间?”

“秋天，我们摘完苹果的时候。”洛马斯出去了，出门的时候没有必要地把头弯得特别低。躺到床上，我心里暗想，也许，到秋天我最好离开这里，他为什么要说起安东尼的所有事情呢？我对此一点也不喜欢。

已经到了摘收早熟苹果的时候。这是个丰收的季节，枝条被苹果压得挨着地，果园里到处飘着浓郁的香味，孩子们吵嚷着——捡着还不是太红的被风吹落的黄苹果，和被虫子咬过的坏苹果。8 月初，洛马斯从喀山带回一船器具，还有一船筐子。

一个周末的早上8点，洛马斯刚洗完澡，换好衣服，正要坐下来吃茶，他兴奋地说着："夜晚在河上行船真让人愉快。"这时，他突然抽动着鼻子，停下来不安地问道："难道你没有闻到什么气味吗？"

与此同时，阿克西尼娅在小院子里尖叫起来："失火了！"

我们冲出去，只见在菜园另一头的板棚着火了，里面储备着我们所有的煤油、柏油和食油。我们不知所措地望着黄色的火舌吞噬着一切——在明亮的阳光下变成白光——沿着墙卷到了屋顶。阿克西尼娅提了一桶水，洛马斯把水泼在烧得正旺的火苗上，扔掉水桶喊道："真该死！阿廖沙，你把油桶推出来。阿克西尼娅，跑到店铺里去。"

我很快就把一只柏油桶推出了院子，滚到了街上。接下来，我抓住了一桶煤油，但是当我开始滚动时，发现塞子已经被人拿走了，煤油流了一地。当我找塞子的时候，火已经蔓延开了。火一个劲地通过叮当作响的木板墙向里钻。屋顶开始噼啪作响，像是有人发出嗡嗡的嘲笑声。我推着那半桶煤油出了门——我看见一群——妇女和孩子——从村子的各个地方向我们这里跑来，一边尖叫着、高喊着。

洛马斯和阿克西尼娅正在把店铺里的货物搬出来，放到山沟里。街道中间站着一个白头发黑脸的老婆子，挥舞着拳头刺耳地喊着："咦、咦、咦，你们这群恶魔！"

等我重新进入库房时，里面充满了浓烟，烟雾中间有什么东西在噼噼啪啪地烧着，咆哮着。从屋顶垂下来的火苗像是缎子一样摇摆着，翻腾着，墙上除了发热的窗栏什么也没有了，烟雾中我就像是瞎子一样，喘不过气来。我不知是怎么把油桶推到了库房的门口，但是在门口处油桶却被卡住了，一点也动不了。房顶上的火像雨滴一样洒下来，烧着我的脸和胳膊，我大喊着救命。

洛马斯冲进来把我拉到了院子里。"快跑！快要爆炸了！"

他跑到了屋里。我跟着他也进去了，匆忙地爬上顶楼去抢救我的书。当我把书从窗口扔下去的时候，看到一只放帽子的箱子，我试图把它也扔下去。但是窗户太窄了，我拿着半普特重的秤砣，开始去砸窗栏。这时——一声沉闷的轰隆声，有什么东西重重地溅到房顶上，煤油桶爆炸了。

房顶已经燃烧起来，带着不吉利的噼啪声，红色的火龙从窗口冲进来，蔓延到整个房间，热浪让我无法忍受，我跑到了楼梯口。但是浓烟迎面向我扑来，红色的火舌阴险地扭动着，一步一步地向上爬，楼下的门口处有什么东西咔咔嚓嚓地裂开了，像是谁在用铁牙啃木头。我晕头转向，烟雾围着一切，使我无法呼吸。我无意识地站在那儿，感觉过了好几年——其实只有几秒钟。在楼梯上方的天窗口出现一张长着红胡子的黄脸，嘴唇痛苦地扭曲着，一下子又消失了。

紧接着，血红色的火舌穿破了屋顶，我记得，好像是我的头发着了，耳中只有头发滋滋的燃烧声。我意识到我完了，我的双腿不能动弹，尽管我用双手捂住眼睛，但是它们仍然非常涩痛。一种求生的本能让我急中生智，我在怀中抱了一大堆柔软的东西——床垫、枕头和一捆树皮，再用洛马斯的羊皮外套裹住头，从窗口跳了下去。

当我睁开双眼的时候，已经躺在山沟边上。洛马斯趴在我身旁喊着："你好一点了吗？"

我站起身来，呆呆地看着我们的房子变成一堆熊熊的烈火，渐渐化为灰烬。房顶上的火苗像是飘动的彩旗，房子前面仿佛伸出了许多狗舌头，舔着发黑的地面，窗户里冒着黑烟，屋顶上如同开了朵朵黄花，随风摇曳。

"诶？你好些了吗？"洛马斯又喊道。

他那满是汗水的脸被煤烟弄得黑乎乎的，仿佛连流出的泪也变脏了，他的眼睛焦急地眨动着，胡子上乱糟糟地黏着树皮，一种令人兴奋的浪潮淹没了我——一种无法抗拒的感情。

后来我感到左脚灼热地疼痛，蹲在地上，我告诉洛马斯："我的左脚脱臼了。"他摸着我的脚，然后猛地用力一拉，我全身感到尖锐的刺痛，但是几分钟后，我就高兴地轻微地跛着脚，帮助他们把抢救出来的东西搬到浴池去。

洛马斯很高兴，嘴里衔着烟斗说："当我看到油桶爆炸，火苗冲到屋顶时，我想我一定要失去你了。当时火舌在空中形成一个巨大的圆柱，在上空形成了蘑菇云，整座房子马上就淹没在火海中，我想——再见了，阿廖沙！"

洛马斯又像往常一样平静了，他有条不紊地把抢救出来的货物放好。他对像他一样肮脏和衣衫不整的阿克西尼娅说："您在这儿看着这些东西，我去灭火。"

白纸在黑色的烟雾中飞舞着，落到了水沟上。"唉，"洛马斯说道，"书本！多么可惜！它们都是我最心爱的书。"

已经有 4 座房子着火了，今天没有风，火势数着时间，不慌不忙地向左向右扩展着，伸出柔软的卷须，好像不情愿地钩住屋顶和用枝条编成的栅栏。赤热的屋脊像梳子似的迅速用火引燃了房顶上的茅草，火苗在栅栏上来回跳跃着，像是明亮发光的手指在弹着琴。烟雾中，传来火焰的嗡嗡声，燃烧着的木头也发出阵阵低低的爆裂声，金色的灰烬从烟雾中飞到街上和院子里。

人们慌乱地奔跑着，各自关心各自的房屋和财产，不断地传来悲号声："水！水！"

水源太远了——在断崖下面的伏尔加河里，洛马斯抓住一个人的袖子，拉着另一个人的衣领，很快就把这些村民们聚在了一起，把他们分成两组，让他们清除火灾的根源——拆除栅栏和外面的小屋。

大家都非常顺从地听洛马斯指挥，开始更加有力地和吞噬房子、街道的火势进行斗争。但是——他们在与火势做斗争的时候，好像不是在为自己干活，畏畏缩缩，仿佛没有一点成功的信心。

我感到非常欢跃，觉得自己的生命比以前更加强壮有力。我看到一群人站在街道的尽头，是村子里的富农，在这些人中库兹冥和村长很突出，他们站在那里，喊叫着，打着手势，舞着手杖，却不肯动一根指头去灭火。

农民们正从地里往回赶——骑在马背上，跑得那么快，胳膊肘都颠到耳朵上了，女人们尖叫着，小孩子们吓得在街上乱跑。另外一处的房屋又烧着了，牛棚的一面墙是用粗粗的藤条编成的——必须尽可能快地把它拆除掉，因为上面已经缠上了明亮的火缎子。农民们开始砍栅栏的木桩，但是火星和灰烬不断地落到人们身上，他们不得不跑开，打掉落在衬衫上的小火星。

“不要害怕!”洛马斯冲着他们大声喊，但是没有用。他抓过一个人的帽子，把它戴在我的头上，“你去砍那一头，我来砍这一头!”我一个接着一个地使劲地砍着树桩，栅栏开始摇动，然后我爬上去，奋力抓住最高处，洛马斯顺势拉住我的腿——整个栅栏就倒了下来，差一点把我给压在里面。

农民们一齐用力把它拉到街上去了。“伤着你没有?”洛马斯问我。他的关心让我得到了新的力量，动作也更加灵活了，我很想在这个我所敬爱的人的面前努力表现，于是我发疯一样地干着，仅仅渴望得到他的称赞。

头顶上，我们的书在烟雾中像鸽子一样静静地飞舞着，在右边，火势已经被控制了。但是左边的火势仍在向远处蔓延，10 所房子又烧着了，洛马斯留下几个人看着，以免这红色的毒蛇又搞诡计，他带着其余的人跑到那边更危急的地方。当我们经过那一群富农身边时，我听见其中一个人恶毒地说：“他是纵火犯!”

库兹冥说：“他的浴池——到那儿看一下!”

这些话深深地在我的记忆中留下了愤恨，但我兴高采烈地拼命干着，不知疲倦——直到最后累得筋疲力尽。我记得当时瘫坐在地上，背靠着一个热乎乎的东西。

洛马斯向我身上浇了一桶凉水，农民们站在我们周围，钦佩地低语着："这小伙子真强壮。"

"他是可靠的！"

我把头靠在洛马斯的腿上，不体面地哭了起来。他抚摸着我湿淋淋的头发说："休息一会儿吧，你真是够累的。"

库库什金和巴里诺夫，两个人都像烧炉工一样全身黑乎乎的，他们把我带到山沟里，安慰我说："没事了，老弟！现在一切都结束了。""让你受惊了。"

我正要躺下来歇一会儿，却看到10多个富农走下了山沟，朝着我们的浴室走去。村长走在最前面，在他后面跟着两个村警，架着洛马斯的胳膊，洛马斯没有戴帽子，一条湿淋淋的袖子也被扯破了，牙齿紧紧地咬着烟斗，他的脸可怕地扭曲着。

退伍兵可斯金挥动着手杖，狂暴地叫喊着："把他扔到火里去！异教徒！"

"打开浴池。"有人要求道。

"你们自己把锁砸开吧，钥匙丢了。"洛马斯大声说。我跳起来，从地上捡了一根棍子，跑到洛马斯身边。两个村警吓得向后退了几步。

村长尖细的声音害怕地叫着："信教的人！你们不能砸锁——那是违反法律的！"

库兹冥用手指指着我大喊："还有这一个！我想知道他是谁！"

"冷静点，阿廖沙。"洛马斯对我说，"他们认为是我们自己放火烧了店铺，把东西藏到了浴池。"

"就是这两个家伙干的！"

"砸锁吧！"

"信教的人们……"

“我们自己承担，不连累你们!”

“我们来负责!”

洛马斯小声说:“我们背靠背站着，防止他们从后面打我们。”

锁被砸开了，几个农民拥进了浴室，但是立刻又都出来了。趁此机会，我把棍子塞到洛马斯的手中，又从地上捡了一根。

“里面什么也没有。”

“啥都没有?”

“狡猾的东西!”

有人怯生生地说：“我们也许错怪了……”

几个醉汉一样蛮横的声音打断了他：“你是什么意思——错了!”

“把他们扔到火里!”

“捣乱分子!”

“还去搞什么组织!”

“小偷! 他们一群都是小偷!”

“住嘴!”洛马斯在这吵闹声中大声喊着，“你们都已经看到了，浴室里面什么都没有，你们还想干什么? 所有的东西都烧完了，我们抢救出来的东西都在这里堆着，你们都看到了，我们烧自己的东西对我们有什么好处呀?”

“他保了火险。”

十几个人又狂暴地大喊起来：“我们还等什么呀?”

“我们受够了!”

我的腿开始发软，眼前发黑。透过微微发红的烟雾，我看见他们一张张凶残的脸，长满胡须的嘴正大叫着。我几乎不能控制我的愤怒，想冲上去痛打他们一顿。

现在他们围着我们，又蹦又跳：“看啊，他们带着棍子呢!”

“棍子!”

“他们要拔去我的胡子了。”洛马斯说，通过他的语气我感到他在苦笑着，“阿廖沙，你也要跟着我遭殃了，我为此很抱歉。但是你不要发怒，要沉住气。”

“看呀！这个小子还带着斧头！”

我确实是在腰间插了一把木匠用的斧子，我已经把它给忘了。“他们好像有点害怕了。”洛马斯小声说，“但是——如果他们动手了，你最好不要用斧子。”

一个我不认识的农夫——跛着脚，样子丑恶，身子矮小，疯狂地在周围跳着——用他最大的声音尖叫着：“离开他们，用石头砸！出了事由我承担！”

他捡起一块锯齿状的砖头，凶猛地朝着我的肚子掷来。我还没有来得及回击，库库什金已经从上面扑了下来，和他抱成一团扭打着，两个人滚到了山沟底。然后潘可夫也出现了，急忙加入到了我们的行列，接着，巴里诺夫和铁匠，还有十一二个农民都来了。

库兹冥故作威严地下了撤退命令：“洛马斯，你是个聪明人，不过你要明白，大火——把村民们都快吓疯了。”

“到河边去，阿廖沙，我们在客栈里找点水喝。”洛马斯说着，从嘴上取下烟斗插到衣袋里。他用棍子作为手杖，沉重地从沟底走出来，这时，库兹冥跟着他，试图和他说些什么，洛马斯看也不看他一眼，说：“笨蛋！滚开！”

我们看着自己的房子，那里还有一堆金色的灰烬闪着光。在灰烬中间是没有受损的炉灶，从烟囱里冒着一缕青烟，飘入炽热的空气中。床架上的铁条烧得通红，一根根地竖立着，就像蜘蛛的腿，门柱子就像是黝黑的哨兵矗立在那里——其中有一个柱子顶端还冒着红火星，就像装饰着舞动的火羽毛。

“书都烧掉了。”洛马斯叹息着说，“真是遗憾！”

孩子们用棍子拨弄着残存的木头块，就像是赶着许多小猪一样，把它们从院子里推到泥泞的街道上。木头发出嘶嘶声，熄灭了，空气中弥漫着难闻的白色烟雾，一个四五岁的蓝眼睛孩子，长着浅黄色头发，坐在暖和的黑水坑里，用一小块木头敲着撞瘪了的铁桶，专心致志地听着发出的金属声。

受灾的人们哭丧着脸走来走去，搜集着大火之后留下的财物。为了那些留下来的垃圾，女人们又哭又吵。果园里，果树静静地站在那里，到处都是被大火的热浪灼坏的树叶，红苹果更加醒目了。

我们下到河里洗了澡，然后静静地坐在岸边的客栈里吃茶。“无论如何，就我们的苹果来说，这些大吸血鬼们是输了。”洛马斯最后说。

潘可夫进来了，他好像正想着什么，态度显得比往常更温和。“哎，你有什么感觉?”洛马斯问他。

潘可夫耸耸肩说：“这房子的确保过险了。”

大家都静默了，我们像是陌生人一样坐着，互相用眼睛打量着对方。“洛马斯，你准备干什么呢?”

“我还没有决定呢。”

“你应该离开。”

“我看看再说。”

“我有一个计划。”潘可夫说，“我们到外面谈一下吧。”

他们离开了，潘可夫走到门口停了下来，回头对我说：“你，小伙子——你不是一个胆小的人！你能在这儿住下去，人们都怕你。”

我也离开了客栈，躺在岸上灌木树丛的阴影里，望着河水，尽管太阳已经西落，但是天气仍然很热。我在农村的整个生活在面前展现开来，就像是用彩笔在河面上绘成的画卷，我的心沉重起来，但是疲劳使我沉沉地睡着了。

“你醒一醒!”睡梦中我听到有人在叫我，而且感到有人摇晃着我，要把我拉到什么地方去。“你睡死了？还是怎么了？醒一醒!”河对面的牧草地上挂着一轮月亮，又红又大，圆圆的像是一个车轮子，巴里诺夫俯在我的身边，用力摇着我的肩膀。

“快走吧！洛马斯正到处找你呢，他很担心。”

他走在我的后面，嘟囔着说：“对你来说这很危险——随地就睡！要是有人走过，在这断崖上面绊了一跤，就会有石头掉在你身上。他们也可能故意这样做，我们这里的人，老弟——他们记仇的，除了这，他们什么也记不住。”

树丛里面有人在轻轻走动，树枝轻微地摇晃着。“找到他了吗？”米贡声音洪亮地问。

“他很安全。”巴里诺夫回答道。我们默默地走了一会儿，他叹着气说：“米贡又打算偷鱼了——他的生活也不容易。”

我一进来，洛马斯就严厉地责备我：“你怎么能这么不小心呢？你想让人痛打一顿吗？”

后来，巴里诺夫走了之后，他阴郁地告诉我：“潘可夫想让你留在他那里，他打算开一间铺子，我并不劝你接受这个建议。现在，就说我——我把烧剩下的东西都卖给了他，准备启程去弗亚特加，我在那里安顿下来以后，就会给你来信，你可以和我一起住在那里，你同意吗？”

“我再想想吧。”

“那好吧。”

他睡在地板上，来回翻了几个身，就静静地躺着不动了。我坐在窗口边，眺望着伏尔加河，月光照在水面上就像是那炫目的火光。一艘蒸汽轮船沿着长满青草的河岸向前行驶，轮片沉重地拍打着河水，船顶上的 3 盏桅灯穿过黑夜，有时擦着星星，有时把星星淹没在灯光里。

“还在生那些农民的气？”洛马斯困倦地问，“不要和他们生气，他们很愚昧，就是这样，凶狠就是愚昧的一种形式。”

他的话不能使我得到安慰，不能平息我心中的苦涩与怨恨。我又一次看到那些毛发丛生的、野兽般的脸，耳边响着他们恶毒的声音：“站在远处，用砖头砸他们。”

那时我仍然没有学会遗忘这些令人悲痛的事。渐渐地，我开始明白，这里的每个人，单独把他拿出来，在他身上凶恶的东西并不多，从本质上说，他们都是心地善良的人。他们当中任何一个都能够露出孩子般的微笑，任何一个人都会像孩子般地信任你，听你讲追求真理和幸福的故事。他们有一种奇异的心理，凡是能使他们按照自己的意愿轻轻松松生活的一切东西——这就是他们的法律，那么他们就很珍视这种生活。

但是当这些人聚在一起时——村民开会或者是在河边的小客栈里——他们就把身上的好品质藏起来，穿上像神父那样虚假和伪善的外衣，他们对村子里的富农就像狗一样表现出奴态，有时看见他们那副模样就恶心。或者，他们会突然凶狠残忍起来，头发竖起，龇着牙，像狼群一样，他们互相怒吼着，随时准备争斗和大打出手——而这仅为了一些琐事。

在这一瞬间他们变得非常可怕——仿佛敢把教堂推倒在地。尽管前一天晚上，他们还像是进栏的羊一样温柔和顺从地聚在这里，他们当中有诗人，有天才的演讲者，但是他们得不到爱戴，他们是村里人忽视和嘲笑的对象，我再也不能在这些人中住下去了，不能了！

我们分手的那一天，我向洛马斯说出了我心中所有的痛苦想法。

"你的结论不成熟。"他用责备的口气说。

"但是——如果我对此确信不疑，我该怎么做呢？"

"错误的结论！完全没有理由。"他温和而又耐心地劝说了我很长时间，试图向我证明我的想法是错误的，我的结论是不正确的。

"不要急于得出结论！谴责别人是最容易的事，不要盲目地跟从。思考事情不要片面，要记住：一切都会过去的，一切都会发展的，太慢了？是的，但是——它是牢靠的！试着用你自己的眼睛看每一件事；试着亲身感受一下每件事。不要害怕，但是不要轻易地谴责别人。再见了，我的朋友——直到我们再次见面!”他对我告别道。

15 年之后，我们在亚库梯区才又见面。在这期间，洛马斯在雅库茨克流放了 10 年，因为他的“民权派”活动。当他离开克拉斯诺维多沃村时，我的心变得沉重、凄凉起来。我在村子里像是一只找不到主人的狗，四处徘徊，我和巴里诺夫走村串巷受雇于富农：打谷，挖土豆，收拾果园，我住在巴里诺夫的浴房里。

“阿廖沙，孤独的灵魂!”巴里诺夫在一个雨夜说。“哎——我们动身到海上去吧，明天？啊？我们待在这里有什么意思？这里的人都不喜欢我们的亲切，你永远不知道他们可能干什么，总有一天，他们会杀死我们的。”巴里诺夫以前就提过这个建议，他的心情很沉闷，他的双臂无力地垂在身子两侧，就像一个在森林中迷了路的人，失去了希望。

大雨敲打着窗户，水流顺着山沟流下来，冲刷着浴室的一角。这是今年最后的一场大雷雨了，闪电在空中放出惨淡的白光，巴里诺夫又静静地问道：“我们准备动身吧，明天?”

第十章

我们终于启程了。这是一种不能用语言表达的愉快心情——秋天的夜晚航行在伏尔加河上，我坐在船尾，挨着舵手，他是一个长着大脑袋、满头乱发的怪物，他一边撑舵，一边用脚沉重地踏着甲板，发出深沉的声音："噢——噢——呜啵！噢——呜！"

水——没有边际，像乌黑油亮的丝绸一样光滑平静地流淌着，轻拍着河岸，黑色的水面上挂着秋天的乌云，除了缓慢移动的黑暗之外，什么也不存在。黑暗模糊了河与岸的界限，整个大地融化在黑暗之中，融化在这烟雾和水汽里——无休止地向下流动着，流向一个安静的、空阔的地方，在那儿没有太阳，没有月亮，没有星星。

在黑沉沉的雾气中，一艘看不见的汽船沉重地喘息着，溅起浪花，好像在与抵抗它前进的顽强力量做斗争。船上有 3 盏灯——两盏像是浮在水面上，一盏高高地飘在空中。靠近我这边还有 4 盏灯，就像金色的小鲤鱼在乌云下面游动。其中一盏就是我们这艘驳船的桅灯。

我感到自己被包围在一个又冷又滑的泡沫里，它正顺着斜面慢慢下滑，我也随之下滑——像只苍蝇——粘在里面，我好像觉得，所有的动作，都在慢慢地停顿，直到完全停下来。轮船将不再发出低沉的吼叫，隆隆的轮翼也将停在黏糊糊的水面上，所有的声音都好像消失了，如树上的落叶——如用粉笔写的字一样被擦去，我完全陷入沉重和静寂的包围中。

那个在舵旁边走动着的傻大个，穿着破羊皮外套，戴着毛茸茸的帽子——他也停下来，好像中了邪一样站着不动。他也不再发出低吼声："噢——啵！噢——呜！"

我问他："你叫什么名字？"

"和你有什么关系？"他粗声回答。

他这个人笨得像个狗熊。傍晚，我们离开喀山的时候，在落日的余晖下，我看到了他的脸，他像个盲人，眼睛细得几乎看不见，脸上长满了毛发。他站到舵旁，把一瓶伏特加酒倒到一个木勺中，像喝水一样把它喝完了，接着又吃了一个苹果。当驳船猛地开动时，他抓住舵柄，看一看又红又圆的太阳，脑袋一摆，严肃地说："上帝保佑。"

这艘大轮船总共从下诺夫哥德罗的集市上拖了 4 艘船，要运到阿斯特拉罕去，船上装满了铁器件、糖桶和不知装了什么的沉重的木箱子。

巴里诺夫用脚踢了踢木箱子，又用鼻子闻了闻，想了一会说："枪，一定是枪，是诺夫斯克工厂生产的。"

但是那个舵手在他的肚子上打了一拳，说道："这关你什么事？"

"我只是想……"

"你想挨一顿揍？"

我们没有支付轮船的票钱，人家发"善心"让我们坐上了这条驳船，虽然我们也轮流"站岗值班"，可是船上的人仍然把我们当成乞丐看待。

"你整天说——人民！"巴里诺夫说，"生活——就这么简单。只要你能爬到最上面，就可以骑在人们头上，要是你不能，就只能被踩在下面。"

夜色是如此黑暗使我不能看到另外的几艘驳船，除了它们挂在桅尖的笼罩在烟雾中的桅灯之外，烟雾散发出煤油的汽味，舵手阴沉地沉默着，这让我感到恼怒。我被水手长派到这里，给这个怪人值班，在必要的时候帮助他，他注意着灯光，到了转弯处，他平静地叫道："嘿！把稳了！"

我赶忙跳起来帮他撑着舵。"好了。"他嘟囔着说。我又重新坐到船板上，每次我试着和他谈话，都被他不变的反问给打败了："这和你有关吗？"

他到底在全神贯注地想什么？当我们经过卡玛河和伏尔加河交汇处时，卡玛河黄色的河水正注入钢青色的伏尔加河，他向北面望了望，咕哝道："浑蛋！"

"谁？"

他没有回答，在远处无边无际的黑暗中，狗凶猛地狂叫着——提醒着人们，仍然还存在着没有被黑暗吞没的、残存的生命在游荡，他们似乎在远得到不了的地方，而且——显得多余。

"他们这里的狗真差劲！"舵手突然说道。

"你指的是哪里——这里？"

"哪里的都一样。我们那里你才能看到真正的狗。"

"那里是哪里？"

"沃罗格达。"

他的话不断向外吐露着，像土豆从破麻袋里朝外滚，都是单调累赘的话："和你在一起的那个人是谁？你的叔叔？我看他是傻子。我也有一个叔叔，他可是聪明人！很恶毒，又有钱，他在西姆比尔斯克管理码头，还有一个酒馆。"

他费力地说完了这些话，然后就又沉默了。他凝视着前方，盯着黑暗中的船顶桅灯，我看不见他的双眼。"撑稳了！你读过书吧？那么你可能会知道——是谁写的法律吗？"没有等我回答，他就接着说："人们的说法不一样。有人说，是沙皇写的，有人说是主教写的；或者是参议院写的。如果我知道这是谁写的，我会去找他，我会对他说：'你写的法律最好是让任何人都不能动——甚至让我连胳膊都不能举起来。'法律——就该像铁一样，像锁和钥匙，把我的心锁上，到此为止！我就不能抵抗它了。”

他一直自言自语着，声音越来越低，最后听不见了，只听见他用拳头重重地打着舵柄。

轮船上有人用话筒大声喊着什么，但是这嘶哑的声音就像是在遥远的地方，狗的狂叫一样——被这贪婪的夜吞没了。船两边的3盏灯影像点点的油斑一样在黑色的水面上漂浮着，融化着，无力打破这黑暗。在我们的头顶上，黏稠沉重——像河里淤泥一样的大块的乌云缓慢地飘浮着，而我们不断地向黑暗的深渊中滑动着。

舵手阴沉地抱怨着：“它们把我带到哪儿了？我的心都给紧紧地抓住了……”

我感到冷漠、寒意和沉闷的沮丧涌上心头，什么也不愿想，只想沉沉睡去。黎明小心翼翼地穿过乌云挣扎出来了，没有阳光，一切显得阴暗、无力，水面变成了铅灰色，河岸露了出来：黄色的树丛，铁锈色的松树枝，一排村舍，一个石雕般的农民的身影，一只海鸥扇动着长长的翅膀，哗的一声从上面飞了过去。

舵手和我被换了下来，我爬到防水布下就睡着了，但是很快就被吵闹声和沉重的脚步声惊醒了。从防水布下面向上看，我看见3个水手把那个舵手按在船舱的墙上，七嘴八舌地说：“彼得鲁，不要这样！”

“上帝会挽救我们的！它不会扔下我们！”

“你不要这样了。”

舵手彼得鲁双手交叉在胸前，手指紧紧抓住自己的肩膀，一只脚踩着船板上的一个什么包袱。他没有反抗，只是用他的眼睛轮流看着每个水手的脸，然后用嘶哑的声音请求说：“让我走，不要让我犯罪！”他光着脚，没有戴帽子，穿着短裤，黑色的乱蓬蓬的头发遮住了他突出的显得固执的前额，细小的充满血色的双眼——像鼹鼠眼一样——惊恐不安地恳求地望着大家。

“你会被淹死的!”水手们说。

“淹死我？不可能，让我走吧，弟兄们。要是我不走，我准会去把他杀了！我们一到达西姆比尔斯克，我就会……”

“你可不要这么干。”

“弟兄们呀……”

彼得鲁张开双臂挨着舱壁，跪了下来，就像被钉死在十字架上的人，他又一次恳求着：“让我走吧，不要让我去犯罪!”

他的声音有一种震撼人心的、发自内心深处的呼吁。他伸开长长的手臂，双手颤抖着，手心向外；那长满乱胡子的狗熊脸也在颤抖着；那鼹鼠般的黑眼珠向外瞪着，好像有一只看不见的手掐着他的脖子，试图扼死他。人们静静地给他让开了一条路，他笨拙地站了起来，捡起了包袱，说道：“谢谢!”

彼得鲁穿过舱板，来到船舷边，用我没有意料到的敏捷动作跳入了水中。我也来到船舷边，看到他头上顶着包袱，又好像是戴着帽子，摇晃着脑袋，斜着穿过水流，向着沙岸游去。迎接他的是被风吹得弯了腰的岸边的树丛，它们把枯黄的落叶撒到水面上。

几个人说：“毕竟，他战胜了自己!”

“他疯了吗?”我问。

“疯了？根本没有！他在拯救自己的灵魂。”

彼得鲁已经游到了齐胸深的浅水中，他站在那儿，在头顶上挥动着他的包袱。水手们喊道：“再——见!”

有一个人问道：“没有身份证他可怎么办呀?”

一个红头发、罗圈腿的水手解释说：“彼得鲁在西姆比尔斯克有一个叔叔，骗走了他所有的财产。于是，他下定决心要去杀死他的叔叔。但是，你知道了——他挽救了自己，远离了犯罪，一个看上去粗暴，可是心地却善良的人，他就是这种好人。”这时，这个“好人”大步走在狭窄的沙滩上，朝上游走去，很快他就消失在树丛中。

原来这些水手们都是好人，他们都像我一样出生在伏尔加河，到晚上的时候我已经成为他们自家人了。然而，第二天，我就发现他们却皱着眉头，以不信任的目光看着我——我马上就猜到是巴里诺夫又在乱说，对这些水手们又讲了他幻想出来的故事。

“你和他们说了什么？”

他抓着头，承认——有点难为情，但是他那女人般的眼睛里露着微笑，说：“就说了一点。”

“我不是告诉过你要管着你的舌头吗？”

“嗯，我本来就没有说什么。但是——这个故事多好啊！我们本来要玩扑克的，可是它被那个舵手带走了，我们感到很沉闷，于是我就讲了……”

通过我的询问，弄清了巴里诺夫为打发时间编的故事——一个非常有趣的故事，在故事的结尾洛马斯和我就像是古代的海盗，手上拿着斧子和一群村民搏斗。和他生气是没有用的，对巴里诺夫来说，真理存在于现实生活之外。

有一天，我们一起流浪着找活儿干，坐在山沟的边上休息，他充满信心地亲切地对我说：“真理——你应当选择你自己的真理，合乎自己的心意！你看，在山谷那边有一群牲畜，有牧狗和一个牧人。唉——这有什么意思？这能让我们得到什么，有什么可以温暖我们的心灵？没有，我亲爱的朋友，你只要睁眼看看，坏人——他们就是真理。好人呢？他们在哪儿？那些好人——他们还在等着被发明出来！远着呢！”

到达西姆比尔斯克之后，水手们毫不客气地让我们离开驳船。“我们和你们不是一类人。”他们说完，就划船把我们送上了码头。在岸上我们坐了一会儿，晒干衣服。我们两人只有 37 个戈比，于是我们去一家酒馆吃了茶。

“现在我们该怎么办?”

巴里诺夫坚定地回答说：“怎么办？啊，只有前进了。”

我们乘一艘客船偷渡到了撒玛拉，在那儿有条驳船雇用了我们，7天之后，我们几乎没有碰到什么意外，就来到了里海的海滨。

在这里，我们在一家小型渔民合作社找到了工作，就在卡尔美克地区那个肮脏的卡布库尔贝依渔场。

附录：

母亲（节选）

有一次，她丈夫深夜回家，喝得醉醺醺的，一把抓住她的手，将她拖下床来，抬腿就朝她的腰间踢了一脚，骂道："滚出去！贱货！老子已经厌倦你了！"

她站起身来，躲到厨房里，披了一件上衣，又用围巾裹了孩子，沉默不语，既不叫喊也不抱怨。就那样，她衬衣上只披着件上衣，光着脚跑到街上。

天快要亮了，她心里害羞而又担心，生怕有人出来看见她这么狼狈地半露着身体。她走到沼泽附近，在那长满了小白杨的地上坐着，在夜色中望着黑暗的天空呆坐着，她怯弱地唱着，用歌声安慰着睡着的孩子和自己深受委屈的心。

"噢——噢——噢……噢——噢——噢……噢——噢——噢……"

往事的回忆始终萦绕在母亲心中，然而从旁边不知哪儿忽然发出了另外一种想法："你看看，人们和和气气地、安静自若地生活着！不吵架，不喝酒，也不为了一块面包争抢，和那些在黑暗中生活着的人们完全不同……"

瑟蓓娅吸着烟，她吸了很多，差不多是在一根接一根地吸着。

“我丈夫最喜欢这首曲子。”她焦急地吐了一口烟雾，说完之后，又重新手抚琴键，弹奏出柔软而悲伤的和音，“以往，我是多么喜欢给他弹琴，他是个多愁善感的充满爱心的人……”

“她肯定是在追忆她的丈夫。”母亲感觉出来了，“哦，她还带着微笑。”

“他让我感受到了许多幸福。”瑟蓓娅轻声地说着，仿佛是在用轻快的琴声给她伴奏，“他是多么懂得生活呀！”

她用力地按着琴键，于是，钢琴发出了一声很高的呼声，仿佛一个人听到了有关自身的不幸的消息一样——这消息触动了他的心，引起了这种令人醒悟的惊心动魄的声音。一阵活泼的音律，如同吃惊似的战栗起来，又惶惶惑惑地匆匆消失；接着又发出一声愤怒的高叫，把其余的声响都压下去。一定是发生了一件不幸的事情，然而，这不幸的事情所引起的并不是哀怨，而是愤怒。后来，终于出现了一个亲切而有力的人，他唱起一首单纯而美丽的歌，仿佛在劝说大家，叫大家都跟着他走。

涅考拉一边听着母亲说，一边静静地擦他的眼镜，瑟蓓娅忘记去吸那根即将燃尽的烟卷，只顾睁着大眼，注视着母亲的面孔。她侧身坐在钢琴前，不时地用她那纤柔的手指轻轻地按着琴键，这种优美的谐音，谨慎地跟母亲那由衷而发的坦诚的言语汇合在一起。

母亲依然没有结束讲述的意思，她又对他们讲起了她认为的十分新鲜、十分重要的事情。当她讲到自己的充满屈辱的生活和她甘心忍受的艰难的时候，她的嘴边挂着叹息的微笑，丝毫也没有埋怨和嫉恨。尤其是讲到过去那灰色悲惨的日子，列举被丈夫殴打的情形时，她显得坦然、轻松。只是屡遭打骂的原因之小，着实叫她惊讶，自己每每不能避免遭这种打骂，她感到奇怪……

“有一次，我觉得自己很不幸，如同我的一生是在患着热病。”瑟蓓娅垂着头低声说，“那时是在流放中，住在一个小小的县城里，整天无事可做，整天想的也都是关于自己的事情。我想把我一生所有不幸的事拿来权衡一下，这些不幸是：和亲爱的父亲争执，因为被学校开除而感到屈辱，坐牢，亲密的同志的背叛，丈夫的被捕，重新入狱，流刑，丈夫的死。那时候，我觉得我是一个最不幸的女人。然而，将我的不幸再加 10 倍——彼拉盖雅·尼罗芙娜呀，依旧抵不上您一个月生活中的痛苦……那是长年的持续折磨啊！……人究竟靠什么力量来忍受这巨大的痛苦?”

“他们习惯了!”弗拉朵娃叹了口气回答她。

“我认为我过去明白这种生活。”涅考拉沉稳地说，“然而，现在听到的这些，和书里写的或是跟自己支离片段的印象都不相同，这是从深受迫害的人的经历中亲耳听到的——这太让人觉得恐惧啦！琐碎凌乱的事情是可怕的，微不足道的事情是可怕的，长年累月累积下来的每一瞬间也是……”

3 个人的谈话持续着，他们毫无保留地诉说着惨痛的生活。母亲陷入深深回忆之中，从朦胧模糊的过去里，挑出每天所受到的屈辱与痛苦，构成了一幅幅凝重的、无法言表的恐怖的画面——她的青春就是在那无言的恐怖中度过的。最后她说：“太多的话是说不完的，不妨碍你们休息了……”

几天之后，母亲和瑟蓓娅穿上了穷市民的家常衣服，来到涅考拉跟前，她们俩都穿了破旧的印花布长衣，外面加了一件短袄，肩上背了口袋，手里拿着拐杖。这种打扮使瑟蓓娅显得矮了一点，她那张苍白的脸显得格外严肃起来，涅考拉和姐姐告别的时候，紧紧地和她握住手。在这个时候，母亲感觉他们之间的关系是那么单纯。这些人不接吻，也不说爱抚的话，可是他们之间的关系却十分真诚和热切。她从前所接触和了解的那些人，尽管常常接吻，常说爱抚的话，然而他们经常像饿狗一般打架撕咬。

有一次，瑟蓓娅到一个陌生的城市去看朋友，刚踏上朋友家所在寓所的楼梯，便发现朋友家正被搜查。这时候要退回去已经来不及了，因此她放大胆儿，聪明地按响了住在她朋友下面的那家人的电铃，接着提着皮包走进了陌生的人家，坦诚而从容地向他们解释着目前自己的危险情况。

那家人非常害怕，一夜都不敢入睡，时时刻刻提防有人敲门。然而，他们不仅没有把她交出来，第二天早上还和她一起讥讽了那些宪兵。

母亲听了她的故事，感觉十分有趣，双眼含着爱抚望着她，修长消瘦的瑟蓓娅迈着她那匀称的双腿，轻快而稳健地走在路上。在她的步伐之中，在她虽是沙哑却精神抖擞的话语和声调之中，在她整个挺直的身形里，都包含着一种精明、健康、灵活、勇敢的神气。她的眼睛闪烁着青春的光芒，和全身上下所有的地方一样，都充满了朝气蓬勃的欢喜。

然而，瑟蓓娅说的话有时十分激烈，让母亲觉得不安："米哈依洛难道不喜欢她？"

可是，不大一会儿之后，瑟蓓娅说的话又是很单纯很诚恳的了，母亲注意到了她的双眼。"您还是那么年轻！"母亲感叹地说。

"啊，我已经 32 岁了！"瑟蓓娅朝她喊道。

弗拉朵娃笑了一笑。

"我不是这个意思，看了您的面相模样，也许可以说，您不是非常年轻了，然而看到您的眼睛，听到您的声音，那真叫人惊讶呢，如同您还是个年纪轻轻的姑娘呢！您的生活尽管这么不安定、这么辛苦、这么危险，然而您的心总是带着欢笑。"

瑟蓓娅略有点自豪地回答说："我们已经得到报酬了，也找到了我们想要的生活，我们可以拿出全部的精神和力量，此外还有什么奢求呢？"

母亲向她扫视了一下，又低下头来不安地思索："米哈依洛恐怕不会喜欢她……"

此时的空气格外清爽，虽然她们不是在疾步向前，却走得十分轻快。母亲觉得，她仿佛真的是去朝拜圣地，她回忆起了幼年时代过节的时候，她常跑到离村子不远的修道院去参拜圣像时的那种兴奋的心情。

瑟蓓娅偶尔用动听悦耳的低音唱出一些关于天空和恋爱的新歌，或者突然念出一些赞美田野、森林和伏尔加河的诗歌。母亲面含微笑听着，她受到了诗歌和音乐的节奏的熏染，情不自禁地随着诗的韵律和音乐的节奏点着头。她的心里，仿佛夏天黄昏时分的古老而美丽的小花园一般，充满温和宁静的沉思。

她们最终在第二天到达了村子，母亲向一个正在种田的农夫打听到了柏油工地的地点，不多久，她们顺着一条陡峭的、布满一个个像楼梯一样的树桩的林中小道走下去了。然后，她们来到一块小小的圆形的林中空地，地上乱堆着木炭和沾满柏油的木片子。

耶贝莫坐在桌旁，目光闪闪地打量着眼前这两个巡礼的女人，然后对同伴们嘟哝地讲了几句，等她们走到桌前，他站起来默默地朝她们行了个礼，然而他的同伴似乎对她们置之不理。

“我们这里过的日子太平淡枯燥了。”列彼边说边轻轻地拍了拍弗拉朵娃的肩膀，“谁都不来，东家不在村里，主妇进了医院，似乎在做经理，请在桌子旁边坐下吧，想喝点茶吗？耶贝莫！快拿点牛奶来！”

耶贝莫镇静自若地走到小屋里去，两个巡礼的女人从肩上取下口袋，有一个瘦高的小伙子站起身来，过去给她们帮忙。另外一个矮胖的头发蓬乱的小伙子，仿佛寻思什么一样，把胳膊撑在桌上，望着她们，一会儿挠挠头，一会儿低声吟唱。

柏油那股怪味儿和腐烂了的树叶子的臭味儿掺杂在一起，熏得人头要发晕。

“他叫亚可夫。”列彼指着瘦高个儿的小伙子介绍说，“这边的叫耶戈纳金。唔，你的儿子怎么样？”

耶贝莫拿来了一壶牛奶，他从桌上取了茶碗，又用水洗了洗，接着倒了牛奶，送到瑟蓓娅面前，并且认真地听着母亲的话，他显得很谨慎，不弄出任何声响。

母亲那简短的讲话结束之后，——大家彼此谁也不看谁，都沉默起来了。过了片刻，耶戈纳金坐在桌旁，开始用指甲在桌板上画着花纹。耶贝莫站在列彼后面，将臂肘放在列彼的肩上。亚可夫靠在树上，两手交叉着放在胸前，垂着头，瑟蓓娅在这个时候偷偷地注意着那些农民。

3 个小伙子一同望了望母亲，谁也没说什么。

列彼低下头去，慢慢地追问：“那么，他在准备这次游行之前，总会清楚他要碰见什么危险的吧？”

“当然清楚的！”瑟蓓娅高声回答。

母亲又伤感地回想起五一那天的场景，再加上怀念儿子和安德烈，心里就更加难受了，她不知所措，茫然四顾着。

窄窄的林中空地上，零散地堆着柏油木桶，还有些连根挖出来的树桩。橡树和白桦密密地长在空地的四周，很自然地裹住了这块空地，树木被静谧束缚着，岿然不动，只把它们暖和宜人的深色影子投射在地上。

瑟蓓娅的脸色苍白起来，她沉默地注视着那些农民，耶戈纳金眯起了眼睛，摇着头。亚可夫又站在小屋旁边，用黑黑的手指愤怒似的剥下木杆的树皮。耶贝莫在母亲的背后沿着桌子缓缓地踱着。

母亲害怕瑟蓓娅会对他生气，连忙厉声地说道：“她是我的朋友，米哈依洛·伊凡诺维奇，她是个好人，做这项工作都累出白发了，你说话不要这么过分。”

列彼意味深长地叹了口气。

“我的话让她生气了吗？”

瑟蓓娅望了望他，冷漠地问："您有话要对我讲吗？"

"我吗？有的！近来这儿来了一个新的伙伴，是亚可夫的堂兄弟，他患了肺病，可以叫他来吗？"

"当然可以啦。去叫吧！"瑟蓓娅回答。

列彼眯起了双眼，朝她斜视着，然后压低了声音说："耶贝莫，你去走一趟，叫他晚上来，——就是这样。"

耶贝莫戴了帽子，默不吭声地向森林里走去。

列彼望着他的背影点了点头，小声对大家说："他正烦恼呢，轮到了他的兵役——他，还有亚可夫。亚可夫明了地说，'我不能去。'其实他也不能去，然而又想去，他想去激励兵士，我劝他说，'别自不量力。'但是他们预备拿起枪来就走。是啊，他在苦闷着呢，耶戈纳金刚才嘲笑他，那是没有用的！"

"也不是一点作用没有！"耶戈纳金忧愁地说着，但眼睛并不看着列彼，"到了那边，他们会逼着他服从，他就能够和其他兵士一样开枪。"

"不会这样容易吧！"列彼沉思地说，"然而，如果能够逃避兵役，那当然更好。俄罗斯这样大，到哪儿去找他？弄到一张护照，就可以自由出入乡下了。"

"我就这样办！"耶戈纳金用一块木片在自己脚上敲着，说道，"已经决定反抗，就果断地反抗吧！"

谈话到此停止了，蜜蜂和黄蜂忙忙碌碌地飞来飞去，嗡嗡地响着，使那空间显得十分寂静。小鸟叽喳不停，远远地传来了一阵歌声，歌声在广袤的田野上荡漾着。

列彼沉默了一会儿，醒悟般地说："好，我们该去做工了，你们自己注意休息下，亚可夫！你把那些枯叶拿来给她们，好，老太太把书给我吧。"

母亲走进屋，在一角落里坐下来，瑟蓓娅搂着母亲的肩膀，一声不响地看着屋里的情形。

“米哈依洛伯伯！这里在骂我们农民呢!”亚可夫头也不回地说。

列彼转过头来，瞧了他一眼，然后笑嘻嘻地说：“那是善意的责怪!”

耶戈纳金咽了口唾液，抬起头来，闭着眼睛说：“这儿写着，‘农民已经不是人类。’肯定，已经不是了!”

他单纯的脸上，立刻显出愤怒的神色。“哼，我们换个角色，来活动活动看。让我瞧瞧，你会变成个什么样子——自以为精明得不得了似的!”

“我得躺一会儿。”母亲静静地对瑟蓓娅说，“那些气味让我受不了，真的感觉有些累了，您怎么样?”

“我不想睡。”

母亲躺在木板上很快就睡着了，瑟蓓娅坐在她旁边关切地照料着她，不时地看看他们几个读书人的情形。时而有黄蜂或者野蜂在母亲脸上打转，瑟蓓娅就及时地把它们赶走，母亲蒙眬中看到此景，心中十分高兴——瑟蓓娅的这份真诚令她深感欣慰。

列彼走到跟前来，用粗犷的声音轻轻地问道：“她睡了?”

“嗯。”

他注视着母亲的脸，沉默了一会儿，然后叹了口气，轻声说：“跟着儿子走上同一条路，她估计是第一个吧，是第一个!”

“我们去旁边吧，免得吵醒她!”瑟蓓娅说，“唔，我们得去做工了，我们晚上再谈吧！喂，我们走吧……”

他们 3 个一起走了，剩下瑟蓓娅待在小屋旁边，母亲心里想着：“他们终于能够融洽相处了，太好了……”

暮色慢慢浓重起来，森林更加静谧，于是，人们说话的声音听起来显得更加温和了。

篝火重新炽热起来，比以前的更旺也更亮了，影子往树林乱窜，又猛退到火边，围着火焰无言而又充满敌意地跳着舞，火堆里的湿树枝发出噼噼啪啪的响声，诉说着怨恨。一阵阵的热空气摇动着树叶，使它发出耳语一般的声响。火焰跳来跳去像是在游戏，互相拥抱着，红色的火舌向上卷起，散出一个个火星。燃烧着的树叶在飞舞，天上的星星仿佛在对那些火花微笑着频频招手。

吃饭的时候，病人又讲了起来："他们为何看着我们累死也不管啊？——我们的性命是在工厂里断送的——我们的老板送了一套金制的洗漱用具给歌剧院的一个女演员，连尿壶都是金的。这个金尿壶里有我的劳动，我的生命！你看，就是这种东西耗费了我的生命，这个人用工作剥夺我的性命，用我的血汗来讨他情人的开心——用我的血汗替她买金尿壶！"

母亲将身体稍稍挪向瑟蓓娅，静静地问道："难道他说的是真话？"

瑟蓓娅高声回答说："不错，是真的！送金器的事报纸上登过，那是莫斯科的事。"

"然而，那家伙没遭到任何报应！"列彼低声说，"应该把他判为死刑——把他带到老百姓面前，把他剁成肉酱喂狗，人民站起来的时候，一定要重重地惩罚他们。为了雪洗自己的屈辱，群众是要叫他们流血的，这些血，是群众的血，是从群众的血管里面吸出去的，群众才是这些血的真正主人！"

"冷得很啊！"病人说。

亚可夫扶他起来，扶着他走到火堆跟前。

篝火熊熊地燃烧着，没有长脸的影子们惊讶般地望着火焰的欢快游戏，在篝火周围颤动不已。

列彼将头向他那边示意了一下，然后对瑟蓓娅说："这比书还要残忍！机器切断了工人的一只手或者是轧杀了一个工人，这还可以说是他本人不注意。可是吸干了一个人的血，就把他当死尸一样扔掉，这就太不人道了。不管怎样杀人，我都能理解，然而为着自己的娱乐去折磨人家，那我是不能明白的，像我们这样的老百姓为何就该受折磨呢？这完全是为了好玩，为了作乐，为了活得有趣，为了用血可以买到一切——女戏子、马、银制的餐刀、金做的面盆……还替他们的孩子买些什么贵重玩具。他们整天想着：'你们去做吧，你们卖力去做，我呢，可以靠你们的劳动储存金钱，去买金尿壶送给情妇。'"

母亲默默地听着这些话，望着眼前的一片黑暗，又像有一条光带一般闪烁着一条鲍威尔和他的同志们所走的道路。

接着，瑟蓓娅不知疲倦地讲着全世界人民为获得生活的权利而进行的抗争，讲到了过去德国农民的斗争，爱尔兰人的不幸，以及法国工人在不断争取自由的斗争中的伟大功绩。

在这沉浸着无尽的夜色的森林之中，在这被树林包围着、被黑暗的天幕笼罩的林中空地上，在这跳跃着的火光面前，在这一圈仿佛带着敌意一样的人影中间——震撼了惶惶终日、贪得无厌的人们的世界的那些事件，一一苏醒过来。全世界战斗得困乏了的人民，流着鲜血，一个个地走过，人们又回忆起那些为自由和真理而牺牲的战士的名字……

瑟蓓娅那微带沙哑的声音低低地流动着，仿佛来自遥远而真实的远方，她的声音让大家看到了希望而倍感自信，大家伙都静静地听着给予自己精神震撼的弟兄们的这些故事。每个人都专心地注视着这个女人的苍白而消瘦的面孔，在他们面前，全世界人民共同的神圣的事业——为了争取自由而进行着无穷无尽的斗争——愈来愈鲜明地放出了光辉。一个又一个的杰出的人，从遥远的、被黑暗和恐怖的幕布遮住的过去，在他们不知道的外国人中间，看到了自己的信念和希望。他们都渴望来到这个世界，因为他们在这个世界里发现了许多许多的朋友。这些朋友，在很久之前就已经同舟共济和义无反顾。他们决定寻找人世间的真理，并且付出了无限沉痛的代价来使自己的选择神圣化，为了那光明灿烂的新生活的到来，抛头颅，洒热血。和所有的人们在精神上靠拢的感觉产生了，而且不断地增强着，一颗充满了渴望明白一切、团结一切的热切的崭新的心产生了。

“总有一天，世界上各个国家的工人们都会抬起头来，坚定地说：‘够啦！我们终于摆脱了这种生活！’”瑟蓓娅十分自信地说，“那时候，那些只是靠着贪婪而变得有力的强者，他们虚无的力量就会丧失殆尽！他们将没有生存的空间。”

“那是一定的！”列彼点点头说，“假使不怕死，什么事情都可以成功！”

母亲耐心地听着，眉脊高高地耸着，心中感到无比地激动与兴奋。她感到，先前认为在瑟蓓娅身上的那些多余的东西，例如急躁、锋芒过盛、过于豪放等，现在都不见了，都融入在她那热烈而又流畅的故事之中。

夜色的宁静，火焰的跳动，瑟蓓娅的面孔，都使她欢喜不已，然而，农民们认真、严肃的态度更让她觉得欢欣。他们害怕妨碍故事的继续，怕打断使他们和世界连接的那根光辉的线，因此每个人都是纹丝不动地端坐着。他们中间，只是有人偶尔小心翼翼地往篝火里添些柴草，当篝火堆里忽然飞起一股烟和些许火星儿的时候，他们就迅速地用手挥挡着，尽量不让烟和火星飞到他们那边。

有一次亚可夫站起身来，低声说：“请暂停一下……”

他迅速跑进小屋去，拿来了衣服，然后和耶戈纳金一起一声不吭地为这两个女人盖好肩头、裹好双脚。

瑟蓓娅还在继续讲着，她描述着胜利的日子，述说着信念的力量，这使他们清清楚楚地意识到，他们的命运和那些为富人无聊的享乐而忍辱负重地忙碌了一生的人们的命运是相同的。

准确地说，母亲并没有为这番话感到激动兴奋，然而，因为瑟蓓娅的言语而唤起的要拥抱一切人类的那种伟大的情感，使她心中也对那些人充满了感谢和忠诚的情意。那些人冒着生命危险去努力接近那些被劳苦的链条束缚了的人，而且给他们带来光辉的理性和对真理的热爱。

“上帝啊！愿您保佑他们！”她闭了双眼，心中默念。

天快亮的时候，瑟蓓娅感到劳累了，于是沉默下来，她微笑地看着周围，人们面带喜悦地沉思着。

“我们该走了！”母亲说。

“是该走了。”瑟蓓娅疲惫不堪地应道。

人群中间，有人深深地叹了口气，好像还舍不得离开。

“你们要走了，这真是怪可惜的！”列彼用他从来没有过的温柔的声音说，“您讲得真好！搞好大家的关系是非常重要的！现在我们知道千百万人都有着和我们同样的希望，心也变得更加善良了，这种善良就是伟大的力量！”

“你用善良去待他，他用棍子来待你！”耶贝莫一边戏谑地说着一边迅速站了起来，“米哈依洛伯伯，趁天还没黑，我们赶紧回去吧。若不然，将来我们把书分了，政府里又要来搜查这些书的来路了。也许，有人会记起，有两个巡礼的女人来过这儿。”

“那么，好吧，真是谢谢了！妈妈！谢谢你的工作！”列彼打断了耶贝莫的话，感叹道，“我看着你，心里就一直想着鲍威尔的事——你能干这样的工作，真伟大呀！”

他满脸带着温和的笑容。天气非常寒冷，但他只穿了一件衬衫，领口还大敞着，袒露出胸膛。

母亲望着列彼魁梧的身材，亲切而又关心地劝诫道：“天气很冷——要多穿件衣服！”

“我心中的希望之火正在熊熊燃烧着！”他回答说。

3个小伙子站在篝火旁讨论着什么。病人盖着皮袄，躺在他们脚边。

这时，天快亮了，夜的阴影正在消退，树叶摇动起来，十分轻快，如同在等候着太阳。

“那么，再见了！”列彼握着瑟蓓娅的手亲切地告别，“到城里的时候，怎样才能找到您呢?”他们听了，互相望了一望，仿佛这简单的一句话深深地触动了他们。这时候，病人发出了沙哑的咳嗽声，那堆篝火快要燃尽了。

“再见了!”农民们低声说，这句饱含着哀愁与热切的话盘旋在她们的耳际，久久地伴送着她们前行。

在黎明的朦胧中，她们沿着林中小径缓缓地走着，母亲跟在瑟蓓娅身后，感叹地说：“一切都是如此顺利啊，太好了！大家都想了解真理，亲爱的，大家都是这样！仿佛大节日早祷前的教堂一样。教士还没有来，教堂里面又暗又静，颇为阴森，然而参拜的人们已经都陆续来了。圣像前面点起了蜡烛，蜡烛亮起来了，照亮了教堂，慢慢才赶走黑暗。”

“对啦!”瑟蓓娅高兴地回答道，“只是这里的教堂是整个世界。”“整个世界!”母亲沉思着点了点头，忍不住把瑟蓓娅的话又重复了一遍。“真的太不可思议了，您真会讲话，讲得真好！我原来还一直担忧，害怕他们不喜欢你呢。”瑟蓓娅沉默了一会儿后，充满怜爱地小声说道：“跟他们在一起，人会变得单纯……”

“有时候，某一个人讲了半天，你也听不懂，然而他突然的一句简单的话可能会让你大彻大悟!”母亲一边思考一边说，“那个病人的话就是如此，工人们在工厂里或是在其他的地方总是遭受欺压的事情，我早就听人说过，自己也知道些。然而，由于早已习惯了，就不再有特别的感受，现在，那病人突然讲了那么桩气人又卑鄙的事情。天哪！难道工人们辛苦了一辈子，就是为了让老板开开玩笑吗？这是怎么说也说不过去的呀!”

母亲没有一刻不在思索这件事，在这件事的阴暗而又无耻的光亮里，使她明白了以前曾经知道，但现在已经忘记了的那些类似的丑陋的行为。

“然而，他们是对一切都不感兴趣了！我听见过这样的一个故事：有一个地方自治局的议长，当他的马走过村子的时候，一定要逼着老百姓对他的马行礼，谁不行礼就把谁抓起来。他这样做究竟有什么必要呢？真是匪夷所思，匪夷所思！”过了片刻，瑟蓓娅轻声地唱了起来，虽然声音不高，但她唱的歌却像清晨的阳光一样充满朝气……

尼罗芙娜的生活过得特别平静，她自己有时也会惊讶于这种平静，儿子还在监狱里，她明明知道，会有严厉的惩罚在等待着他。然而每一次她想起这事的时候，恰恰与她意志相悖，她总是想起安德烈、贝嘉和其他许多人。

涅考拉总是非常辛苦，生活得十分单调乏味：早上 8 点钟喝茶、看报，并将新闻告诉母亲。母亲听他讲着，就仿佛非常逼真地看见了那情形似的，看见活生生的笨重的机器，是怎样无情地将人们铸成金钱。

母亲觉得，他和安德烈有某些相似的地方，他和安德烈一样，谈到人的时候并不会怀有恶意，因为他认为在如今这种不合理的社会里面，所有人都是有罪的。然而，他不像安德烈那样对生活充满信心，也没有安德烈那样热情。

他讲话的时候总是特别冷静，声调像一个正直的法官。尽管他说的是可怕的事情，但脸上仍是带着怜悯的微笑，不过他的眼神却非常冷静、坚决。母亲看见这种目光，心里就明白了，他不会宽恕任何事、任何人——而且不能宽恕——母亲觉得，这种坚决对他来说是非常困难的，因此心里便觉得很舍不得涅考拉，于是也就更喜欢他了。

涅考拉在 9 点钟准时出去办公。这时，母亲收拾好房间，准备午饭，洗了脸，换上整洁的衣裳后，便坐在自己的房间里翻看书上的插图。

现在，她虽然能独自看些书，但依然有些吃力，看不多大一会儿，就会觉得很劳累，字句的连贯也就弄不清楚了，然而书中的图画却像吸引孩子一般吸引了她。这些图画让她仿佛看到了一个奇妙的新世界：大的城市、好看的建筑物、机械、轮船、纪念碑、人类所造就的无限的财富，以及令人目眩的大自然奇观，于是，生活也就无限地丰富起来了。每天她都能感觉到新奇、未知的事物，是生活用它丰饶的财富和无限的美景不断地、强烈地刺激着母亲那已经醒悟了的、饥渴的灵魂。

许多晚上，客人都聚集在他们家——白脸黑发、态度严肃、不大开口的美男子阿历克塞 · 代西里耶维奇；圆头、满脸酒刺、总是觉得遗憾一般咂着嘴的罗曼 · 彼得罗维奇；身材瘦小、留着尖尖的胡子、声音很细、性子很急，喜欢大叫大喊，说出话来如同锥子一般尖利的伊凡 · 达尼洛维奇；以及一直拿自己、拿朋友们、拿他的慢慢加重的毛病开玩笑的伊格尔；还有其他远道而来的客人。

涅考拉总跟他们长时间地交谈着关于世界工人的话题。

有时候他们非常高兴，手舞足蹈地辩论，不停地大口大口喝茶；有时候在他们大声谈论的过程中，涅考拉默默地起草传单，写完之后，向大家诵读一遍，接着马上用印刷字体将传单抄写出来。这时，母亲总是认真地把撕掉的草稿的碎片拾起来烧掉。

每天晚上，母亲总是为他们倒茶，她对于他们谈到的工人大众的生活和前途，谈到的如何更迅速而有效地向工人宣传真理，提高工人的热情等事情时的热烈情绪，都感到十分惊奇。他们经常会发生争执，而且互不相让，于是双方都感到气愤，可是不多久，却又争论起来。

母亲觉得，自己比他们更加了解工人的生活。她觉得，她对他们承担的任务的艰巨，比他们本身看得更清楚，这种感觉使她对他们怀着一种宽容甚至有点忧伤的感情，正如大人们看到在扮夫妻游戏、然而却不理解这种关系的悲剧性的孩子时的心情一样。她常常不自觉地拿他们的话跟鲍威尔和安德烈的话比较。相较之下，她感到两方之间存在着差别，然而起初她不能懂得这种差别。她总是觉得，他们说话时嗓门特别大，她于是对自己解释说："了解得越多，说话的声音也就越响……"

可是母亲又常常感到，仿佛这些人都是故意在互相刺激，故意做出激昂慷慨的样子，似乎每个人都想向同志们证明，真理对于自己比对其他人更为接近、更为珍贵；其他不服的人也同样如此，于是开始了激烈而粗暴的争论。母亲觉得，他们每个人都想说服别人，她很不愿意看到这种情形，于是用恳求的眼光望着大家，心里想："他们已经忘记鲍什①和其他同志了……"

尼罗芙娜时时感到内心有一个强烈的愿望想要对她说："好孩子，我清楚你在爱他……"然而她总把它放在心里，不曾表露——这位姑娘严肃的面貌、紧闭的嘴唇，以及例行公事般的枯燥的谈话，仿佛都在预先拒绝这样的爱抚。

母亲只好叹着气，沉默地握着她伸出来的手，想道："我可怜的……"有一次，纳苔莎来了。她看见母亲非常开心，抱住她吻了又吻，然后突然轻轻地说："我的妈妈死了，死了，怪可怜的。"

她摇了摇头，很利索地擦了眼泪，继续说道："我很舍不得我的妈妈，她不该那么早就离开我。然而，话又说回来了，死了反而可以清闲安逸了。她总是单独待着，没有人和她说话、聊

① 鲍什即鲍威尔的昵称。

天，成天就担心挨我父亲的责备，这样也算是生活吗？人活着谁都期望过上好日子，然而我的妈妈整天受气，不敢有任何期望。”

“纳苔莎，您说得对！”母亲想了一想，说道，“人如果没有期望，那活着还有什么意思？”母亲和蔼亲切地抚摸着纳苔莎的手，关切地问她：“你现在只有一个人？”“一个人！”纳苔莎轻快地回答。

母亲沉默了一会儿，忽然满脸微笑地朝她说：“不要紧！好人总会有许多人陪伴的……”

纳苔莎当上了县里一家纺织工厂的教员，于是，尼罗芙娜就时常把禁书、宣言单和报纸送到她那里。

她喜欢跟人谈话，喜欢听他们讲各自的生活、满腹的牢骚与不满；她喜欢看别人强烈不满的样子，因为这种不满一方面能反抗命运的打击，一方面也预示着正在寻找方法解决问题。

在她眼前，越来越广泛地、多样地展现了那种为了养家糊口而忙碌不安的人们生活的情景。不管任何地方，都可以清清楚楚地看见要哄骗人、剥削人，千方百计地为自身的利益而压迫别人的那种残忍无耻的、明目张胆的勾当。

每次出门之后，再回到涅考拉那里的时候，母亲总是对白天的见闻感到兴奋无比，再加上工作完成得圆满顺利，也就更加神采奕奕了。

“这样到处走走，看看，真是一件美事！”晚上，她常对涅考拉这样说，“这使你可以知道，生活究竟是个什么样子，老百姓已经被逼得走投无路了，他们备受屈辱，在那里奔波劳作。然而，有谁过问他们究竟愿意不愿意呢？他们总会思考着为什么会这样？为什么要压迫剥削我们？地上的东西很多很多呀，为什么我们要挨饿呢？世界上到处都有知识，为什么我们是愚昧无知的睁眼瞎呢？都说仁慈的上帝看人是不分贫富贵贱，全部都当成他的孩子的，他到底在哪里呢？人民由于不满自己的生活，逐渐就愤怒起来——他们感觉到，要是他们再不替自己打算打算，那么这不合理、不公平的生活就会把他们闷死！”

母亲心里产生了一种热切的愿望——就是想用自己的话向人们说出生活的种种不合理的现象，有时候她竟然很难控制住这种愿望。

涅考拉每次看到母亲看插图的时候，总是微笑地讲些美好而又不平凡的事情给母亲听。她被这种大胆的作为吓得不知该说什么好，于是惊奇万分地问涅考拉：“这事能成吗？”

有一次，向来都十分准时的涅考拉回家晚了许久。

一进家门，连外套都顾不上脱，便亢奋而激动地搓着双手，匆匆忙忙地说：“尼罗芙娜，今天有一个同志从狱里逃出来了。但那是谁？我还没有打听出来……”

母亲的心立刻激动起来，身子晃动了一下。

母亲赶紧在椅子上坐下，低声问道：“那会不会是鲍什？”

“或许是吧。”涅考拉耸耸肩膀，说道，“然而怎样帮助他躲藏起来呢？现在到哪儿去找他呢？我刚才在街上各处走了一遍，心里想，或许可以碰到他？我知道这个办法很笨，但也别无他法了！我再去走一趟……”

“我也去！”母亲高喊一声。

“您到伊格尔那里去，或许他能知道点消息。”涅考拉边说边一溜烟似的跑了出去。

她满怀希望地跟着出了门，眼前有点发花，心脏跳得很快，双腿差不多要跑起来。她只顾低头往前，仿佛周围的一切都不存在。

“等我到了那边，也许他正在那里！”这种希望仿佛电光一样在她的心里闪着，有力地驱使着她。

弗拉朵娃一边听沃索西柯夫讲着，一边点着头，并且用余光看了看伊格尔发青而又臃肿的双颊，他那张扁得不行的脸显得太死板了，只有双眼透露着活泼欢快的光芒。

“饿得很，想吃点东西！”涅考拉像记起什么，突然说。

“妈妈，面包在架子上，再请你走到走廊里，敲一下左边第二扇门，有一个女的会出来开门，您就叫她把一切可吃的东西一起拿过来。”

“我哪吃得了那么多？”涅考拉反对说。

“你放心，不会太多的。”

母亲走出去，敲了敲门，便凝神听着，一面悲伤地想起了伊格尔。

“他快要死了……”

“谁？”里面问道。

“伊格尔·伊凡诺维奇叫我来的！”母亲低声回答，“他请你去一下。”

“就来！”里面不开门只是回话。

母亲等了片刻，重新敲门，这次门迅速地开了，只看见一个戴眼镜的女人走了出来。女人一边匆忙地整理上衣那很皱的衣袖，一边厉声地问母亲：“什么事？”

“我是伊格尔·伊凡诺维奇派……”

“哦！我们走吧。啊，我认识您！”她低声说，“您好！这里很暗……”

弗拉朵娃望了望她，想起她以前到过涅考拉家里。“都是自己人！”她也是这样觉得。

那女人几乎撞在母亲身上，于是就让母亲在前面走，自己跟在后面。她一边走一边问：“他不舒服吗？”

“是啊，他躺着。他让你带点东西给他吃。”

“哦，还是不吃为好。”

她俩走进伊格尔的房间的时候，听见他沙哑的声音说："朋友，我是很快就要回老家了。廖得米拉·法西里耶夫娜，这个家伙一声不响地就私自逃出来了，胆子真不小！请您先给他点东西吃，之后将他藏起来。"

那个女人点了点头，很关爱地望着病人，严肃地说："伊格尔，有人到您这儿来，就应该马上来叫我！我看，你已经两次没有吃药了，真不当回事！朋友们！到我那去吧！医院里很快就会派人来接伊格尔。"

"那么，我还是要进医院？"伊格尔无奈地问道。

"是啊，我跟您一块去。"

"跟我进医院？唉，天啊！"

"不要再乱讲了……"

她一边说着，一边伸手整一下伊格尔胸口的棉被，仔细打量了涅考拉一番，然后又检查玻璃瓶子里还有多少药水。她的声音显得稳重镇定，脸色十分苍白，两道黑眉毛几乎在鼻梁上连在一起。

母亲不太喜欢她的这张脸——她的脸仿佛非常傲慢，眼睛里没有光泽，更不带着丝毫笑意，她总爱用命令的口吻说话。

伊格尔用另外一只眼睛望着母亲，他的嘴唇缓缓地展开来，算是笑了。母亲低下了头，突然对他感到无比同情，以至于差不多要流泪。

"这不要紧，这是很自然的，有了活的乐趣肯定要有死的义务。"

母亲怜惜地把手抚在他的额头，又轻声地劝慰："不要说话了，好吗？"

他闭了眼睛，仿佛是在倾听自己胸中的痰声，过了一阵，他固执地继续开口说话了："妈妈，让我说话，不要紧的！不说话有什么好处呢？不过是多受几分钟的悲痛。一方面，还要丢掉跟好人谈话的乐趣，我估计那个世界是不会有这么好的人的。”

每次她受了嘱咐去办什么事的时候，她总是一心想努力地将它完成，从来都是专心致志，一丝不苟。

此刻，她也是很担心地皱着眉头，郑重其事地问：“您准备让他穿什么样的服装？”

“无所谓啊！反正他是在夜里走。”

“夜里反而不好——路上人少，容易被人察觉，他又不太机灵。”

伊格尔嘶哑地笑了起来。

“可以到医院里去看你吗？”母亲问道。

伊格尔咳嗽着点了点头。

廖得米拉用她的黑眼睛望着母亲的脸，很快地说：“您愿意和我轮流着来照顾他，对吧？很好，然而，现在赶快去吧！”

她温柔地、可是又不容分说地挽着母亲的手臂，把她带出门外，站在门口，压低嗓门说：“请您不要介意我这么做！他讲话对他的身体无益。然而，我希望……”

她捏着手，手指发出咯咯的声响，然而，她已经疲倦得快坚持不住了，这种解释使母亲狼狈起来，她闪烁其词地说：“您这是什么话呢？”

“您要仔细留心一下，有没有暗探。”她低声地叮嘱，然后她就抬起双手，在额角左右擦了一下，她的嘴唇在抖，面色似乎比以前温和。

“我知道的！”母亲带着几分骄傲地说道。

走到门外，母亲停了下来，整一整披巾，仔细看了看周围。在街上的人群里面，母亲已经差不多能够很准确地认出暗探来——他们的步履总是故意装得很轻盈的样子，表情上、姿势上都带着不自然的放肆，脸上带着疲劳和无聊的表情，还有那双惶恐的眼睛，眼光严厉得令人不快，眼色躲躲闪闪，像贼一样不断地掩饰着。

来到一条凄清的街上，萨茜卡[1]在那儿等着他们。然后，母亲就朝涅考拉默默点头告别，单独回家了。

“然而鲍什却没能逃出来，昂特廖萨也在。”她悲痛地想着。

一看见母亲，涅考拉就不安而又焦躁地大声说道：

“您知道吗？伊格尔的病情非常严重，非常严重！他已经进了医院，刚才廖得米拉来过了，要您到她那儿去。”

“到医院去？”

涅考拉用战栗的手指推了推眼镜，又替母亲披了一件衣服。

然后，他用温存的、干枯的手握着母亲的手，声音颤抖地说：“哦！您把这个包裹带去。沃索西柯夫的事办好了吗？”“全办好了。”“我也去看看伊格尔。”

由于疲惫，母亲感到有点头晕，然而涅考拉的那种不安的心情在她心里引起了悲凉的预感。

“伊格尔快要死了。”母亲这样想着。

然而，当她步入那个整洁明亮的小病房，看到伊格尔倚着一堆白枕头坐在病床上，嘶哑地大笑时——她一下子就安下心来了。

她笑眯眯地站立在门口听伊格尔对医生说道：“所谓治疗，是一种改良。”

“不要瞎说，伊格尔！”医生关怀地低声劝阻道。

“然而，我是革命家，我最厌恶改良。”

医生谨慎地将伊格尔的手放在他的膝上，站起身来，若有所思地捋了捋胡须，然后开始用指头按压病人那臃肿的脸。

天渐渐快黑了，带雾的寒气叫人睁不开眼睛，一切都变得十分朦胧，伊格尔的脸也变得暗淡不清了。

传来了一阵低语和廖得米拉的声音：“干吗不开心啊？电灯开关在哪儿？”

---

① 萨茜卡即萨莎的昵称。

说话间，整个房间里便亮起了令人不安的白花花的冷光，只见身材修长挺直的廖得米拉，穿着一身黑衣服，站在房间的中央。

伊格尔全身猛然颤抖一下，将手放在了胸口上。

“怎么样?”廖得米拉惊叫着，朝他跑过来。

他眼光呆滞地望着母亲，此时此刻，他的眼睛仿佛变大了，而且异常地发亮。他大张着嘴，仰起了头，把手伸到前面，母亲边握着他的手，边凝视着他的脸。

他的脖子猛烈地抽动了一阵，脑袋便倾斜了下来，然后，他高声地说道：“我快要死了!”

他的整个身子微微地抖了一下，脑袋无力地垂在肩上。他的睁得很大的眼睛里，毫无生气地映出了悬在病床之上的寂静的灯光。

“我亲爱的!”母亲耳语般地说。

她喉咙发干，欲哭无泪，廖得米拉勉强忍住号啕痛哭，把脸凑近母亲的脸，一种悲伤的、亲切的情绪使她的脸显得温柔而年轻了，虽然没有流下泪水，但内心的凄惨与哀伤使得她的话语时断时续。

“然而，他总是愉快地同大家开玩笑，勇敢地掩饰自己的痛苦，尽力鼓励软弱的人。他善良、敏感、亲切可爱，在西伯利亚的时候，单调的生活容易使人堕落，使人发生诅咒人生的情绪——然而他十分善于跟这种倾向做斗争！他真是一个难得的好同志！他的生活特别艰苦，然而从来没有人听他发过一句牢骚！我和他是最亲密的朋友。他给了我许多的帮助和关怀。他把全部的知识都传授给了我，他十分孤独而疲惫，但是他从来不要求别人给他爱抚和关心。”

说到这里，她走到伊格尔面前，弯下身来，吻着他的手，悲伤地低声说：“同志啊，我最敬爱的人，我们真心地向你表示感谢，别了！我一定要像您那样工作，不知疲倦、不怕劳累、绝不迟疑，毕生劳作！永别了!”

后来，母亲又想起站在那间光线很强的白色病房里的廖得米拉和医生，想起他们背后的伊格尔死气沉沉的眼睛，心中感到无限悲悯。她沉重地叹了口气，加紧脚步，仿佛有种不安的情绪在催促着她。

"该快点走！"她听从着内心轻轻驱使着她的一股哀伤的然而勇敢的力量，边走边告诫自己。

第二天，母亲一整天都忙着准备葬礼。

黄昏时分，母亲和涅考拉姐弟俩正在喝茶的时候，萨莎忽然来了，她神情兴奋，不停地嘻嘻哈哈。她的两颊绯红，眼睛里闪烁着欢快的光亮，母亲突然感觉有了希望的曙光，萨莎抓住了母亲的手，抬起涨红了的脸，疑惑地望了望她。母亲微笑了一下，不知该对萨莎说些什么才好，只是哀伤地叹了口气。

瑟蓓娅在萨莎旁边坐下来，抱住她的肩膀，面带微笑望着萨莎的眼睛说："你真是莫名其妙！"

"对，我这个人似乎太傻了。"

"您怎么能想……"瑟蓓娅继续想说自己的意思。涅考拉想打断他们的话，于是用郑重严肃的口吻说："关于解救的计划，假使可能，当然是没有人反对的。第一呢，我们应该知道，狱中的同志们到底是不是愿意。"

萨莎又低下了头。

瑟蓓娅吸着香烟，朝弟弟瞥了一眼，然后把手一挥，将火柴丢到了角落里。

"他们应该愿意吧！"母亲叹着气说，"但我不认为越狱像你们说得那么容易。"

大家便都沉默无语了，其实，母亲心里却很想再听一听是否有越狱的可能。

"我要见一见沃索西柯夫。"瑟蓓娅忽然说。

“我明天再给你安排!”萨莎轻声回答。

“他要做些什么工作?”瑟蓓娅一边踱步，一边询问。

“决定了叫他到新的印刷所去当排字工人，在印刷所没有成立之前，暂时就住在看林人那里。”

萨莎的眉毛皱了起来，脸上露出一贯严肃的表情，声音也变得冷淡了。母亲正在洗碗，涅考拉走到她身边，对她说:“后天你去看看鲍威尔，把一张字条交给他，要知道，我们应该了解……”

“我知道，我知道!”母亲连连回答他，“我一定交给他!”

“我要回去了!”萨莎说着，便很快而无声地和每个人都握了手，然后迈着坚定的步子冷淡地走了。

母亲坐在椅子上，瑟蓓娅把手放在她肩上，一边摇着她，一边笑着说:

“尼罗芙娜，您喜欢有这样一个女儿吗?”

“啊，天啊! 我是如此希望看见他们在一起啊，就算是一天也好!”母亲差不多是带着哭声喊了出来。

“是的，一点点的幸福——这对每个人都是好的!”涅考拉接着话音低声回应，“但是，没有人希望只有一点点的幸福，然而太多的幸福也没有价值。”

母亲只看到眼前的人们都很激奋的样子，她弄不清楚谁是谁，其中似乎有一个女人的脸颊上流下了屈辱的眼泪。“打倒暴力!”有个年轻人高喊了一声。但是，这喊声显得太孤单，在嘈杂的声浪里立即就被淹没了。

母亲心里顿感痛苦难挨，因而，她对她身旁的一个穿得很寒酸的年轻男子气愤地说:“怎么连人家出丧都要管，简直太不像话!”

群众的厌恶情绪不断地高涨着，棺材在人们头上攒动，风吹拂着丝带，在人们的头上和肩上不停地缭绕飘动，每个人都可以清楚地听见红丝带那干燥的仿佛神经质般的嚓嚓声。

母亲担心可能发生冲突，急忙悄声对左右两旁的人说：“算了，既然如此，就解了红丝带吧！解了有什么要紧呢！”

一个压倒所有吵闹声的声音传来！

不知是谁又用尖锐激越的声音高唱起来：“你在战斗中牺牲了……”

“把丝带解下来！亚可夫列夫，把它给切断！”

拔刀的声音传出来了，母亲闭上了双眼，等待人们的呼喊。

但是，此时声音却慢慢地静下来。过了一会儿，人们突然骚乱咆哮起来，到后来，大家都默不作声地低下了头继续朝前走，街上只听见沙沙沙的脚步声。

前面抬着被洗劫了的棺材，棺盖上面放着被蹂躏了的花圈，警察们在马背上显出一副得意扬扬的样子。

密集的人群把那具棺材围了个水泄不通，以致在人行道上的母亲不能看见。群众渐渐增多，几乎挤满了街道，群众后面，也有高耸着的骑马警察灰色的身形；徒步的警察手按马刀，在两旁走着；暗探们狡猾的眼睛在四处不停打探着。“永别了，我们的同志，永别了！”两个好听的声音哀痛地唱着，这时，人群中发出一个声音：“不要唱！诸位，我们应该冷静！”在这声叫喊里，有一种感人的威严气势。

然而，她叹息着，不想再做痛苦的思索。

“啊，神啊，耶稣基督啊！难道说我将来也这样？”

一阵剧烈的旋风般的嘈杂声几乎要震聋了她的耳朵，脚下的土地仿佛也在抖动。她感到了一阵巨大的恐怖的气息。

警笛的声音突然尖锐地响起，有个粗鲁的嗓音在发布着命令，女人们在拼命地叫喊，围墙的木材发出了断裂的响声，脚板沉重地踏在干燥的土地上发出低沉的共鸣。

这一切持续了许久，母亲觉得，闭着眼睛听到这一切是十分可怕的，因而她睁开双眼。就在此时，她突然喊叫了一声，张开双臂朝前跑去。

离她不远的地方，在坟墓间的窄窄小路上，警察们围住了那个长头发的男子。同时，正拼命驱逐周围蜂拥过去的群众，他们拔出了鞘中的马刀，在人们头顶上忽起忽落地挥着，而手杖和瓦砾也在上下飞舞着。厮打在一起的野蛮叫喊声响彻云霄，混乱地飘荡在墓地之上，有一个苍白的青年的脸庞在高处出现了——就在那厌恶和愤怒的风暴上面，又响起了他坚定而洪亮的声音："同志们！别做无益的牺牲！"

他的喊声起作用了。

群众四处逃散，警察紧跟在后面，嘴里大骂着，手里挥舞着马刀，在坟墓中间笨重地跨着步子，两腿常被大衣的下摆缠裹住，很不灵活。

小青年的眼神充满了对警察们的仇恨。

"咱们快些走吧！"母亲用手帕擦着青年脸上的血，低声喊道。

他不停地吐着带血的唾沫，迷迷糊糊地说道："您不要担忧！我不疼，他用凶器打我，我也狠狠地揍了他几下！揍得他哭了出来！"

他挥动着带血的拳头，用已经嘶哑了的声音喊道："等着吧，你们不会有好下场的！我们工人阶级全体联合起来的时候，不用动手就足以制伏你们！"

"快走吧！"母亲焦急地催他。

于是，他俩加快了脚步，朝坟场围墙的小门走去，母亲觉得，围墙外面的空地上，肯定会有警察埋伏在那里，等着他们出去自投罗网。可是，当她小心翼翼地推开小门，朝那满是秋天的灰雾的空地上望去的时候，外面静悄悄的，连个人影也没有，因此她立刻就安下心来。

“让我替你把脸包起来!”她说。

“不，不必了，我一点也不觉得羞愧！他打了我，我也打了他，这是很公平的。”

母亲利索地给他包扎好伤口。她一看见血，心里就禁不住充满了怜悯之情。当她的手指触到温湿的血时，突然恐惧不已地颤抖起来，但还是努力控制着自己。

母亲带着青年快速离开。

小青年这时的口齿清晰起来了，他友好地讥讽说：

“您把我拖到哪里去，同志？我自己还能走……”

然而母亲觉得，他自己根本没法走动。他有气无力地向她开口问话，但并不给她回答的机会。

瑟蓓娅一见母亲进来，匆忙前来迎接，她嘴里正叼着烟卷，似乎很高兴的样子。她小心翼翼地把受伤的人安放在沙发上，动作麻利地给他解了绷带布，细心地照顾着，烟卷的烟雾把她熏得眯缝着眼睛。

“伊凡·达尼洛维奇，受伤的人被带回来了！尼罗芙娜，您估计也够累了，赶紧去休息下吧，涅考拉，给尼罗芙娜拿一杯葡萄酒来!”

母亲被今天发生的一切弄得晕头转向，沉重地呼吸着，心中不禁悲痛起来。她含糊地说：“您不必照顾我……”

然而她又是多么渴望得到大家的关怀与安慰。

一只手包着纱布的涅考拉，和衣着凌乱、头发像刺猬一般地直竖着的伊凡·达尼洛维奇医生从邻室走了出来。

医生迅捷地走到伊凡面前，俯着身体说：“拿水来，多拿些水来，还有干净的纱布和棉花!”

母亲听了刚想去厨房里拿，然而涅考拉用左手挽住她，把她带到餐室里去，并且和善地说：“他不是叫您去拿，是叫瑟蓓娅去拿。您今天太激动了吧?”

母亲看到他注视而怜惜的目光，忽然忍不住哭着说道：“亲爱的，这究竟是怎么一回事啊！居然用刀砍，用刀砍人啊！”

“我看见了！”涅考拉将葡萄酒递给母亲，点着头说，“双方都有些太急躁。然而，您不用担心，他们是用刀背砍的，因此不会有太大的伤害。他们在我面前打了他一下子，我就把他拖了出来。”

涅考拉的脸和他的声音，房间里的光亮和温暖，使她安下心来。她感激地望了他一眼，问道：“您也被打了？”

母亲轻轻地站起身来，要去厨房。

“您去哪儿，尼罗芙娜？”他担忧地阻止了她，“瑟蓓娅一个人办得了！”

母亲向他瞥了一眼，奇怪地笑着，嘴唇颤动着说：

“我身上都是血。”

在自己房里换衣服的时候，母亲想到他们都是能随机应变、保持镇静的人，这些使她安静了下来。她走进病人躺着的房间的时候，瑟蓓娅正俯在病人伊凡身上，对他说：

“同志，您说的是傻话！”

“我会成为你们的累赘的！”他声音微弱地说出自己的想法。

“您不要说话了，这样对您更有好处。”

母亲站在瑟蓓娅背后，把手放在她的肩上，笑容满面地望着伊凡的脸，热情地讲述他在马车里的胡话是多么让她担惊受怕。

伊凡听她讲着，眼睛不断地放着光，他将嘴唇咂了一下，惭愧地高声说：“唉，我这个笨蛋！”

“好吧，我们要去那边了！”瑟蓓娅替他盖了被子，这样说道，“您休息吧！”

他们走到餐室里，久久地谈着这一天的经过，他们坚定地期望着将来，讨论着今后的工作方法。因此对今天发生的事，已把它当作过去了，虽然大家的脸上带着倦意，然而思想却很活跃，谈到自己的工作，一点也不掩盖对自身的不满。

医生坐在椅子上，身体紧张地动着，努力压低自己那又尖又细的声音：“宣传，宣传！现在光是宣传是不够的，那个青年工人的话是对的！最重要的是我们要广泛发动工人群众。”

涅考拉阴沉地学着他的口气说：“各地都埋怨说印刷品不够用，然而我们一直不能成立一个像样的印刷所，廖得米拉的气力已经要用尽了，我们要赶紧派人去帮她。”

“沃索西柯夫怎么样啦?”瑟蓓娅问。

“他不能住在城里，只能在新的印刷所里干，然而廖得米拉那里还少一个人手。”

“我去行不行?”母亲低声问。

他们3个人一同把目光转到母亲脸上，沉寂了片刻。

“好主意!”瑟蓓娅愉快地说。

“不行，尼罗芙娜，这对您是很艰难的!”涅考拉冷淡地说，“这样您就得住到城外去，不能再和鲍威尔见面了，而且……”

医生抬起了低垂在桌上的头，阴沉地回答说：“我在想，我们人太少！必须更有劲地工作，而且，一定要说服鲍威尔和安德烈，叫他们逃出来，他们在牢里太闲了。”

涅考拉皱着眉头迷惑地摇了摇头，又迅速地朝母亲看了一眼。母亲清楚，在她面前，他们不便谈论她儿子的事，因而就回到自己的房里去了。母亲对他们的做法还真有点生气，她睁着眼睛躺在床上，听着他们的低语声，心中感觉非常不安。

过去的一天，充满了阴沉的疑惑和不吉利的暗示，想起这些，母亲觉得很难受。为了推开这些阴沉的印象，她就想起鲍威尔，她希望他能够自由，同时这又使她觉得害怕。她觉得她周围的一切都存在着冲突的危险，人们不再沉默地忍耐，代之而起的是焦急的等待，激怒也明显地高涨起来了，言语变得激烈起来，到处都能感受到一种令人鼓舞的气氛。

每一次散发的传单在市场上、小铺子里、仆人和手艺匠中间都引起热烈的争论。城里每一次抓了人之后，大家谈论起逮捕的缘由的时候，人们总是不自觉地产生疑惑与同情，从前使她恐惧的那些字眼：像暴动、社会主义者、政治等，现在听到它们从普通人口中说出来的时候愈来愈多了。

正午时分，母亲在监狱事务室里和鲍威尔面对面地坐着，透过蒙眬的泪水，她仔细端详着儿子那长了胡子的面孔，想找机会将那紧紧捏在手中的字条交给他。

“我们大家在这都还好！”他低声说，“您最近怎么样？”

“我还好！伊格尔·伊凡诺维奇死了！”母亲机械地回答。

“真的？”鲍威尔惊叫了一声，然后静静地低下了头。

“出丧的时候，警察们闯来打架了，还抓去了一个人！”她毫无掩饰地说着事实。

副监狱长咂了一下他那薄嘴唇，忽然跳了起来，模糊不清地命令道：“你应该知道这时不允许谈政治！”母亲也从椅子上站了起来，装作什么也不清楚的样子，抱歉地说：“我不是在讲政治，我是在讲打架的事！他们打架了，那是事实，有一个人的头都打破了。”

“反正都一样！您最好不要乱说！就是说，凡是跟你个人——跟你的家庭和家里没有关系的事情，都不准说！”

他觉得自己说得很没有逻辑，便重新在桌旁坐下，一面翻着案卷，一面无精打采地、疲倦地补充道：“我是要负责的，不错……”

母亲趁周围的人不注意，迅速地将手里的纸团塞在鲍威尔的手里，如同放下重担般地透了口气。

“我不知道该说些什么才好。”

鲍威尔笑了出来：“我也不知道呀。”

“那还来干什么！”副监狱长气愤地说，“没有话好说，还尽跑到这儿来添麻烦!”

“快要审训了吗?”母亲沉默了一会，不得不找话说。

“两三天之前检察官来过，说快了。”

回到家时，萨莎已在等她了，每当母亲去看望鲍威尔的日子，这个女孩总要来的，但她从来不主动问鲍威尔的情况。若是母亲自己也不讲的话，她只是静静地注视着母亲的脸，也就感到满足了。但是，今天她一看见母亲就担心地开口问道：“他还好吧?”

“还好，身体很好!”

“字条交给他了?”

“给了，我很秘密地塞给了他。”

“他看过了吗?”

“那里怎么敢看呢?”

“对对，我忘了这一点了!”姑娘缓缓地说，“还要等一个星期，一个星期！您想结果怎么样？他会赞成吗?”

她皱着眉头，目不转睛地望着母亲的脸，很严肃。

“啊，我可不知道。”母亲一边考虑，一边回答，“如果没有什么危险，那为什么不出来呢?”萨莎使劲摇了摇头，冷淡地问：“您知道病人该吃什么吗？伊凡想吃东西。”“什么都可以吃！我立刻去……”她迅速进了厨房，萨莎缓缓地跟在她的身后。

“要我帮您的忙吗?”

“多谢，不要。”

母亲被她的热情与真诚弄得不知如何是好，但她毕竟很明白这种心情。她的心中充满了哀伤的感情，激动不已地抱住萨莎后，悄声地说道：“亲爱的！他这个人听不进任何人的话，无论是谁的……”

她俩紧紧地拥抱在一起，默默不语。后来，萨莎轻轻地从肩上拿开了母亲的手，战栗着说：“是的。您的话是对的！刚才这都是傻话，太神经质了……”忽然，她变得严厉起来，简洁地说，“我们快把这东西给伊凡吃吧……”

她坐在伊凡床边，关怀地、亲切地问道：“头疼得厉害吗？”“不很厉害，只是脑子里非常模糊！而且觉得浑身没劲。”伊凡似乎怕羞似的垂着头，不敢看她。

萨莎知道病人羞于在她面前吃东西，便站起身来，走了出去，伊凡坐在床上，望着她的背影，眨着眼睛说：“真美！”他生就的一双活泼的浅色的眼睛，小小的牙齿排列得整整齐齐，用稚气未脱的声音赞美道。

“您多大了？”母亲沉思般地问道。

“17 岁……”

“父母亲在哪里？”

“在乡下，我 10 岁就到了这里，从学校毕业之后就来了。同志！您叫什么呢？”

母亲听到这个称呼，觉得既好笑又感动。

她面带微笑地问伊凡道：“您想要知道我的名字做什么？”少年不好意思地沉默了片刻，后来说：“我们小组里的那个大学生，就是和我们一起看书的那一个，经常和我们讲起工人鲍威尔·弗拉朵夫的母亲，五一示威的事，您知道吗？”

她有点紧张地点点头。

“他第一个公开举起了我们党的旗帜！”少年骄傲地说，他的骄傲感和母亲心里的感情呼应了起来。

“那次我没有参加，因为我们在搞自己的示威运动，然而没能成功！那时候我们的人还很少，然而到明年——嘿！您等着瞧吧！”他兴奋得快要说不出话来，用汤匙在空中挥动着，接着讲道：“刚才说过的母亲弗拉朵娃，在这个示威之后也加入了党，他们说，这简直是个奇迹！”

母亲咧开嘴笑了笑，她听到这个孩子的充满兴奋的赞赏，觉得很是欢喜，欢喜的同时她又觉得有几分尴尬。她甚至想对他说：“我就是弗拉朵娃！”但是她忍住了，反而自嘲似的说：“唉，你这个老傻子呀！”

“好，您多吃些吧！尽快好起来，好去干有用的事！”母亲俯身对着他，突然激动地说。

房门开了，阴冷的寒气逼来，瑟蓓娅两颊红润，开心地走了进来。

“暗探寸步不离地跟踪着我！我得离开此地了。喂，伊凡，你怎么样了？舒服了吗？尼罗芙娜，鲍威尔怎么样？萨莎也在这儿？”

她吸着烟，一件件地问着，并不等待答复，还一面用她那灰色的眼睛温情地望着母亲和少年。母亲望着她，心里偷偷微笑着想道：“我也成了一个好人了！”她又俯身对伊凡说：“快点儿好起来吧，孩子！”

车夫那鼻音很重的话语，驿马的铃铛声，风的呼啸声和呲呲声，仿佛汇合成一条流动的、曲折的小溪，在田野的上空单调地流动着。

“有钱的人到了天堂也还是嫌不好——真是如此的呢！他们总是倚仗着自己有官府朋友而压迫人。”马车夫在座位上摇晃着，语音拖得老长。到了驿站，马车夫解了马缰绳，用一种不抱希望的口吻对母亲说：“给我 5 个戈比吧，让我喝一杯也是好的啊！”

母亲给了他一个铜币，他将铜币在手掌上掂了一下，用相同的调子告诉母亲说：“3 个戈比喝烧酒，2 个戈比吃面包……”

到达尼柯尔斯柯耶村时已是午后，此时母亲感觉又冷又累。她走进驿站，在窗前坐下来，要了杯茶喝，又将沉重的箱子放在自己坐的凳子底下。

从窗口能够看见一块不大的广场，铺着踩平了的干草，还有乡政府那歪斜的深灰色的屋子。屋子的台阶上，坐着一个秃顶，但却长着胡子的农民，他只穿一件衬衣，正在那儿抽烟。有一头猪在草地上走，它好像有点不满，使劲摆着耳朵，鼻子在地上嗅着，摇着嘴巴和脑袋。

一团团的乌云在空中飘浮着，缓缓地集聚过来，四周非常宁静，也非常阴暗，而生活似乎躲得不知去向了，或者是藏在什么地方正在偷看。

忽然，县里的一个低级警官迅速跑到广场上，将棕色大马停在乡政府的台阶旁边，挥了一下鞭子，对那个农民呵斥起来，可听不清在说什么。

那农民站起身来，伸出手来指了指远处，警官跳下马来，身子晃荡了一下，又将鞭子交给农民，然后抓住扶手，拖着笨重的步伐，进到了乡政府的大门里面。

周围又恢复了宁静。

马掀起蹄子，在柔柔的地上踢了两下，一个十五六岁的姑娘从驿站里走进来。她脑后拖着一条黄色的短辫，圆润的脸蛋上长着一对可爱的眼睛，她手里捧着一只边上有缺口的大托盘，盘子里放着餐具，她走近前来，咬着嘴唇，礼貌地向母亲行礼。

母亲震动了一下，将凳子底下的箱子又朝里面塞了塞，把披巾朝头上一披，迅速地走到门口，突然想赶快离开这个是非之地。

当她走到台阶上的时候，突然打了一个冷战，她觉得呼吸困难，腿脚也麻木了——被反绑了两手的列彼在广场中央走着，两个乡警和他并排走着，手里的棍子有节奏地在地上敲着，乡政府的台阶旁边挤满了看热闹的人，都在默默地等待着。

此刻，母亲不知所措了，她目不转睛地望着，能听见列彼说话的声音，然而他的话却在她心里的一片漆黑、颤抖的空虚中消失了，没有回声。

母亲很快醒悟过来，台阶旁边站着一个蓄着浅色大胡子的农民，他用蓝眼睛盯着她的脸望着。她不停地咳嗽起来，用那吓得发软的两手摸着喉咙，使劲地问："到底发生什么事呢?""唔，您看吧。"农民回答了，就转过身去，这时又来了一个农民，站在他的旁边。

乡警在群众前面站住，群众的人数迅速增加了，然而都一声不吭。这时，列彼发出了粗犷的呐喊。

"正教的信徒们！你们听说过写着我们农民生活的真理的那些可靠的书吗？我就是由于那些书受苦的，那些书是我传播给大家的！信徒指引！"

人们蜂拥地围住列彼。

母亲被他镇静平缓的声音激醒了。"听见了吗?"另外一个农民用手在那蓝眼睛的农民腰上戳了一下，低声问道。

那人没有回答他，抬起头来又对母亲望了望，另外那个农民也朝母亲看了一眼，这个人比较年轻，蓄着稀稀疏疏的黑胡子，瘦削的脸上全是雀斑。接着，两个人都离开了台阶，走到一边去了。

她更加机敏地观察着周围，在高高的台阶上，她很清晰地看到了列彼那被打伤了的黑脸，看到了他眼睛里闪烁着激情的光亮，她希望列彼也能看见她，因此，她勇敢地踮起脚尖儿，向他伸长了脖子。

那个警官在台阶上出现了，身子摇摇摆摆的，用喝醉了的声音呵斥道："谁他妈的在这儿讲话呢?"他忽然跑下台阶，揪住了列彼的头发，将他的头剧烈地推撞着。

"是你在胡说八道！狗东西！他妈的！"

混乱的人群中议论纷纷，母亲内心的难受无以言表，只得低下头。这会儿忽然又听见了列彼的声音："好，乡亲们，大家看啊……"

"住口！"警官打了他一记耳光。列彼晃了一下身子，耸了耸肩膀。

“他们绑住了你的手，想怎么折磨你就怎么折磨你！”

“乡警！把他带下去！大家都走开！不准站在这儿！”那警官颇像一只被索链拴在一块肉前的狗，在列彼身前暴跳如雷，用拳头在他全身上下乱打一通。

“不要打了！”群众里面有人喊。

“为什么打人？”另外一个声音呼应他。

“我们过去吧！”蓝眼睛的农民点点头说，于是他们二人镇定自若地朝乡政府走过去，母亲对他产生了敬意，轻松地吐了口气。那个警官又笨拙地走上台阶，在台阶上挥舞着拳头，疯狂似的嚷着：“我说，把他带到这儿来！”

“不行！”群众中不知是谁发出了一声有力的呐喊——母亲知道，这是那个蓝眼睛的农民的声音。“大家听着！不能让他带去！到了那里，一定会被打死的。打死了之后，又会怪罪我们！不准带去！不准！”

“老乡们！”列彼的声音嗡嗡地响起来，“难道你们没有看见自己的生活吗？难道你们不明白，你们是如何被剥削欺辱的吗？看不见这群吸血鬼正在吸你们的血吗？不论什么事情，缺了你们，没有你们是不行的，只有你们才是天下最有力的人，最该得到财富的人。然而你们看看，你们的权利呢？你们只有一种权利——就是饿死！活活饿死！”

有几个人偷偷地交谈了几句之后，摇了摇头，然后态度十分严肃地离开了人群，走了。然而，从四面八方赶来了越来越多的人，他们穿得很破旧，仿佛刚刚披了衣服，满脸都是亢奋不已的表情，他们围着列彼，就像是一大片黑色的泡沫在热烈地沸腾着。列彼站在群众之间，如同森林里面的教堂似的，他高举起双手向群众挥动着，真诚而感动地说：

“谢谢你们，诸位乡亲，谢谢你们！我们的手应该靠大家互相帮助来解开！”他捋了捋胡子，又举起了那只带血的粗大的手掌。“看！这是我的血——这血是为真理流的！”

母亲走下台阶，但站在平地上看不到被群众包围住的列彼，因此，又重新走上台阶来。她的心窝里在发热，感到全身都亢奋激动起来。

这时，局长朝着这边走过来，他长着一张圆脸，身材十分高大，体格强壮，歪戴着帽子，一边的胡子向上翘着，一边的胡子往下耷拉。所以，看上去他的脸是歪斜的，更显得他难看而笨拙了，他的脸上堆满了虚伪的假笑，他左手拿着马刀，右手在空中挥动。远远地，就可以听见他笨重而又坚定的脚步声。

群众纷纷让开了路，大家都感到失望和愤怒，喧嚣议论声逐渐压低了，似乎都钻到地下去了，场面上一片安静。

母亲此时显得非常紧张，她想挤进人群，于是全身紧张地朝前冲去，但突然她又呆住了。

“这是怎么回事？”局长站在列彼前面，一边打量他，一边严厉地问，“为什么不把他的手捆起来？乡警！绑起来！”

他响亮的声音却并没有任何威严的气势。

“本来是捆着的，不知是谁又给他解开了！”一个乡警回答道。

“什么？不知是谁？是哪些人？”

局长看了看他面前的群众，群众紧密地站成了一个半圆形，似乎严阵以待。

局长又用他那单调贫乏、有气无力的声音说：“你们都是干吗的？”他用刀把子朝蓝眼睛的农民的胸口上用力地戳了一下。

“楚马柯夫，是你干的吗？哦，还有谁？是你吗？米新？”说着又用右手拉着另外一个农民的胡子逼问。

“滚开！浑蛋！否则别怪我不客气了！”这时，局长的声音和脸上，既没有恼怒，也没有威胁的神气。他只是很冷静地说着，用他那又长又结实的手习惯地、有节奏地打着前边的人，人们低下头，转身向后躲着。

“喂，你们怎么啦?”他对乡警说，“捆起来呀!”他便肮脏地骂起来，同时，望了望列彼，威胁着说：“背过手去！浑蛋东西。”

“你们用不着捆着我的手!”列彼不屈不挠，“我又不准备逃，也不反抗——为什么要绑我?”

“什么?”局长上前一步追问。

“你们虐待百姓虐待得也该够了！畜生!”列彼提高了嗓门骂道，“你们的日子快要结束了。”

局长站在他面前，抖动着唇髭，朝他看着，然后退了一步，用他那种细柔的嗓门儿惊讶地喊叫：“啊，啊，龟孙子！这是什么话?!”说话的同时，他迅速地抬起手在列彼的脸上重重地打了一记耳光。

“拳头是打不死真理的!”列彼挺身上前喊道，“你这狗东西凭什么打我!”

“凭什么?”局长拉长了声调怒吼着，他对准列彼的脑袋又挥起了拳头，列彼把身子一缩，闪了过去，局长的拳头落空了，身子差点晃倒了。

群众中有人高声嗤笑了一声，似乎很解气。列彼又发出了气愤的呼声：“我说，你不敢打我，你这个魔鬼!”

人群里立即发出抗议的呼声，他们激动起来，朝局长面前潮涌一般挤过来，气势逼人，势不可当。看到这种情景，局长连连后退，急忙从剑鞘里抽出了马刀。

“你们想干什么？打算造反？是吗？这像什么话?”

他的声音哽了一下，发出了一声尖叫，随即就发哑了。也奇怪，他的气势一下子没有了，反而有几分害怕了，只见他缩着脖子，弯了腰身，用茫然失措的目光向四面张望着，每退一步都谨慎地用脚试着身后的土地，向后退了几步之后，就声嘶力竭地急忙喊道：“好啊！把他带走，我要走了。然而，你们这些该死的畜生，你们应该清楚，他是政治犯，他反抗沙皇图谋造反，你们清楚吗？你们也想成为暴徒吗？啊！”

母亲纹丝不动地站着，眼睛一眨也不眨。此时此刻，母亲被吓呆了，就如同在做梦一般，心里充满了恐惧和同情。在她的头脑里，群众愤怒的、阴郁的、憎恶的喊声，像野蜂似的嗡嗡地响着；局长的声音在颤抖；还有人在低声谈话。

“假使他有罪，审判他好了！”

“大人，饶了他吧。”

“你们要按照法律行事，不能这样对待他！”

“怎么能够这样呢？要是不论谁都可以打人，那成什么样子了……”

人们分成两堆——一堆围着局长，嘴里使劲喊着，劝诫着他；另外一堆人数较少，他们依旧围着被打得遍体鳞伤的列彼，愤怒地纷纷议论着，主持正义。其中有几个人将他扶了起来，乡警又想过来捆绑他的手。

“等等吧！恶魔！”大家不约而同地怒喝。

列彼擦抹着脸上的污泥和血迹，默不吭声地朝四周望望。他突然望见了母亲——母亲为之颤抖一下，身体向前倾着，不自觉地挥了挥手——然而列彼已经转过脸去。几分钟之后，他的目光重新停在了母亲的脸上，这回，母亲觉得，列彼仿佛伸直了身体，也抬起了头，染了血的面颊颤动起来……

“他认出来了——真的认出来了吗？”

母亲哀伤地点点头，又是悲伤，又是高兴，不由得战栗起来。然而，接下来她就发现，那个蓝眼睛的农民就站在列彼身边，也在目不转睛地盯着她，他的眼神让母亲感觉到自己会有危险……

但母亲转而又想：“我这是在干什么呀？他们不会把我抓去的！”

接着是局长那恼火的声音："我可以打你，你可不能打我。你不能打我，你也不敢打，笨蛋！"

"原来如此！为什么不能打你——你是上帝吗？"列彼咆哮着。

一阵混乱的、并不很响的喊声，盖过了列彼的声音。

"老大爷，不要争论了！人家是官家！"

"局长，您不要生气！他有点疯了。"

"住口！你这个浑蛋！"

"现在就把你押到城里去。"

"城里也得讲道理吧！"

群众的喊声带着劝解和恳求。这些声音融成一团乱哄哄的嘈杂声，里面的一切都充满了无可名状的怨愤，又仿佛是绝望的声音。乡警抓住了列彼的手臂，将他带上乡政府的大台阶，又推进了房门。这样，人们不约而同地离开了广场，母亲看到那个蓝眼睛的农民正皱着眉头瞅着她，而且直朝她走过来，步子很大。母亲觉得自己的小腿不停地抽搐起来，悲凉的感情缠绕着她的心，令她很不舒服，甚至有种呕吐的感觉。

局长站在乡政府的台阶上面，挥舞着双手，用他恢复原状的、无精打采的声音斥责着没有离去的人们："你们这些混蛋，狗娘养的！什么也不懂，还想来管国家的大事？畜生！他妈的！你们应该跪着感激我！要不是我的心肠好，非把你们都抓起来不可……畜生们！"

20多个农民脱了帽子站在那儿，听他说话，天色慢慢暗下来了，乌云也渐渐低垂。蓝眼睛的农民走到台阶前，叹了口气，用一种柔和的口气说："我们这儿的事就是如此……"

"是呀。"母亲低声答应说。

他用坦诚的眼光望着母亲，问道："你是做什么的？"

"我想从乡下女人手里收购些花边，还有土布什么的。"

母亲似乎很轻松的样子，轻声地说："那么我就去吧，你替我拿一拿箱子。"

"好。"

他耸了一下肩膀，又重新将前襟掩上，低声说："看——马车来了……

母亲走入室内，靠着桌子在茶几前面坐下了，拿起一块面包看了一看，又缓缓地把它放回盘里。她心里难受得吃不下任何东西，那种感觉温暖得令人难受，吸引着她心里的热血，使她疲惫无力，更叫她感到头昏脑涨。在她眼前，浮现出了那个蓝眼睛的农民的那张脸——脸的样子奇怪，轮廓看上去很不清晰，容易让人产生怀疑。她不知到底为了什么——她不敢胡乱地推测，这个农民可能会去告密，但是，这种想法已经在她心头产生了许久，并且十分沉重而又牢固地压迫着她。

"他已经看破我了！"母亲懒懒地无可奈何地想着，"已经看破了，猜出来了。"

然而，这种想法沉浸在难堪的灰心和固执得要呕吐的感觉里，很快就消失了，或得到发展。

窗外，嘈杂声已被无声的寂静代替了，充分地体现出乡村里特有的那种沉闷而令人惶恐的气氛。这种气氛让人觉得更加孤独，叫每颗心都充满了阴沉的情绪，像是一种灰烬般的、灰色的、软软的东西堵塞在胸口。

有个姑娘走了进来，站在门口问道："要来个煎蛋吗?"

"不要了，我现在不想吃任何东西了，刚才的喧嚣打架把我吓坏了！"

母亲竭力保持着平静地听她说，压下心中的不安和期待，尽量集中注意力，尽管这个姑娘的话不连贯又说得很快。姑娘看见有人认真听她讲这讲那，心里很开心，因此更是说个不停，几乎喘不过气来。然而，她并没有停下话头的意思，仍是喋喋不休地说下去："告诉您吧，听我爹说，这都是由于灾荒的原因！近两年啊，我们这儿颗粒无收，老百姓都要苦死了！因此才出了这样的乡下人——真倒霉！他们总会争争吵吵，有时还大打出手，争吵打架。不久之前，瓦修柯夫因为欠税，村长要卖他的家具，他就给了村长一个耳光，嘴里叫喊着说，这就是还给你的税……"

这时候，沉重的脚步声在门外由远而近，母亲双手按着桌子站了起来，蓝眼睛的农民走进来了，他连帽子也不摘，就怔怔地问道："行李在哪儿？"

母亲付给了姑娘茶钱和小费，她十分高兴。走到外面，小姑娘光脚在潮湿的泥土上啪哒啪哒地走着，步子迈得很快，一边走，一边对母亲说："要不我替你到达利诺去跑一趟，叫她们把花边都拿来。如果她们来呢，您就不用去了，总共有 12 里路呢。"

"用不着了，好孩子！"母亲和小姑娘并排走着，十分感激地回答。外面虽然很冷，但母亲依然很兴奋，她心里产生了一个不很确切的决定。而这种朦胧的但却有所预示的决定渐渐地发展扩大着，而她想快点做出决定，便不停地反复问自己："怎么办？假使老老实实说了。"

母亲站在门口，把手搭在额头上，认真地打量一番，这房子明显很狭窄，不过还挺干净的。有一个年轻女人从暖炉背后探出头来张望一下，行了个礼，一言不发就又进去了，在前面角落里摆着一张桌子，桌上点着一盏灯。

主人就坐在桌子旁边，用指头轻轻地敲着桌子的边沿儿，正目不转睛地望着母亲的脸。"请进来！"过了片刻，他才开口让客，"塔齐扬娜，去叫彼得来，快些！听到没有？"

女人头也不抬地匆匆离开了，母亲坐在主人对面的凳子上，又仔细打量了一遍——她的箱子没有看见。恼人的沉寂充斥了小屋，只有洋灯的火焰发出勉强可以听到的爆裂声。那个农民的脸看上去似乎是在沉思，皱着眉头，很模糊地在她的面前晃动，让她感觉很忧愁。

母亲战栗了一下，然而却很坚决地说："认识！"这句简短的话就仿佛从她内心发出的光华一样，照耀了外部的一切，说完后她显得更加沉着、放心了。

那个农民憨憨地笑出声来。

此刻，她终于忍耐不住了，胸中的愤怒一下子爆发出来："那帮浑蛋！没人性的东西！"母亲哭了出来。

那个农民有点忧愁的样子，慢慢地从她身边走开了。

"当官的可找到一帮好朋友，是啊！"

忽然，他又转身对母亲说："我猜，箱子里一定是报纸，对不对？"

"对！"母亲抹着眼泪，坦白地说，"给他拿来的。"

他皱着眉头，紧紧地拽着一把胡子，眼睛瞅着旁边，沉默了一会儿。

"报纸到我们这儿来了，小册子也来了，这个人我们认识，之前看到过的！"那个农民站住了，想了片刻，然后又开口问道，"那么，这些箱子该怎样处理呢？"

他并不惊讶，也不反对，只是简单地重复了一句："给我们……"他默许地点了点头，放开了握着的胡子，用指头梳了梳胡子，然后坐下来。

"他们掠夺人、压迫人，将人踩在泥水里，那些该死的东西！"

"他们有力量啊！"那个农民轻轻地答应着话头，"他们的力量大得很啊！"

"然而，力量是从哪里来的呢？"母亲愤怒地叫道，"还不都是从我们这里，从人民手里夺去的吗？一切都是从我们这里抢去的！”

“司杰帕，你看见了吗，这是很正当的事情！这是很好的事情，以前我不是告诉过你嘛！这得我们老百姓自己亲手来开始，太太是不会说出真理的，这对她没有好处。然而，不管怎么说，我还是敬重她！她是一个好人，也希望我们能有好处，只要有一点点，并且对她们自己没有损失！然而老百姓不甘心一直这么吃亏、屈辱下去。整个生活对我们老百姓都是有害的，到处都要吃亏，没有路可走，周围什么都没有，只有人从四面八方喊着，叫你‘别动！’”

“我懂！”司杰帕点着头说，接着又加了一句，“她在担心那只箱子。”

彼得活泼地对母亲使了个眼色，并且，为了让她安心，挥着手接着说道：“您不必担忧！不会有什么问题的，老太太！箱子在我家里，刚才司杰帕跟我讲起您，说这事和您也脱不了干系，并且和那个人也很熟。我对他说，司杰帕，你要小心些！这件事情相当严重，绝对不能信口开河！喂，老太太，刚才我们站在您旁边，您估计也能感到我们是什么人吧？正直的人，很容易看出来的，因为，说实在的，他们是不大可能在街上闲逛的！您的箱子在我家里。”

彼得不知为了什么好像十分得意，轻轻地笑了起来，还不时地点头。

母亲立刻感到“好人”这个称呼，用在列彼身上不太妥当，于是生起气来。“我跟他不是亲戚。”她继续着，“然而，认识很久了，一直很敬重他，把他当作自己的哥哥一般对待！”

她感觉，这两个字除了让她感到以往的那种悲痛之外，还让她的心里充满着平静的骄傲。

“这是第二次坐牢了，这都是由于他懂得真理，而且敢公开地宣传。他不仅年轻英俊，而且非常聪明！这里的报纸，就是他想出来的主意，使列彼走上这条道的，也是他——尽管列彼的年纪要比他大上一倍！对，我儿子最近就要受审判了，因为他干了这种事。等判定之后，他就无法从西伯利亚逃出来，重新去干他的工作……”

母亲越讲越自豪，这种自豪感激发了她的灵感，让她能寻找最恰当的言语辞藻来塑造英雄的形象。她深深觉得，一定要用一种鲜明而又有理智的东西抵挡那一天她所看到的充满恐惧和无耻凶残、叫她悲伤的凄惨景象，母亲不由自主地依从着崇高精神的要求，想将她看到的一切光明纯洁的东西集合成一团光华夺目、美丽照人的火焰。

母亲说得十分流畅、恰到好处，要洗刷被这一天的鲜血和污泥玷污了的心灵的那种希望，像一根有力的丝线，仿佛串起五彩珠子一般，迅速地把这些言语词汇贯穿起来。母亲看到，这些农民都全神贯注、专心致志地聆听着她的讲话，每个人都十分认真地盯着她的脸。她甚至能听见，坐在她身边的那个妇人急促的呼吸声——这一切，让母亲充满了信心。

“所有生活困苦不堪的人，所有受着贫穷之苦和不法行为压迫的人，应该起来战胜有钱的人和他们的走狗！全体老百姓都应该欢迎那些为了我们在监牢里牺牲和受尽折磨的好人，他们无私地引导大家，使大家都清楚了幸福的道路。他们坦诚地说明了这条道路的艰难困苦，他们从来不勉强别人跟从自己，然而你只要一跟他们接触，便永远愿意跟他们站在一起。因为你看见，他们的一切都是对的，只有这条路可走！别无选择！”

“对啦！”彼得低声说，他摇着头，很谨慎地在凳子上坐下来。

司杰帕缓缓地伸直了身体，看着他的女人，张开双臂仿佛想拥抱什么一样。

“如果要干，”他沉吟般地低声说，“那就要全身心去投入！”

彼得怯弱地插嘴道：“对，没有回头路可走！”

“这已经是在广泛地发动了！”司杰帕接住话茬说。

“全世界都有！”彼得又加了一句。

母亲轻松地靠在了墙上，她仰起头，仔细地听他们小声的却严肃的谈话。这时，塔齐扬娜站起身来，回头看了看，便又坐下了，她脸上显露出了对这两个农民的蔑视与不满，她的那双碧眼里闪出了冷漠的光。

她面带嘲笑地说着，偶尔仿佛咬断线绳一样，突然将话停住。两个农民待在那儿默不作声，风轻轻地拍打着窗子，把屋顶上的干草吹得簌簌作响，风中的烟囱也发出微弱的和音。不知谁家的狗在叫着，雨点们不太情愿似的偶尔打在窗子上，灯里的火苗颤动了一下，暗了下来，然而，过了一会又亮了起来。

“听了您的一席话，才知道人们为什么活着！您讲得真好！您说的话我总认为自己不知道。其实不然，总觉得这些我原来都是知道的啊！不是，在您之前，我从没有听到过这样的话，而且想都不曾想到这样的事情。”

“该吃饭了吧！塔齐扬娜，熄了灯吧！”司杰帕皱着眉头慢悠悠地说，“人家会留心，怎么楚玛柯夫家里老点着灯？对我们倒没关系，然而对于客人也许不太好。”

塔齐扬娜站起身来，走到暖炉旁边。

“对！”彼得带着微笑低声说，“老弟，以后一定要注意！等到报纸分给大家之后。”

“我不是说我自己，我就是被抓去，也无所谓的！”

他老婆走到桌前，对他说：“让开些。”

彼得拿了一块面包，拿起了汤匙。但是眨眼的工夫，他就又像金翅雀唱歌一般口若悬河地讲起来，吃完晚饭，他终于站起来说：

“好，我得回去了！”他来到母亲身前，一边点头，一边握住她的手告别：“再见了，老太太！或许再也不能见面了，应该对您说，这一切都太棒了！能遇到您，听到您说的那些话，是再幸运不过了！在您的箱子里，除了印刷品之外还有什么别的吗？还有一条羊毛头巾吗？是一条羊毛头巾。司杰帕！你记住了！他立即就把您的小箱子拿来！司杰帕，我们走吧！那么再见了！祝您好！祝您好……”

他们走了之后，蟑螂的沙沙声、屋顶上的风声、烟囱里的响声和细雨打在玻璃上的声音，就都能够听见了。

塔齐扬娜从暖炉上和搁板上取了衣服放在长凳上，为母亲准备睡觉的地方。

“那人很有精神！”母亲夸奖着。

塔季扬娜蹙着额头望了母亲一眼，回答说：

“他喊叫得虽响，但传不到多远的地方。”

“您的丈夫怎样？”母亲问。

“没什么，算是一个安分守己的农民吧，不喝酒，大家和和气气地过日子，还凑合！就是缺乏胆量……”

她伸直了腰，沉默了一刻后问道：“现在紧要的，是鼓舞群众起来造反，对吗？当然是的！大家都这么想，然而大家并没有真心实意表示出来。我认为，这是应该大声说出来的，而且先应该有一个人敢出来领头！”

她在长凳上坐下，突然又问道：“您说，年轻的小姐们也在干这种工作，穿工人的衣服、读报，难道她们不觉得工作低贱，也不恐惧吗？”

她仔细听了母亲的回答后，重重地叹了口气。后来，她垂下眼皮，低下脑袋，又说道：

“我在一本书里看到了‘没有思想的生活’这样一句话。我马上就懂了！这样的生活我是清楚的：思想是有的，然而没有联系，就如同那些没有牧童的羔羊胡乱地走来走去，没有人，也没有什么办法把它们聚拢起来……这就是没有思想的生活！我厌倦了这种生活，这样的忧愁，尤其是假使你懂了点什么之后！啧！”

母亲在她那双碧眼发出的冷淡的光芒里，在她瘦削的脸上，都能看出这种忧愁，在她的那种声音里也能听出这种忧愁。于是，母亲思考着要说些话来安慰她。

“亲爱的，你应该明白怎么去做。”

塔齐扬娜低声地打断了她的话：“但是还要会做，床已铺好了，请睡吧！”她走到暖炉旁，笔直地站在那里，仿佛是在思索。

母亲和衣躺下，全身感到酸痛疲乏，轻轻地哼了一声，塔齐扬娜吹灭了灯。当黑暗密密地充满了这间小屋的时候，母亲听见了她那低而平静的声音，这声音听起来就仿佛在沉闷而黑暗的扁脸上擦去了什么东西。

一只老鼠在地上走过，不知是什么东西发出干燥且很响的爆裂声，这声音如同无形的闪电一般，冲破了凝滞的寂静。过了不多久，又听到秋雨打在屋顶干草上低语般的声响和簌簌声，仿佛有人用战栗的纤指在屋顶上摸索。雨滴无精打采地滴在地上，似乎暗示着秋夜正迟迟地行进。

迷迷糊糊地，母亲听到了大门外面和门洞里传来的笨重的脚步声。门被小心地推开了，紧接着便听到了一声低低的呼唤声：“塔齐扬娜，你睡了吗？”

“没有。”

“她睡着了？”

“好像是的。”

灯光忽然亮了起来，跳动了几下，又沉入了黑暗之中，那农民走到母亲床前，捡起外套，用它把母亲的脚包裹好。这贴心的举动让母亲非常感动，她又闭上眼睛，微笑了一下，司杰帕悄悄地脱了衣服，爬上了床，四处又寂静起来。

母亲躺着不动，仔细聆听着寂静中的细微声响。在她面前的黑暗中，晃动着列彼的流着血的脸。

床上发出了冷淡的低语声。

“你看，是怎样的人在做这种工作？已经上了年纪，饱受了煎熬，辛辛苦苦地工作过，他们应该可以休息了，然而人家还在干！像你年纪还轻，又很懂事，唉，司杰帕。”

他用圆润低沉的声音回答道：“这样的工作，非得要经过一番仔细思考才能去做的。”

“这种话我不知听了……”

话音断了，接着又发出了司杰帕的低沉的声音：“应该这样，先跟农民们单独谈一谈，譬如，像阿廖夏·玛考夫，他很灵敏，认识字，又受过他们的气；谢尔盖·萧林，也是个聪明的农民；还有克尼亚节夫，是个正直勇敢的人，暂时这样就够了！应该去瞧瞧她所讲的那些人。我拿着斧头到城里去，给人家劈柴，就说去挣几个钱，这里应该谨慎，她说得对，如同今天那个乡下人一样。那个人，就算你把他放在上帝面前，任何手段都不会使他屈服的！他站得特别稳，然而尼基塔怎样呢？他也觉得不好意思了——真是难得！”

“在众人面前打他，当然觉得难为情啦。”

“你不能这样说，我们没有自己动手打他，他就应该说一声谢天谢地了！”

他低语了许久，时而压低了声音，几乎让母亲听不见，时而又突然讲得很高、很响，这时，塔齐扬娜就拦住他：

“轻一点儿！不要吵醒了她……”

母亲沉沉地入睡了，睡魔像闷热的乌云一般罩在她的身上，把她搂抱起来，飞快地带进了梦乡。

当塔齐扬娜唤醒母亲的时候，天已经蒙蒙亮了，整个村子依旧沉浸在寒冷之中，教堂的钟声睡意正浓地在村子上空飘荡着，然后渐渐消失在远方的天际。

“茶炉生好了，喝点茶吧，感觉会暖和点。”

司杰帕一面梳弄乱糟糟的胡子，一面例行公事一样地问她城里的住处，母亲觉得，今天他的脸似乎好看些了，轮廓也更明显了。

喝茶的时候，司杰帕笑着说：“真是巧得很!”

“什么?”塔齐扬娜问。

“这样相识！这么简单。”

母亲好像沉思地接过话头儿，语气十分确切：“干着这样的工作，就是要平凡中见奇!”

想到自己的成功，母亲就忍不住高兴，但又似乎怕羞一般，她抑制住了这种美妙的欢乐。

到家的时候，涅考拉蓬头垢面，手里拿着一本书来给她开门。

“回来了?”他非常高兴地喊，“真快!”

他不停地眨着他那亲切灵动的双眼，像看见了久别重逢的亲人，他帮她脱下了外套，满脸带着热情的微笑，双眼直望着母亲，说道：

“昨天夜里忽然来人搜查，我心里想会不会是您出了什么事儿了？然而他们没有把我抓去，如果您真被抓去了，当然不会放过我呀。”

他把母亲请进餐室，继续说着他的情况：“然而，现在要把我解雇了，这倒不值得伤心，我早已厌倦了那种清点人数的生活!”

桌子上放着熄灭了的茶炉和没有洗的杯盘，干酪和香肠没放在盘子里，就搁在了纸上。面包皮、书籍、茶炉里用的炭，都胡乱地堆在了一起。母亲看到这些，忍不住笑出了声。涅考拉也不好意思地跟着笑起来。“这是我把遭劫的画面上又添了几笔，不过不要紧，尼罗芙娜，没什么关系的！我想他们还要再来，就让它这样堆着吧。您这次出门怎么样?”

这句话使母亲的心情一下子沉重起来，她面前立刻又呈现出了列彼的姿态。她便觉得一回来就应该将列彼的消息告诉他。她缓步来到涅考拉面前，垂着头坐在了椅子上，竭力保持住镇静，唯恐有遗漏地仔细讲述起来。

“他被抓去了。”

涅考拉的脸抖了一下。

“是吗?”

母亲抬起手来暗示他不要插话，自己又继续讲下去，似乎她是坐在正义面前，向正义控诉迫害人类的罪行一般。涅考拉把身子靠在椅背上，脸色苍白，嘴唇紧紧地咬着，仔细地听母亲讲述，他摘下眼镜，放在桌子上，然后伸手往脸上摸了一把，仿佛拂去无形的蜘蛛网。只见他的脸仿佛变得尖削了，颧骨异常地突出了，鼻孔也在掀动——母亲从来没见过他这样，所以心里有点害怕。

涅考拉坐在母亲身边，不好意思地把他那异常高兴的脸庞转向另一边，整了整头发后，又转过脸来了，望着母亲，饶有兴致地听母亲讲着激动人心的故事。

“这回真是惊人的顺利！”他兴奋地感叹，“这一回，您完全有坐牢的可能，然而，突然就变了！这样看来呀，农民似乎也动起来了。但是，这其实没什么大惊小怪的！那个女人，我仿佛清清楚楚地看见了她！目前我们一定要增加专干农村工作的人手！要人！我们目前缺的就是人，生活要求有几百个人手，几百个呀！”

“如果鲍什能出来就好了！还有昂特廖萨！”母亲低声说道。

涅考拉望了望母亲，然后垂下了头。

“尼罗芙娜，这样的话您听了一定很难过，然而我不得不说，我很了解鲍威尔，他是不愿意从监狱里逃出来的！他肯定想在法庭上公开受审，希望能光明正大地站在那里，他是不会逃避审判的，而且也没有必要！他到了西伯利亚总会逃走的。”

母亲叹了口气，轻声回答道：“那有什么办法呢？他宁愿按照自己的想法去做。”

“哦！”涅考拉从眼镜后面望着她，停顿了一下，说，“要是您认识的这个农民能早点到这儿来就好了！应该通过传单让农民们知道那个农民的事，既然他的态度是这样坚决，那么发一次传单对他是绝对不会有害的。好！我现在就写，廖得米拉可以迅速地把它印出来，但是到底如何尽快送过去呢？”

“我送去！”

“谢谢您，不过不要您去！”涅考拉毫不犹豫地说，“让沃索西柯夫去怎么样啊？”

“要先跟他谈谈？”

“请您跟他谈谈吧！另外还得教一教他才好。”

“那么，我呢？”

“您不用担忧！”

于是，他坐下来开始写，母亲收拾着桌子，也抽空儿望望他。她看见他手里的笔颤动着，在纸上写出了一行行的黑字，有时，他脖子上的筋肉颤抖起来，便闭一会儿眼。仰起头，他的下巴也就跟着抖动起来。他这样子让母亲有点担忧。

“好，写好了！”他站起来说，“您把这张纸藏在身上。但是，宪兵估计要搜身的，您最好谨慎点。”

“我才不怕那些畜生们呢！”她从容不迫地回答。

送走了大夫之后，涅考拉和母亲喝着茶，吃点东西，一边低声谈论，一边恭候着夜里的客人。涅考拉不停地给母亲讲述他的同志被流放的事情，讲到有些同志已经逃走了，化名继续干着他们的工作。

撕去了壁纸的墙壁，听了这些无私地把自己的一切贡献给改造世界这个伟大事业的同志们的英勇事迹，好像让人难以相信，因此就把他那轻轻的说话声推开来。

温暖的影子亲切地围绕着母亲，使她心中对那些未曾认识的人们产生了温暖的爱意，这些人在她的想象中构成了一个充满了无穷力量的巨人。这个巨人慢慢地不知疲倦地在大地上走着，用他那热爱自己、热爱劳动的巨腕，打扫着地面上千百年来虚伪的霉菌，把那纯洁的真理传给广大人民——这个伟大的真理正在慢慢地苏醒，用同样亲切的态度号召着所有的人们，并帮助他们每个人都摆脱贪欲、恶意和虚伪——这 3 种用无耻的力量来征服和恐吓世界的恶魔。

这个巨人的形象在她心里唤起的这种感情，正像她过去站在圣像面前，用满怀快乐和感激的祈祷来结束一天的生活时的那种感情一样——那时候她感觉那一天从来没有那么轻松自在过。

然而现在，她已经忘记那样的日子。但是，那种日子所唤起的这种感情却增强了，变得更光明、更欢快，在她心里根深蒂固了，它仿佛有生命，越来越亮地燃烧起来。

“宪兵似乎不来了！”涅考拉突然转换了话锋恍惚般地说。

母亲朝他看了一眼，愤怒地说：“哼！他们那些畜生！”

“是啊，您还是去休息一会吧，尼罗芙娜！您一定累坏了吧，您的身体真棒！虽说遇着这么多不安和忧虑，但都能毫不费力地忍受过去，真了不起！不过，只是头发白得很快。好啦，休息去吧。”

母亲被响亮的敲门声惊醒了，她睁开眼睛侧身细听，有人正在很耐心地、持续不断地敲着厨房的门。这时候，天还很暗，周围寂静无声。由于这种寂静，使得这种固执的敲门声很容易让人感到惶恐，母亲急忙穿上了衣服，迅速走到厨房里，站在门里问道：

“是谁？”

“是我！”一个陌生人的声音回答。

“谁?”

“请开门吧!”门外人用极其坦诚的语气低声恳求。

母亲拨开了门锁，用膝头推开了门，进来的是耶戈纳金。

他很兴奋地说:“哦，没有敲错门!”

他的身上很多泥点子，脸色有点发灰，眼睛凹陷了进去，只有卷曲的头发还是很有精神地从帽子底下向四面钻出来。

“我们那儿出事了!”他反手关上门，轻轻地说。

“我知道……”母亲直接地说，小伙子听到回答后颇为惊讶。

他眨巴着眼睛问道:“你从哪知道的?”

母亲迅速简明地跟他说明了情况。

“那两个也被抓去了吗?就是和你在一起的那两个?”

“他们不在家，去报到了，他俩是新兵!连米哈依洛伯父算在里面，共抓去5个。”

他用鼻子吸了口气，满脸笑意地说:“只剩下我。他们一定在查我。”

“那他们怎么没有抓到你呢?”母亲问道。

这时通往房间的门悄悄地开了一条缝。“我?”耶戈纳金在凳子上坐了下来，四周看了看，说道，“在他们还没来之前，看林子的跑来敲着窗子说:‘当心吧，有人到你们这来了。’”

他轻轻地笑了一下，然后用外套的衣襟擦了擦脸，接着说:“唔，然而米哈依洛伯父很冷静，他马上对我说:‘耶戈纳金，快到城里去吧!你还记得那个上了年纪的女人吗?’他亲手替我写了一个字条，‘喏，拿上走吧!’我躲在树丛里，趴在那纹丝不动，后来就听到他们来了，人数非常多，老远就能听到他们的动静，这些魔鬼!工厂被围住了，我就躺在树丛里。他们刚好从我身边走了过去!随后，我赶紧趁机逃了出来!这不嘛，一口气整整走了一天两夜。”

他眼神中充满了得意和喜悦，厚厚的嘴唇激动地颤抖着。

“我立即给你弄茶喝!”母亲立刻拿了茶炉，匆匆地说。

“我把字条交给您。”

那扇通往房间的门打开了，涅考拉站在门口说：“在中间的是那些不知羞耻、毫无人性的奴才们，那就是中间的!”

耶戈纳金尊敬地对他望了望，沉默了一会儿，然后开口说：“你说得对!”

小伙子站起身来，着实而勇敢地把脚踏在地板上，试着走了几步，嘴里说：“感觉好多了！谢谢你们。”

后来他们一起坐在餐室里喝茶，耶戈纳金硬朗地说：“我以往送过报纸，我很能走。”

“看报的人多吗?”涅考拉问道。

“识字的人都看，连有钱的人也看，他们当然不看我们的。他们很清楚，农民们是要反抗他们这些做地主和富人的，他们要自己来分得土地，他们要创造永远不再有主人和雇工的社会——还不是如此吗！就是为了这个，他们就是因为这个才打架的，对不对?”

他说着说着甚至生起气来，怀疑地、询问般地望着涅考拉的脸。

涅考拉只是默不作声地笑着。

“假使今天大家都起来斗争，并且战胜了，然而明天又有了穷人和富人，那我们的斗争有什么用呢？我们心里很清楚，财富总是不可能平衡的，总会有穷人和富人！不，要真是这样，那又何必呢！对不对?”

“但是你不要生气呀!”母亲开玩笑一般说他。

涅考拉沉思地说：“我们怎样才能把关于列彼被捕的传单迅速送到那边去呢?”

耶戈纳金竖起了耳朵听着。

“有传单吗?”他问。

“有。”

“送传单的任务交给我吧！”小伙子搓着手，自告奋勇。

母亲并不看他，只是轻轻地笑了起来。“你不是说过已经很累，而且很恐惧的吗？啊？”

耶戈纳金用他的大手掌抚着他的卷发，郑重其事地说：“为了工作，我不怕了！您为什么要笑呢？您这个人呀！”

“哎，我的孩子！”母亲被他的话惹得兴奋起来，不由自主地喊道。

小伙子一下子由镇静变得尴尬了，干笑着。

“你看，又成孩子了！”涅考拉善意地说，“您不能再到那边去。”

“我不去那能去哪儿呢？”耶戈纳金很担心地问。

“有人代您去，您只要清清楚楚地给那个人说清楚该如何做就行了。好不好啊？”

“好吧！”耶戈纳金不愿意地答应了。

“我们给你弄一张相应的护照，给你找个看森林的工作。”

小伙子听了立刻抬起头来，担忧地朝他问道：“如果乡下人来砍柴，或是有什么别的事，那我怎么办？逮住他们？绑上？我可不会做这种事啊！”

母亲和涅考拉一齐笑了，这下倒使耶戈纳金拘束不安了，因此他心中有些难受。

“您尽管放心！”涅考拉劝慰他说，“保证您不必把他们逮住绑上！”

“那么也好！”耶戈纳金说，他忽然放心地笑了，“我最好能进工厂，听说，那里的人都很聪明。”

母亲站起身来，若有所思地望着窗口，感慨地说：“唉，这就是生活！一天哭 5 次、笑 5 次！好了，耶戈纳金，说完了吧？你去睡吧，别胡思乱想了！”

“我不想睡。”

“去睡吧，去吧!”

“你们这儿的规矩好严！那好，我就去睡了。谢谢你们对我的细心照顾。”

涅考拉把他那粗大的手放在母亲的肩头，把脸挨近她，悄悄地说：“你去对他们说，他们可能会听你的话，这是很容易的！你自己去看一看也能知道，这是监狱的围墙，旁边有一盏煤气灯，对面是块荒地，左边是墓场，右边是大街。白天有一个管煤气灯的人来擦灯。靠墙架了梯子，爬上去，在墙头挂两个挂绳梯的钩子，把梯子放进监狱的院子，就能够开步了！只要跟墙里面约定时间，叫里面的刑事犯人喧哗一下，或者我们自己吵也行，这时候要走的人就可以爬过梯子，翻过墙头，就行了!”

星期天，母亲又去监狱看了鲍威尔，当母亲在监狱办公室和鲍威尔告别的时候，觉得手里有一个小纸团。

说也奇怪，她仿佛被纸团烧痛了手心似的战栗了一下。她匆忙用请求和询问的目光朝儿子的脸上望了望，然而却没得到答案。

他脸上透露着她所熟悉的沉静而坚定的微笑。

“再见!”母亲叹着气说。

儿子又和她握手，他显得很亲切的样子。

“再见了，妈妈!”

她握着他的手不放，仿佛是在等待什么。

“不要担心，不要生气!”他安慰着可怜的母亲。

这句话以及他头上固执的皱纹给了她答案。

“唉，你怎么啦?”她低下头来，含糊不清地说，“那有什么。”

母亲迅速走出去，不敢再看他，因为她已经掩饰不住自己的泪水和颤抖了。

一路上她总觉得，她那只紧攥着儿子的回答的手，骨头都疼了，整个手臂十分沉重，就好像肩上被人重重地打了一下似的。

回到家里，她很快地把纸团塞在涅考拉的手里，站在他面前等待着，当他展开捏紧了的那个纸团的时候，她又忽然感到无比激动和喜悦。

然而涅考拉说："这是当然的！他是这样写的：'我们决不逃走！同志们，我们不能逃走，我们里面的人谁都不愿意，逃跑会让我们觉得羞愧，请你们注意那个最近被捕的农民，他应该得到你们的照顾，同时也值得为他花费气力。他在这里过得非常痛苦，每天都跟狱吏冲突，已在地穴里关了一天了，他们在折磨他，我们大家都恳求你们照顾他，安慰我的妈妈，请你们跟她说明，她一切都能明白的。'"

母亲抬起头来，轻声却颤抖地说："嗯，何必要跟我说明，我懂！"

涅考拉迅速地扭过脸去，拿出了手帕，大声擤了一下鼻子，含含糊糊地说："我伤风了。"接下来，他两手遮着眼睛，整一整眼镜，在室内走着说："看，我们反正是赶不及。"

"不碍事！让他们受审吧！"母亲说着皱起了眉头，心中感到非常沉重、忧伤。

"我刚才接到了彼得堡一个同志的信。"

"就是到了西伯利亚，他依然能逃出来的。"

"能逃吗？"

"肯定能啊！这个同志说，案子很快就能确定了，判决已经下来了——全体流放。看见了吧？这些渺小的骗子把他们的审判变成了最庸俗的闹剧，您要懂得判决是在彼得堡拟定的，在审判之前……"

"别再说这事儿了，涅考拉·伊凡诺维奇！"母亲插上了嘴，"我不需要安慰，鲍什是不会错的，他不会让自己和别人白白地受罪。他是绝对爱我的！您看，他在挂念着我，在思念着我，他不是写着：请您安慰她，对她说明，不是吗？”

她的心脏猛烈地跳动着，兴奋得有点晕眩起来。

“您的儿子真是个好人！”涅考拉用非同一般的高声夸赞着，“我十分钦佩他！”

“那么，我们想一想列彼的事吧！”母亲提醒道。

她想，应该立即做一些什么事，或走到什么地方去，一直走到疲软为止。

“对，好的！”涅考拉边踱步边回答，“应该通知萨茜卡。”

“她会来的，我去看鲍什的日子，她总要来的。”涅考拉满脸思索地垂下了头，咬着嘴唇，捻着胡子，坐在母亲身旁。

“要是姐姐在这里就好了。”

“趁鲍什没有出来之前干吧，一定会使他开心！”母亲提议。两个人都沉默了。

突然母亲缓缓地低声问：“我真不理解，为什么他不愿意呢？”

涅考拉猛地站了起来，可这时门铃正好响了，他俩马上警觉地互相对望了一下。

“是萨莎，唔！”涅考拉低声说。

“该怎么对她说呢？”母亲轻轻地问。

“是啊，要知道……”

“她太值得同情了。”

门铃又响了一次，这次比上次声音似乎低了，好像门外的人也在犹豫。

涅考拉和母亲不自觉地同时往外走，然而当走到厨房门口的时候，他却后退了一步，对母亲说：“最好您去吧……”

“他不赞成？”母亲替她开门的时候，姑娘果断而又直接地问。

“嗯。”

“我早知道了!”萨莎很随和地说，可脸上却显得有些哀伤。她迅速地解开了外套的纽扣，然后又重新扣上两个，想把外套从肩上脱下来然而脱不下来，她说：“真是令人讨厌的天气！他身体好吗?”

“好。”

“身体很好，很愉快。”萨莎望着自己的手，低声发话。

“他写了个字条，要我们设法让列彼脱狱呢!”母亲说着，但目光有点闪躲。

“是吗？我想，我们应该利用这个计划。”姑娘缓缓地说。

“我也这样想!”涅考拉出现在门口，“您好，萨莎!”

“究竟是怎么回事儿？这个计划大家都同意?”

“然而谁有时间去组织呢。”

“让我去吧!”萨莎站起身，很利索地说，“我有时间。”

“您去干吧！然而要问问其他同志。”

“好，我去问！我这就去!”

她纤细的手指很有信心地重新扣上外套的纽扣。

“您最好休息一下!”母亲劝道。

萨莎温柔地笑着对母亲说：“没关系，我不累。”她接着便默默地和他们握了手，又像平常那样冷淡而坚决地走了出去。

母亲和涅考拉走到窗前，目送着姑娘走过院子，直到大门外消失了，涅考拉悄悄地吹起口哨，在桌子旁坐下，动笔写起来。

“她这样做心里或许会好受一些!”母亲若有所思地自言自语。

“当然!”涅考拉扭过脸来望着母亲，善良的脸上带着微笑，关切地问：“尼罗芙娜，您估计没有过类似的体验吧——想念爱人的烦恼，您恐怕是不知道的吧?”

“嗨!”母亲把手一摆，高声回答，“当然不会有这种忧愁啦?从前我们只是害怕——最好不要嫁人!”

“真没有过您喜欢的人?”

她回忆了一下，说："记不起来了，肯定有喜欢的人啦，但现在一点也记不得了！老了！"母亲瞥了他一眼，简洁地、带着几分哀伤地总结说："被丈夫打得太厉害了，所以在嫁他以前的一切人和事，似乎都忘得一干二净了，多少年前的事了……"

他听了又转过脸去，母亲出去了一会儿，等她再回来的时候，涅考拉亲切地望着她，轻声地说起来，好像用言语爱抚自己的回忆。"我从前也像萨莎一样，有过一段故事，我爱上了一个姑娘，她是一个难得的好人！我在 20 岁的时候认识了她，从那时就爱她，坦白说我现在依然跟过去一样爱她——用整个的心，充满了感谢，永远地爱。"

这时候，门铃又大声响起来了，打断了他的话。这次来的是廖得米拉，她穿了件不适合的薄外套，两颊冻得通红，她一边脱下破套鞋，一边好像生气地对他们说："审判的日子已经定了，在一个星期之后！"

"当真？"涅考拉在房里喊着问。

母亲十分激动地来到她身边，自己也不明白是怕呢还是兴奋。廖得米拉和母亲并排走着，带着讥讽的口吻低声说："是真的！法院里已经公开宣布了，判决也已经定了。然而，这算什么呢？难道政府还怕它的官吏会宽容它的敌人吗？这样长期而热情地放纵自己的仆人，他们终究会变成卑鄙无耻的东西的。"

廖得米拉在沙发上坐下来，用手掌搓着瘦削的双颊，眼中透露出蔑视与愤怒。

"廖得米拉，不要这样白白地消耗火药！"涅考拉劝慰着说她，"他们又听不见您的这些话。"

母亲担心地听着她的话，然而一句也没听进去，在她的头脑中，只是不自觉地反复想着一句话："审判，再过一个星期就要审判！"她突然感到，内心有一种巨大的不安与担忧了。

母亲就在这种迷惑和焦虑的乌云里，在苦闷难挨的期待的重压下，默默地度过了第一天，第二天，第三天，萨莎来了。

她告诉涅考拉：“一切都准备好了！今天一点钟！”

“已经准备好了？”他惊讶地问。

“这没什么的？我只要替列彼准备一个地方和一身衣服，别的都由郭本去办。列彼呢，他总共只要走过一条街就行了，沃索西柯夫在街上接他——肯定是化了装——替他披上外套，给他一顶帽子，告诉他走哪条路。我就等着他，给他换了衣服，然后把他带走就算成了。”

“不错！然而郭本是谁呢？”涅考拉问询着。萨莎说：“您看见过他的，您在他家里给钳工们上过课。”

“啊啊！想起来了！想起来了！那个样子有点奇怪的老头。”

“他是个退伍老兵，现在做洋铁匠，没有学问，然而他十分仇恨暴力行为，有几分哲学家的味道……”萨莎望着窗子，思索着评价。

母亲静静地听着她的话，有一种朦胧的思想在她心里渐渐成熟起来。

“郭本想让他的外甥越狱，您记得吗？就是您喜欢的那个叶甫钦柯！他最爱干净，爱漂亮。”

涅考拉点了点头。

“他一切都准备得很周到。”萨莎接着说，“然而我怀疑我们是否能成功，因为散步的时候，大家都在散步。我想，犯人若是看见了梯子，肯定都想逃走。”

说到这儿，她有点担忧地闭眼沉默着。

母亲关心地走到她的身边。

“这样，大家伙就会变得一团乱。”

他们 3 个人都站在窗口处，母亲站在他们俩的身后，听到他们俩的谈话之后，头脑中一片复杂。

“我也去！”母亲忽然开口说。

“为什么？”萨莎问道。

“亲爱的，不要去！也许会出乱子！您不要去！”涅考拉劝诫道。

母亲望了望他，轻柔的语气中含着坚定：“不，我要去！”他们迅速地互相望了一眼，萨莎耸耸肩膀，不自在地说：“我清楚。”

她转过身来对着母亲，挽起她的手臂，身子靠着她，用朴实的、让母亲听起来觉得很亲切的声调说：“但是，我依然要对您说……”

“亲爱的！”母亲伸出颤抖的手搂住了萨莎，显出恳求的样子，“带我去吧，我不会妨碍您的！我需要去，我怕他会逃不掉的！”

“她也去！”萨莎对涅考拉说。

“这是您的事！”他低着头并不多说其他的话。

一小时以后，母亲来到了监狱后面的空地上。

大风围着她飞舞，鼓起了她的衣服，不停地撞在上了冻的土地上，猛烈地摇撼着母亲走过的菜园的破栅栏，又反复冲击着监狱那不很高的围墙，然后滚进墙里去，卷起了院子里的喊声，把这些喊声吹得飘散开去，再抛到天空之中，天空上的白云迅速地飞了过去，露出了不大的青天。

母亲慢腾腾地走过他们身边，朝墓地的围墙走过去，同时，用余光瞥着右面和后面。忽然，她觉得自己的两条腿猛地颤动了一下，接着就呆呆立在那儿不动了，从监狱的转角后面，有个驼背的男子背了梯子，就像路灯清洁夫平时那样匆忙地走了出来。

母亲恐惧地眨了一下眼睛，迅速地朝那两个兵士望了一眼，他们正在一个地方踏着步，马也正围着他们跑着。她赶紧又朝背梯子的人看了一眼，这时，他已经把梯子靠在了墙上，正从容不迫地往上爬去。他朝院子里招招手，就迅速地走了下来，躲到墙角后面。

这一刻，母亲担心极了，她感到每一秒都过得特别慢。

梯子靠在暗淡的墙上，墙上全是泥斑，石灰已经脱落，露出了里面的砖，所以不认真看几乎看不出有梯子。

母亲担心地向四周看了一个遍，她的眼睛尽管看到了一切，然而却不相信这是真的。她没想到那么危险复杂的事就这么轻而易举地成功了！说实在的，这种迅速的行动使她茫然若失，不知所措，如同在梦中。

街上已经没有列彼的踪影了，一个穿大衣的男子在走着，一个女孩子在奔跑。

从监狱里面跑出了3个看守，他们并排在一起跑过来，另一个兵士围着马跑着，使劲想要上马，然而那马偏就乱蹦乱跳，不让他骑上去。附近的一切也都平静不下来。

警笛持续地响着，仿佛吹得透不过气来，这种令人警觉而惶恐的、不顾性命般的喊叫声使母亲感觉情况十分危险。她战栗了一下，眼睛盯着看守们，双脚不自觉地沿着墓地的围墙走去，只见看守们和兵士们都朝监狱转角的另外一面跑，转了个弯，就不见了。

母亲认识的那个副监狱长，连外套纽扣都没有扣好，也跟在他们后面朝那边跑去。

这会儿，不知从哪跑来了几个警察，许多老百姓也跟着来看热闹。

冷风仿佛有什么开心的事情一般，旋转不停，猛烈地刮着，混杂的警笛声和叫喊声在空中回荡。这种纷乱、这种骚动使她兴奋不已。于是，她加快了脚步，心里想：

“这种情况下，他逃出来应该没问题吧！”

从墙角后面，突然冲出了两个警察。“站住！”一个警察一边喘气一边呵斥道，“一个汉子——有胡子的——你看见了吗？”

“往那边跑去了，怎么啦?”母亲指着菜园的方向，镇定地回答。

“叶戈洛夫！吹警笛!”

母亲走回家去了，她觉得有点遗憾，胸口里似乎压着一种叫人懊恼的情绪。当她穿过空地，走到大街上的时候，一驾马车挡住了她的去路。她下意识抬起头来，看见车子里坐着一个长着淡色口髭、脸色十分苍白、神态十分劳累的年轻人。年轻人也对母亲看了一眼。估计是由于侧身坐着的原因，他的右肩看上去要比左肩高些。

涅考拉很欢喜地迎接着母亲。

“那边怎么样?”

“似乎成功了。”

她开始给他讲述所看到的情形，一边讲，一边努力地回想着一切细节，她讲的时候就仿佛是在转述别人的话，好像不是非常确切。

“我们真是幸运!”涅考拉搓着双手说，“然而，我真的十分为您担心！鬼知道会出什么事！尼罗芙娜，请听我一句劝：不要恐惧审判！审判越早，鲍威尔就能越早地得到自由！请您相信我的话，说不定他在路上就能逃走！那审判也没有什么大不了的。”

他给母亲描述了开庭的可能情况，母亲听他说着，知道涅考拉在担忧什么事，因此也想鼓起自己的勇气。

“你不会认为我会向法官求情吧?”她突然问，“怕我会恳求他什么?”

他跳起身来，对她摆着手，生气般地说：“这算什么话!”

“我心里恐惧，这倒是真的！然而怕什么——我却不知道!”她沉默下来，目光在屋内毫无目的地扫视着。

“我是指怕遭什么侮辱和嘲笑，他们会说，你是个乡下佬，你是个乡下佬的儿子！你想干什么呢？然而，鲍什的自尊心很强，他会十分激烈地回答他们！说不定安德烈也要嘲笑他们，他们都是很容易激动的。因此，我担心他一时忍受不了，他们会判得叫我们永远不能见面！这辈子也不能见。”

涅考拉皱着眉头，静静地捻着胡子。

“我始终有这种想法！”母亲低声接着说，“审判是恐惧的！他们对一切都要挑剔、较量个没完！可怕得很呀！可怕的倒不是刑罚，而是审判、审问，连我自己也不知道该怎么说才好。”

她觉得，涅考拉不能理解她的心情，这便叫她感到：要讲清自己的害怕是特别困难的事情。

母亲看了看那个女人，她叫萨莫依洛娃，旁边坐着她的丈夫，是个五官端正的秃顶的男人，蓄着很长的褐色浓须，脸却很瘦削。此刻，他双眼注视着前面，神情显得有些紧张。

黯淡迷离的阳光透过高大的窗子洒进来，均匀地布满了整个法庭，雪花在玻璃上滑过。在两扇窗子中间，悬挂着巨幅的、装有金光闪闪的镜框的沙皇肖像，沉重的大红色窗帘打着整齐的褶，遮拦住镜框的两角。

一张铺了绿毡的长桌摆在肖像的前面，桌子的长度差不多和法庭的宽度相等。右面靠墙的铁栏里面，摆着两条木头长凳，左边摆着两排深红色的手圈椅。穿着绿领子的衣服、胸前和腹部钉着金钮的职员们，蹑手蹑脚地走动着，在混浊的空气里，怯弱地飘着一些低语谈论声，还有药房里的混杂气味。

这一切——颜色、光线、声音和气味，压迫着母亲的眼睛，随着呼吸一起闯进了她的胸间，使她感到极度的恐惧与紧张。

这时母亲突然被一个响亮的声音惊住了，大家都站起身来，她也就抓住希索弗的手站了起来。大厅左角的一扇很高的门被打开了，从里面蹒跚地走出一个戴眼镜的小老头儿，灰色的小脸，稀疏而颤动着的白发，光滑的上唇凹在嘴里面，高高的颧骨和下巴架在制服那很高的衣领上，似乎衣领里面根本就没有脖子。一个脸长得像瓷器的、面色红润的圆脸青年，紧跟其后搀扶着他。在他们后面，还有3个穿绣金制服的人和3个文官，都在慢慢走着。他们这些人在桌子旁边摸索了很久，才在手圈椅上坐了下来，坐定之后，有一个敞着制服、脸刮得很干净、样子懒散的文官，似乎有点费力地悄声对小老头说些什么，小老头儿纹丝不动地听他说着，身体坐得笔直。母亲在他的镜片后面，看到了两个小小的没有什么光彩的斑点。

一个秃顶的高个子站在桌子尽头的书案旁边，不时地咳嗽着翻看文件，小老头将身体向前晃荡一下，开口说话了。第一个字说得很清楚，然而后面的字却仿佛是从嘴里挤出来的一样："宣告，开庭！……带人……""看！"希索弗低声说，他偷偷地推了一下母亲，站了起来。那扇铁栏后面墙上的小门开了，走出了一个肩上背着不带鞘的马刀的兵士，兵士之后，走出了鲍威尔、安德烈、贝嘉·玛切、古塞夫兄弟、塞蒙伊罗夫、蒲金、索莫夫，还有5个母亲不认识的青年。

鲍威尔面带温和的微笑，安德烈也是微笑着跟人点头打着招呼。在紧张的不自然的沉默里，他们带来的生机勃勃的笑容和温和自信的举止，使得法庭里的气氛轻松多了。制服上光华照人的金色也暗淡了一些，看上去比较柔和了，每个人对此变化都明显地感觉到了。

这种充满在法庭里的勇敢、自信和生动的活力触动了母亲的心，使它醒悟过来。在这之前，坐在母亲身后的凳子上的人们一直都显得悲伤难过的样子。此刻，他们也发出了嗡嗡的低沉的应和声。

"看！一点都没有恐惧！"母亲听见了希索弗低低的夸奖，她右边，塞蒙伊罗夫的母亲却忽然哽咽起来。

"安静些！"一个严厉的警告声传到大家耳中。

“预先宣告……”又是那个小老头儿在说。

鲍威尔和安德烈并肩就座，玛切、塞蒙伊罗夫、古塞夫兄弟也和他们一起，在第一排凳子上坐下。

安德烈已经把胡子刮了，但他的唇须却留得很长，一直挂下来，使圆圆的头像猫儿的脑袋一样。他的脸上添了新东西——嘴角的皱纹里满是讥讽的、凶残的神情，眼睛里充满了仇恨。

玛切的上唇上有了两条黑纹，脸胖了一些；塞蒙伊罗夫依然像以前一样，满头卷发；伊凡·古塞夫仍旧那样咧着嘴笑呵呵的。

“唉，菲奇卡，菲奇卡！”希索弗低声叫着并埋下了头。

母亲听着小老头那模糊的问话——他看都不看被告一眼就问起话来，他的头纹丝不动地放在领口上面——听着鲍威尔的平静而简单的回答。她认为，首席法官和他的全部同僚都不可能是凶恶残忍的坏人。

母亲一面细心端详着这些法官的脸，揣测他们将会有何举动，一面默默地细听着在她心里萌发着的新希望。

那个面孔像瓷人似的男子，面无表情地读着卷宗，他的平淡单调的声音使法庭里充满了枯燥的气氛，沉浸在这种气氛里的人们，个个都显得麻木，并呆坐着。

4个律师低声地却很有精神地和被告谈话，他们每个人的动作都有力而灵活，好像4只巨大的黑鸟。

只见安德烈稳稳地站起身来，笔直地立在那里，捋着胡子，皱着眉头，望着首席法官，有点盛气凌人的样子。

“我有什么罪可以认呢？”安德烈耸了耸肩膀，声音悦耳动听，就像平时一样从容不迫，一字一句，“我没有杀人，又没有盗窃，我只是不同意这种使人们不得不互相掠夺、互相残害的社会制度。”

“简洁一点回答。”小老头费力地说。

这一次声音比较清晰，母亲觉得她身后凳子上的人们开始兴奋起来了，大家在轻轻地交谈着、挪动着，好像是要摆脱那个像瓷人的人带来的沉闷气氛一样。

“你听见了他们怎么说吗？”希索弗悄声问。

“菲奥多尔·玛切，您回答。”

“我不愿意说！”贝嘉跳起来，明明白白地回答着，他的脸因亢奋而发红，眼睛中放着光，不知为什么，他把双手藏在背后。

希索弗悄悄地说了一声“啊呀”，吓得母亲马上就睁大了眼。

“我拒绝辩护！我什么都不愿意讲！我觉得你们的裁判人不合法！你们是谁？人民将审判我们的权力交给你们了吗？没有！绝对没有！我不承认你们！”

他坐了下去，把他那通红的脸躲在了安德烈的背后。

那个胖法官把头偏向首席法官，跟他耳语一阵。脸色苍白的法官抬起眼皮，斜着看了被告一眼，之后伸出手来用手遮着。

乡长摇着头，谨慎地换了两只脚的位置，又把肚子放在膝上，用铅笔在面前的纸上胡乱写了几句。小老头脑袋纹丝不动，将身子转向红胡子的法官，对他轻轻地说了几句话，红胡子的法官安静地低着头听着。

贵族代表在和检察官小声说话，市长仍摸着腮听他俩说呢。

这时，大厅中又响起了首席法官单调乏味的声音。

“回答得多利索！直截了当——比谁说得都好！”希索弗激动而惊讶地在母亲耳边夸奖着玛切，母亲疑惑地微笑着。

站在他们面前的一个宪兵突然大声喊：“据说，鲍威尔·弗拉朵夫是祸首！”

“那么那罕德卡呢？”胖法官懒洋洋地轻声说。

“也是一样。”

一个律师站起来说：“我能够说话吗？”

小老头不知是在对谁发问：“您没有意见吗？”

在母亲看来所有的法官都是病态的，他们的姿态和声音都露出病态的疲惫，这种病态的疲劳和厌恶的灰色的倦怠，都清清楚楚写在他们的脸上了。显然，他们感到这一切——制服、法庭、宪兵、律师以及坐在手圈椅上问话和听取回答的责任——都是不舒服的。

母亲认得的那个黄脸军官站在他们面前，他态度傲慢，故意拖长了声音大声讲着鲍威尔和安德烈的事情。

母亲听着，心里不由得暗暗骂着："你这家伙知道什么呀！"

此时此刻，母亲望着铁栏里的人们，已经不再为他们担忧了，也不同情他们了——对他们不应该同情，他们让母亲感到惊奇和温暖。

惊讶是平静的，爱是光明的，令人鼓舞。他们年轻、结实，坐在靠墙的一边，对于证人和法官乏味的谈话以及律师与检察官的争辩，差不多就不再插嘴。偶尔，他们中间有人露出蔑视的微笑，并和同志们谈几句，因而同志们的脸上也掠过蔑视的微笑。

安德烈和鲍威尔几乎一直在悄悄地和一个律师谈话，这个律师，母亲曾在涅考拉家见过。最活泼好动的玛切仔细地听着他们的谈话，塞蒙伊罗夫常常对伊凡·古塞夫说些什么，母亲看见，每次伊凡都是在尽力忍着笑，轻轻地用臂肘在同志的身上一戳，他立刻显得忍不住笑的样子。已经有两次，他差不多都要扑哧一声笑出来，过后他又鼓着腮坐了几分钟，竭力想装得肃然一些。

不论哪个被告身上都充满了青春的活力，尽管他们想要努力抑制青春的活泼奔放的感情，然而青春的活力就是那样自然地表现出来。

希索弗轻轻地推了一下母亲的臂肘，母亲便回过头来，只见希索弗的脸上带着得意的，同时又有几分担忧的表情。他轻声说："嗳，你看他们多么坚强啊！这些小伙子，态度多威风！对不对？"

法庭上，证人们用一种同样节奏的调子急匆匆地陈述着，法官们冷淡地、言不由衷地说着。那个胖法官用肿胀的手捂住嘴巴打着哈欠；红胡子的法官脸色更加苍白，他不断地举起手来，用指头使劲地按着太阳穴，总是显得一副哀愁的样子；检察官偶尔用铅笔在纸上画一下，又重新去跟贵族代表谈话；贵族代表抚着他那灰色的长胡子，转动着美丽的大眼睛，很得意地点头微笑着；市长跷着腿坐着，用指头在膝上敲着，全神贯注地望着自己指头的动作。只有乡长依然将肚子放在双膝之上，细心地用手捧着肚子，低头坐在那儿，估计只有他一个人老老实实聆听着这样的陈述。还有那个小老头，将身子埋在椅子里，仿佛没有风的时候的风标一样丝毫不动地坐着，这种状态持续了许久，令人麻痹的无聊重新让人困惑起来，甚至无法排解。

“我宣布……”小老头说着，一面站了起来，可下面的话就被他薄薄的嘴唇给压住了。

于是，响音、叹息声、低低的惊呼声、咳嗽声和脚步声混合起来，充满了整个法庭。被告们被带了下去，他们出去的时候，十分高兴地和亲人朋友告别。

伊凡·古塞夫低声对什么人喊道：“不要怕！伊格尔！”

母亲和希索弗一同走出大庭来到走道里面。“要不要到酒铺里去喝杯茶？”老人关心地、沉思似的问她，“时间还早着呢！”

“我不想去了。”

“那么，我也不去了。你看，孩子们真是不错，对吧？他们坐在那里，好像只有他们才是真正的人，其他的就跟透明狗一样！你看贝嘉，啊？”

塞蒙伊罗夫的父亲手里拿着帽子走到他们前面，他满脸带着深沉的微笑说：“我的葛里哥里不也是吗？他不愿意去辩护，这种办法是他第一个想出来的，彼拉盖雅，你的孩子同意请律师，然而我的孩子却说不要！于是 4 个人全都拒绝了……”

他的太太站在旁边，她不停地眨巴着眼睛，一边用头巾的角揩着鼻子。

塞蒙伊罗夫抚摸着胡子，低着头说："他们为什么要这样啊！我心想啊，这些鬼东西，他们这一切的打算都是白费力气，白白地使自己受罪。然而，我忽然开始明白，他们的话可能是对的吧？他们的伙伴在工厂里不断地增加起来，尽管常常被抓去，然而就像河里的鱼，是抓不完的！我还想，力量也许真的在他们那一边？"

"司杰帕·彼得洛夫，这种事情对我们来说是不容易懂得的！"希索弗说。

"真有点搞不懂！"塞蒙伊罗夫表示赞成。

他的太太用鼻子深深地呼了口气说："这些不要命的家伙身体倒很棒。"

在她那憔悴的宽脸上忍不住露出微笑来，她对母亲说："尼罗芙娜，我刚才说全怪你的儿子不好，请你不要生气。坦白说，我也不知道到底该怪谁！刚才宪兵和暗探说，我家的葛里哥里也有份——畜生！"

很显然，她对自己的孩子感到骄傲，也许并不了解自己的感情，然而母亲却很明白这种感情。她带着和气的微笑轻轻地说："年轻人的心总是接近人的心理的。"

一个白头发、钩鼻子、胸前挂着奖章的法庭管理员，驱赶了群众，用指头认真地指着蒲金威胁说："喂，禁止喧哗！这儿又不是酒馆！"

"是的，先生，我知道的！但是你听着，要是我打了你，然后再由我来审判你，你会做何感想呢？"

"看我叫人来带你出去！"法庭管理员严肃地说。

"带到哪里去？为什么？"

"带你到外面去，看你还瞎闹不！"

蒲金对大家看了一遍，声音并不太高地说道：“他们最重要的是要人不说话。”

“你觉得应该怎么样?”那老头愤怒地吼叫着。

蒲金把双手一摊，把声音压低了一些，又说话了：“还有一件事，为什么法庭上除了亲戚之外，不准大家来旁听？如果你审判得很公平，为何还怕当着大家的面审判呢？对不?”塞蒙伊罗夫又重复地说着，然而声音已经响了一些，“审判不公平，这是真的!”

母亲想要把自己从涅考拉那儿听来的有关审判不公平的话告诉他。然而，这个问题她并不是完全明白，而且有些话现在已经记不太清楚。她一边努力地回忆着，一边离开人群，走到一旁，就在这时，她发觉有一个生着淡色口须的年轻人正在望着她。他把右手放在裤兜里，所以看上去左肩要比右肩低一些，母亲突然觉得很熟悉。然而，那人已经转过身去了，再加上母亲急于回想那些关于审判不公平的话，所以马上就把他给忘到脑后了。

过了不多一会儿，母亲听见了一句低沉的问话：

“是她?”

另外一个比较响亮的声音高兴地回答：“对!”

母亲回头看了一看，见肩膀歪斜的男子正和一个穿短大衣和长靴的青年在说话。

她不安地回忆着，然而又得不出一个确切的回答，在她心里不可抗拒地燃烧着要对这些人讲述儿子的真理的愿望。她想知道，这些人要说些什么话来反对这种真理，她想从他们的言语里来预料判决的结果。

“难道这样干也就算是审判了?”她谨慎而愤怒地对希索弗说，“他们只问是谁干的，然而不会问为何这样干的，况且他们都是些老人，年轻人应该由年轻人来审判……”

“对，对。”希索弗说，“我们老年人不太了解这些，很难!”

他这样说着，一边若有所思地摇了摇头。

那个老管理员开了法庭的大门，然后对人群喊："亲戚家人，拿出入场票来！"

一个不愉快的声音慢悠悠地说："什么入场票！简直像进马戏院！哼！"

所有的人现在都感到异常的焦虑和气愤，他们也慢慢地随便起来了，纷纷吵闹，并和法官争论开来。

希索弗坐在凳子上，嘴里不停地嘀咕着，不知在说些什么。

"你说什么？"母亲忍不住问。

"唉，人民不是什么都不懂的。"

这时，响起一阵铃声，接着有人很随便地宣布说："审判开始……"

大家全都站起来了，法官重又按照原来的秩序入席，被告也重新被带上来。

"坚持住！"希索弗说，"检察官要说话了。"

母亲伸长脖颈，全身都向前使着劲儿，心中感到十分的害怕。只见检察官侧身对着法官们站着，面朝着等待被宣判的青年们，一只胳膊撑在桌子之上，先喘了口气，便开始讲起来，一边讲，一边在空中不停地挥动着右手。

母亲没听明白开始的话，他的声音流畅而不清晰，时急时缓，没有节奏。他的话枯燥地连成一长条，仿佛衣服上的一条线迹，一会儿又急急地飞起来，如同砂糖上面的一群苍蝇猝然飞起来盘旋不止。然而在他的话里，没有让人害怕或感到受威胁的意思。的的确确，他的话语像霜雪一样冷，像灰烬一般苍白无力，一句句不断地落下来，仿佛干燥的灰尘，使法庭里充满了一种令人感到难过和厌恶的东西。

这单调乏味的语言，估计对鲍威尔和他的同志们一点也没有影响。他们都仍旧那么冷静地坐着，照样窃窃耳语，显得非常轻松自然，有时为了掩饰自己的笑容，故意皱着眉头。

“他说得不对！”希索弗悄悄地说。

母亲是不会说这样的话的，她听着检察官的话，明白他是想不分是非、不问情由，胡乱判罪。检察官的话是让人气愤的，他先说完了鲍威尔的事，又开始讲贝嘉的事，他将贝嘉和鲍威尔并列，然后又固执地把蒲金和他们推在一起——好像他是想把大家紧紧地叠在一起包装起来缝在一个袋里。

然而，他的话的表面意义既不能使母亲信服，也不能使她感动或害怕。她仍然担心会出现可怕的事，固执地在言语之外——在检察官的脸上、眼睛里、声音里以及他那不慌不忙地在空中的手上——寻找这种东西。

那个母亲曾在涅考拉家里见过的律师站了起来，他有一张温和的宽脸，小小的眼睛微笑着，闪烁出光芒——仿佛是从褐色的眉毛下面放出一把利剪似的在空中剪着什么。他显得镇定自若，大声讲着，但母亲有点听不懂他的话。

希索弗附在她耳边问：“他说的您懂吗？懂？他说的这些人是失掉理智的，这是说的菲奥多尔吗？”

母亲感觉心里很沉重，她没有回答，心中屈辱的感觉越来越强，抑制着她的心。现在，母亲开始明白，为什么她最初期待着公平的审判了，因为她总觉得可以听见儿子的真理和法官的真理之间的严厉而正直的争辩。她以为，法官们会向鲍威尔盘问很久，问一些很详细的内在的东西，用尖锐的眼光研究他的全部思想行动和他的全部生活。当他们看到鲍威尔是正确的时候，他们就会公正地、高声而爽快地说：“这个人是对的！”

事实却不是那样，好像被告和法官是格格不入的，而对于被告们，法官差不多完全是多余的。

母亲感到了疲乏，对于审判完全失去了兴趣，她不再听堂上辩论，气愤地道：“就这样也算是审判了？”

“骂得好！”希索弗同意似的说。

这时说话的已经是另外一个律师了，他身材矮小，面孔消瘦而且脸色苍白，流露着讥讽的样子。法官们常常阻止并打断他的话。

检察官跳起来，急忙地说了几句，估计是关于记录，他一副很愤怒的样子。后来首席法官开始训话——那个律师毕恭毕敬地低着头听完了他的训话，接着又继续说下去。

“有话就全部都说出来吧！”希索弗说，“全部都说出来吧！”

法庭里顿时出现了活跃的气氛，仿佛点燃了战斗的兴奋，律师辛辣的言辞刺激着法官们的厚脸皮。法官们似乎挤得更紧了，他们纷纷鼓着腮帮，准备对他们激烈的言辞进行反驳。

但就在这时，鲍威尔站了起来，周围突然安静了，大厅里悄无声息。母亲一见儿子起来，全神贯注地朝前扑着。

鲍威尔从容不迫地站在那里，每句话都掷地有声：“我是一名党员，我只承认党的审判，我现在要讲的，并不是为自己辩护，而是按照我那些同样拒绝了辩护的同志们的愿望，告诉你们不了解的一些事情。检察官将我们在社会民主党领导下的行动称作反抗政府的暴动，他始终将我们看作是反对沙皇的暴徒，我郑重声明，在我们看来，专政政治不是束缚我们国家的唯一的锁链，它只是我们应该替人民除去的最初的一个锁链……”

在这种坚决果敢的声音之下，大厅里显得更加安静了，他的话掷地有声。鲍威尔仿佛渐渐地离开了人们，退到了一旁，恰似浮雕一般愈来愈突出了。

法官们此时感到非常不安，贵族代表在那个面孔懒洋洋的法官耳边说了一句话，那个法官点了点头，转过头去跟首席法官说了一句话。就在这个时候，如同生病的法官又从另一面对他耳语，首席法官坐在椅子上左右摇摆着，又对鲍威尔说了些什么，然而他的声音被淹没在了鲍威尔的话中。

“我们是社会主义者，这就是说，我们是私有财产制度的敌人。私有财产使人们互相倾轧，互相攻击，为着各自的利益造成不可调解的矛盾，为隐蔽和掩饰这种矛盾而撒谎，用谎言、伪善、邪恶使人们堕落。我们认为，将人类只看作使自己发财致富的工具的社会，是违背人道的，我们是要坚决反对这种社会的。我们对于它的道德、虚伪和邪恶，决不妥协。这种社会对待个人的残忍和无耻的态度，我们觉得是卑鄙的；对于这种社会的一切奴役人类的肉体和精神的方式；对于一切为了贪欲而使大众受罪的方法，我们一定要和它斗争。

“我们工人，是用劳动创造一切——从巨大的机器以至儿童的玩具——的人。别人剥夺了我们斗争的权利。无论什么人，都可以并且努力要将我们变作工具，从而达到他们自己的目标。现在，我们要求自由，使我们将来能够获得全部的政权。我们的口号很简单：打倒私有财产制度，一切生产资料归于人民，全部政权归于人民，劳动是每个人的义务。你们可以看出来——我们绝不是暴徒！”

鲍威尔显出一副冷峻自如的样子，双眼里闪烁的火星更加明亮、更加生动了。

“请不要离得太远！”首席法官简要地要求道。他朝鲍威尔挺出胸脯，眼睛盯住他。母亲认为，他的那只混浊暗淡的左眼睛里似乎燃烧着不怀好意的贪婪之光。

所有的法官都那样盯着她的儿子，好像要用犀利的目光钻透他的脸和身体，渴望吸光他的血来滋养他们脆弱的身体。

但是，镇定从容的鲍威尔站在那儿一动不动，高大、挺拔、自信、泰然，他朝他们伸出一只手，有力地挥动着，声音并不高亢激荡，然而清晰明亮。

“我们是革命者，在一种人只管作威作福，另一种人只能辛苦劳动的情况下，我们永远要当革命家。我们反对你们奉命要维护它的利益的社会，你们永远是和我们冲突的仇人，在我们没获得胜利以前，我们和你们中间绝不可能和解。我们工人是一定会胜利的！你们的委托人完全不像他们所预想的那样强大，他们牺牲了几百万被他们奴役者的生命而积蓄的财产，以及政府给他们的压迫我们的权力，在他们之间引起了敌意的矛盾，他们最终都会彻底消亡。

“私有财产需要太多的努力来保护自己，所以实际上，你们——我们的统治者，是比我们更可怜的奴隶！你们是在精神上深受奴役，而我们仅仅在肉体上受奴役。你们不能摆脱在精神上的偏见和习惯性的压迫，但是我们内心的自由并没有受到一点的阻碍。你们用来毒害我们的毒药，敌不过我们信念里的解毒药。这种意识不断地生长，不停地发展，越来越壮大，你们当中的明智者也终究要背叛你们。

“请看，能够在思想上为你们的政权做斗争的人，已经没有了；能够为你们免遭历史的正义谴责的论据，已经被你们用完了；在思想方面，你们已经创造不出新的东西：你们在精神上破了产。而我们的思想则在日益成长，发出灿烂的光芒，把握群众，组织他们为自由而斗争，对于工人阶级伟大使命的这种信念，把全世界的工人融合成一条心。你们除了残酷和无耻之外，已经毫无方法来阻碍改造生活的这种过程。然而，无耻已被人们看破，残酷只能引起人们的厌恶。

“今天压迫我们的手，不久就会像同志像朋友一般握我们的手。你们的精力是增值金钱的机械力，只会让你们互相倾轧斗争；我们的精力是所有工人要越来越团结起来的这种信念的活的力量；你们所做的一切都是罪恶，都是为了奴役人类；我们的工作是要把世界从你们用虚伪、恶意、贪欲所制造出来的威胁人民的鬼怪和怪影下面解放出来。你们使人民和生活脱离了关系，使他们毁灭，然而社会主义却要将被你们破坏的世界整合成一个伟大的整体，而且这是一定会实现的！”

鲍威尔停了一下，更加坚决地重复了一遍：“这是一定能够实现的！”

法官们听了纷纷装出一脸怪相，互相耳语着，但他们的目光依然紧紧地盯在鲍威尔的身上。

母亲觉得，他们是因为羡慕鲍威尔的健康和他的青春活力，因此才想用他们凶狠的目光来玷污他英俊而结实的身体。

被告们都聚精会神地听着鲍威尔的话，他们的脸色发白，眼中却仍然透着一些喜悦。

母亲贪婪痴迷地听着儿子的每一句话，句句都整齐地排列在她的记忆里，满脸都是欣慰与骄傲。

首席法官几次企图阻止鲍威尔的话，但每次都毫无效果。有一次，他的脸上甚至露出了凄惨的笑容——鲍威尔置他于不顾，冷峻而镇静地接着讲下去，并且叫法官们的意识随着他的意识，意志服从他的意志。

然而，首席法官终于还是喊叫起来，向鲍威尔伸出了手，好像威胁。这时，鲍威尔似乎带着嘲笑地答复他：“我就要讲完了，我并不想侮辱你们个人，相反的，我被逼在这种你们所谓的‘审判’的喜剧中出场，我充满了对你们的同情。不论怎样，你们总是人，而我们看到人——就算是对我们的目的抱有敌意的人——这样卑鄙可耻地为暴力服务、对于自己人格的尊严的意识沦丧到如此地步的人，我们总是觉得非常为你们难受。”

他一眼也不看法官们，就坐下来了，母亲屏住了呼吸注视着法官们，等待着。安德烈满脸笑容，紧紧地和鲍威尔握手，塞蒙伊罗夫、玛切和所有的人都很热情地、钦佩地看着他，同志们的激情让鲍威尔都有些尴尬。他微笑着，眼睛望着母亲那边并向她点了点头，好像是在询问：“是这样吗？”

母亲用兴奋的长叹答复他，四周充满了爱的热潮。

“好，审判开始了！”

希索弗低声说：“怎么判呢，啊？”

母亲默然地点了点头，她对于儿子勇敢而精妙的言论感到很满意——也许最让她满意的是他终于完整地结束了讲话。

“喂，你们现在准备怎样？”

鲍威尔刚才的一席话对母亲来说，并不是特别新鲜的，她早已知道并了解这些思想。然而，在这众目睽睽的法庭上，第一次感到了这种信念的不可思议的吸引力。

鲍威尔的镇定使她惊讶不已，他的话在她心里融成了一团星光灿烂的、五彩缤纷的东西，这让她坚信胜利一定会到来。

母亲认为法官们会激烈地和他争辩，主张他们的那种真理，对他给予气愤的驳斥。

正在这时，安德烈站了起来，把身子自信地晃了一晃，皱着眉头对法官们望了一眼，开始说话了：“诸位律师……”

“在您面前的是法官，不是律师！”那个满脸病容的法官气愤地高声对他更正着，态度非常嚣张。

看到安德烈脸上的表情，母亲便知道他是在恶作剧，只见他胡须颤抖着，眼睛里闪耀着她所熟悉的那种狡黠的、猫儿般的亲切的神情。他伸出双手，重重地摸了摸头发，然后叹了口气。

“当真？”他摇着头说，“我还以为你们只是律师，而不是法官呢。”

“请讲真实情况！”首席法官冷淡地命令说。

“真实情况？嗯，也好！我就勉强假定你们是真正的法官，是公正而独立的人。”

“法官的定义用不着您来解释！”

“用不着？哦，也好，然而我呢，还得说下去，在你们这些人眼里，应该是没有自己人和别人之分的，你们是自由的人们。

此时，站在你们面前的是两方。一方控告说：‘他抢了我的东西，蛮不讲理地打了我！’另外一方回答说：我‘打人抢夺的权力在于我拥有武器……’”

“关于本案您有别的要说的吗?”小老头忍不住了，提高了嗓门问道。他显得有些紧张，母亲看见他发怒了，便觉得很愉快。

然而安德烈的态度却使她有些不满，他的态度和儿子的话不能融合在一起——她所期望和喜欢的是严肃的辩论。

安德烈默默地望了望小老头，然后用手搓了搓头，严峻而认真地说：“关于本案的？我为什么要和您谈到本案呢？你们需要明白的，刚才我们的同志已经讲过了，其余的问题，到时你自然会知道的。”

小老头突然站了起来：“我禁止您发言！下一个，葛里哥里·塞蒙伊罗夫！”

安德烈用力地闭上了嘴唇，懒洋洋地坐了下去，和他并排的塞蒙伊罗夫甩了一下鬈发，大胆地站起来说：“刚才检察官说我们同志是野蛮人，是文化的敌人。”

“别讲与本案无关的话！”

“这肯定是有关系的！没有一件事是和正直的人没有关系的，我请您不要插嘴了。我要问您，你们的文化是什么?”

“我不想同你争论！赶紧说案子的事！”小老头龇牙道。

安德烈的态度显然对法官们起了影响，他的话仿佛擦掉了他们身上的一层东西，使他们灰色的脸露出了斑点，眼睛燃着冷漠的绿色的火花。鲍威尔的话尽管使他们愤怒，然而这些话的力量和它引起的不自觉的尊敬，倒不会令他们生气。安德烈的话却揭破了这种克制力，使这些表层下面的东西暴露出来。他们个个装出怪脸，互相耳语，他们的动作快得和他们的身份不相称。

“你们培养暗探，你们使妇女堕落变坏，你们使老百姓陷入偷盗和杀人的境况之中，你们用伏特加来麻醉他们。国家间的战争，公开的谎言，荒淫和野蛮——这就是你们的文化！我们要同这种文化做斗争！”

“我恳求您！”小老头抖动着下巴喊了一声。

但是，满脸通红、眼睛闪亮的塞蒙伊罗夫却大声喊道：“然而，我们尊敬和重视另外一种文化，这种文化的创造者被你们长期禁闭在监狱里，你们把他们折磨得不成样子了。”

“我禁止你发言！下一个，菲奥多尔·玛切！”

个子小巧的玛切站了起来，就仿佛突然钻出了一把锥子。

他用断续不畅的话说：“我……我可以发誓！我知道你们已经将我判了罪。”他忽然噎住了，面部发青，脸上只显出那两只眼睛了，他伸手喊道：“我可以发誓！我终将会逃跑的！再回来，永远地、终生地干这个工作，我可以发誓！”

希索弗响亮地咳嗽了一声，身体随之晃动起来。

法庭上旁听的人受到了越来越激动的情绪的影响，奇怪地、大声地喧嚣着。其中，有个女人哭出声来，有人连连咳嗽，仿佛透不过气来似的。

宪兵也带着迟钝的警觉，而且非常惊讶地在打量被告们，显得无奈又气愤的样子，扫视着所有的听众，法官们的身体也情不自禁地晃荡着。

小老头细声叫道：“古塞夫·伊凡！”

“无可奉告！”

“华西里·古塞夫！”

“无可奉告！”

“蒲金·菲奥多尔！”

一个苍白瘦削的青年沉重地站起来，摇着头，缓缓地说：“你们应该觉得惭愧！我虽迟钝，但还知道什么是政治！”他单手举过头顶，仿佛眺望着远方一样，半闭着眼睛，突然不说了。

“这是怎么回事？”老头在椅子上往后一仰，愤怒惊讶地问道。

“算了吧……”

蒲金一脸怒气地坐了下来，他含含糊糊的语气里，带着一种重要的，一种令人难受的、谴责的、天真的口吻。

这种情形大家都感受到了，连法官们也竖起了耳朵在听着，似乎是在期待着什么，会不会发出一句比这句话更清晰的回声呢。听众们呆坐着，沉默着，抽泣着。

后来，检察官耸了耸肩膀，冷笑了一下，贵族代表很响地咳嗽了一声，耳语声又慢慢起来了，气氛又变得活跃起来。

大家都感到心底里有什么东西被转变了，而且彻底粉碎了。他们惘然若失地眨着迷茫的眼睛，好像是在他们面前燃烧着一样的光辉灿烂的、轮廓不分明的、意义不明确的东西，却很吸引他们。他们不明白突然在面前展开的伟大的事情，便匆匆将自己的新的感情浪费在微小的、容易明白的事情上。

蒲金的哥哥毫不怯弱地高声发问：“请问，为什么不让他讲呢？检察官怎么就可以想讲什么就讲什么呢?”

站在凳子旁边的法庭职员向人们挥着手，低声说：“保持安静。”

塞蒙伊罗夫向后靠着身子，在太太背后喋喋地说着，不断地冒出这样的话来：“当然，就算他们犯了错，然而你得让人家解释解释呀！他们反对的究竟是什么？我非常愿意知道！我也有我的爱好。”

“安静些!”法庭职员威胁地指着他，高声斥责。

希索弗阴沉地点着头。

母亲一直望着法官们的表情，他们谈话的样子很高兴，但谈话的声音，又冷又滑，触到她的脸上，使她的两颊颤抖，老是感觉嘴里不舒服。

不知什么原因，母亲真切地觉得，法官们都是在谈论她儿子和他的同志们的身体，谈着这些充满活力、满怀热情的年轻人的筋骨和四肢。这样的身体让他们感到十分嫉妒，引起了衰弱的人和病号所常常怀有的那种固执的欲望。他们咂着嘴唇，仿佛是在怜惜这些能够劳动、享乐、生产和创造的身体。现在，这些身体要离开事业上的活动，放弃真的生活，使他们不能再支配这种身体、利用它的气力、剥削这种气力！

所以，这些青年在这些老法官们的心里引起了脆弱的野兽所有的复仇的、苦闷的气愤，因为这只野兽眼看着新鲜的食物，然而已经没有气力去捉住它，又不能利用别人的力量来使自己饱食一顿，只能眼睁睁看着失去，因而就病态地嘀咕着，发出了悲鸣和哀号。

母亲越是认真地望着这些法官，这种粗野的、奇怪的想法就越是鲜明起来。她觉得，他们并不掩饰这些兴奋的贪婪和无力的怨恨。她作为一个女人，作为一个母亲，儿子活着比什么都重要，所以当她看着这些险恶的目光在儿子脸上移动、滑过他的胸膛和肩膀，在他那发烫的皮肤上扫过去的时候，她禁不住感到非常可怕——这种目光似乎在寻找可能燃起和温暖这些垂死的人们的硬化的血管与疲惫的肌肉里的血液。现在，这些垂死的人们因为受了贪婪和对这种年轻的生命的嫉妒的刺激，已经微微有了生气，尽管他们要将这些年轻的生命审判定罪，并且要消灭这年轻的生命。

在母亲看来，鲍威尔也感到了这种湿黏的、叫人十分不快的触摸，因此身体颤抖着，远远地望着她，不时地微笑着朝母亲点头。

“快要自由了！”他的微笑让母亲感到欣慰。

忽然，法官们一起站了起来。

母亲也不由自主地站起身来。

“他们要走了！”希索弗说。

“去讨论判决?”母亲问。

“是啊。”希索弗说。

她突然轻松多了，身体感到了令人室息的疲劳，眉头颤动起来，额上渗出冷汗。痛苦的失望和屈辱的感情，涌上她的心头，又迅速地变成了对于审判和法官们的蔑视。

她觉得眉毛疼痛起来，便用手重重地擦了一下额角，然后回头看了一看，被告的亲人们都挤近铁栅栏，法庭里充满了嗡嗡的谈话声。

因而，她也走到鲍威尔的面前，紧紧地握住了他的手。就在这一刻，她感到既委屈又高兴，心情复杂，不知所措下便哭了出来。鲍威尔温和地安慰着母亲，安德烈一边给母亲说笑话，自己也笑个不停。

这会儿，全场的女人都哭了。但这种哭泣与其说是由于悲伤，倒不如说是由于习惯。

她们并没有受到那种突然的打击而使人失去知觉的悲伤，她们所怀有的，是不得不和自己的孩子分别的那种悲伤的意识。然而，就连这种意识也已经在这一天的事件所形成的印象里淹没了，溶解了。当父母怀着极其复杂的感情望着自己的孩子的时候，在这种感情里面，对于年轻人的怀疑以及平常对孩子们的优越感，和另外一种几乎对孩子们尊敬的感情异样地混在一起。

他们对于今后的生活感到担忧，也因为被年轻人激起的好奇而淡漠下去——由于这些年轻人英勇无畏地讲到另外一种美好的生活的可能。他们的感情因为不善于表达而被抑制着，话尽管不多，然而说的大都是关于衬衫、衣服和保重身体之类的简单的事情。

蒲金的哥哥挥着手，劝弟弟说：“只要有正义在就行了！别的都无妨的!”

弟弟回答:“好好的，小心我那只椋鸟。”

“保证不会出毛病!”

希索弗抓住外甥的手，不紧不慢地说：“菲奥多尔，你就这样去了吗?”

贝嘉弯下身子，狡猾地微笑着，对他耳语了几句。

卫兵也被逗得笑了出来，然而马上又板起面孔，咳嗽了一声。

母亲也和别人一样，跟鲍威尔说的都是些日常的无关紧要的话。然而，她心里却有几十个问题，关于萨莎，关于儿子，关于她自己的问题，全部堵在心里说不出来。然而，对于儿子的热爱，要使他兴奋、要与他心灵接近的热切，还在缓缓地展开着。她已不再感到害怕，剩下的只是对法官们的那种不愉快的颤抖，以及关于他们的模糊的想法。

她深刻地感到，心中有一种巨大的喜悦，然而她并不太了解它，甚至觉得有些困惑。

这时，母亲看见安德烈在和大家谈话，懂得他比鲍威尔更需要亲切的安慰，因而便对他说：“我看不惯这种审判!”

“为什么，妈妈?”安德烈感谢般地微笑着高声问，“俗语说得好，水车虽旧，还能干活。”

“既不可怕，又不能让人明白——到底是谁错谁对?”母亲迟疑地回答。

“啊哟，您还希望什么!”安德烈喊着，“这里又不是追求和维护真理的地方？哈哈。”

她叹了口气，微笑着说：“开始我以为很可怕的。”

“开庭!”

大家闻言迅速地回到原位。

首席法官一只手撑在桌上，一只手拿了卷案正好遮了脸，又开始用单调乏味的声音读起来。

“在读判决呢!”希索弗仔细地听着，嘴里念叨。

周围都很安静，悄无声息。

大家都站着，眼睛望着首席法官，只见他矮小、干瘪，却站得笔直，仿佛是被一位眼睛看不见的人拉着一根手杖。

法官们也都站着，乡长——仰起了脑袋望着天花板，市长——将手交叉放在胸前，贵族代表——抚摸着胡子，面带病容的法官、他的胖同僚和检察官瞅着被告那边。

法官们后面，肖像上的穿着红色制服、脸色苍白冷漠的沙皇从他们的头上望下来。在他的脸上，有一个小虫子在爬。“充军！”希索弗轻松地叹了口气说，“哦，当然，真是谢天谢地！本来听说要判做苦役！没关系的，老太太！这没关系，没关系！”

“我也早知道了。”母亲疲惫地回答他，声音不高。

“现在总算确定下来了！否则，谁知道他们会怎样？”

被判决的人们快要被带下去了，希索弗转过脸来望着他们，高声喊：

“再见了，菲奥多尔！还有诸位！上帝保佑你们！”

母亲一言不发地朝儿子和他的同志们点着头，想哭但又害怕别人笑话。她走出了法院，街上已点了路灯，星星布满天空，她觉得有点惊讶：时间飞逝啊。

法院附近挤满了人，在寒冷的空气中，踏雪的声音和年轻人的呼叫声混杂在一起。一个戴灰色风帽的男子凑到希索弗跟前，紧紧地盯着他，显得很着急地问：“判决怎样？”

“充军！”

“大家都一样？”

“一样。”

“谢谢！”那人走了。

“你看见了吗！”希索弗说，“大家都要问……”

忽然，有10多个青年男女过来把他俩围住，并匆忙地招呼着别人。

希索弗不停地笑着，好像自己获得了某种胜利。母亲觉得，这一切像美丽的梦。她也微笑起来，纷纷和众人握手，和大家打招呼，幸福、开心得快流泪了。她的双腿疲倦得颤抖，然而充满喜悦的心房却能吞下一切，仿佛湖水的平面一般反映出一切的影像。

在母亲身旁，有人爽朗而兴奋地说："诸位同志！一直在吞噬着俄罗斯人民的怪物，今天又用它贪婪的嘴巴吞下了。"

"尼罗芙娜，我们走吧！"希索弗建议。

这时从后边传来了希索弗的声音："那时候请替我问候他。就说是希索弗问候他。他知道的，贝嘉・玛切的舅舅。"

萨莎停下步子，转过身来和他握手，显得很温和的样子：

"我也认识贝嘉！我叫亚历克山特拉！"

"父名呢?"

萨莎看了他一眼，冷静地回答："我没有父亲。"

"已经过世了。"

"不，还活着！"萨莎有点激动了，她的语气固执而坚定，脸上也露出同样坚定的表情，"他是地主，现在是地方自治局的议长，他是压迫农民的！"

"原来如此！"希索弗忧郁地说，然后沉默了片刻，与她并排走着，他转过头来望着她说："那么，尼罗芙娜，再见了！我要往左拐了，再见，小姐，你把父亲骂得太厉害了！当然，这和我不相干。"

"如果您的儿子是个坏蛋，是一个对社会有害、是一个您所怨恨的人，您也会这样说的吧！"萨莎的话说得很激烈。

"哦，当然会啦！"老人想了想才回答她，"可见，对于您，正义比儿子更宝贵；对于我，正义比父亲更宝贵。"

希索弗微笑着连连点头，然后又感叹地说："您真会说！哦，假如您能长久坚持下去，老年人也会让您说服的——您很有毅力！再见了，好好的，多保重！对人还是亲切一点好，是吗？再见了，尼罗芙娜！假如碰到鲍威尔，告诉他，他的演说我听到了，我并不完全懂，有些话甚至可怕，然而我认为，他说得对！”

他举起帽子，严肃地朝街角拐弯处走去了。

“他估计是一个好人！”萨莎用她的含笑的大眼睛望着他的背影，赞赏道。

母亲觉得萨莎今天温和多了。

回到家中，她俩挨得紧紧地坐在沙发上，母亲在寂静中休息着，一边重新提起萨莎去找鲍威尔的事。

姑娘沉思着耸起两道浓眉，那双大眼睛像在幻想一般望着远方，好像是陷入了冥思之中。

“将来等你们有了孩子，我可以到你们那里去，给你们照顾孩子，我们在那里过的日子一定不比这里差，鲍什那么能干肯定能找到工作。”

萨莎用疑惑的目光望着母亲，问道：“难道您现在不想跟他到那里去？”

母亲叹了口气说：“我去对他有什么用呢？他逃走的时候，反而要拖累他。况且，他不会赞成的。”

萨莎点了点头。

“他不会赞成的。”

“况且我也走不开！”母亲略带自豪地说。

“是呀！”萨莎沉思地说，“这很好。”

突然，萨莎像要抖掉身上的什么东西似的抖了一下，简洁地低声说：“那里待不住，他当然要逃走的。”

“那么您怎么办呢？如果有了小孩呢？是不是？”

“到那时候再说吧，他不应该顾忌我，我也十分不愿意拖累他。和他分离对我来说是很难过的，但是我一定能够克制自己，我绝不想拖累他。”

母亲觉得，萨莎说到就能做到——她是这样的人。因而，心中忽然很可怜萨莎了，她伸出胳膊搂着她说：“亲爱的，那对您一定是很苦的！”萨莎把整个身子都紧挨在母亲身上，和善地笑了一笑。

涅考拉回来了，他看上去很劳累，一面脱着外套，一面急忙地说：“喂，萨莎，您趁早走吧！今天一早就有两个暗探盯在我身后，他们明目张胆的样子，估计快要抓我了。我有预感，要出事了，正好我这儿有鲍威尔的演说稿，现在决定把它印出来。您拿到廖得米拉那里，请她务必尽快把它印出来，越快越好！鲍威尔讲得真棒！尼罗芙娜！要小心暗探，萨莎……”

他一边说着，一边把冻僵了的手搓来搓去，然后走到桌子旁边，利索地拉开抽屉，开始挑选文件。有的文件扯掉了，有的搁在一边，显出非常焦急的样子。

“不久之前刚全部整理过，现在又聚了一大堆——该死的东西！尼罗芙娜，您最好还是离开这里吧，是吗？碰见这种情况，是相当枯燥没有意思的，那些家伙可能把您也抓进去，您还得四处去分发鲍威尔的讲演稿呢。”

“但是，他们把我关进去有什么用处呢？”母亲满不在乎。

涅考拉把手挥动着，很自信地说：“我有灵敏的嗅觉。况且，您不是也可以帮助廖得米拉吗？躲避这些灾苦吧。”

可以亲自参与印刷儿子的演说记录的这份工作，使母亲十分高兴，她回答道：“既然如此，我就走吧。”突然，她意外却又充满自信地说：“感谢基督，现在我是什么都不怕了！”

“那好极了！”涅考拉并不看着她，叫了起来，“然而要请您告诉我，我的箱子和衬衫放在哪里了？您的手厉害得很，把所有的东西都抓了过去，我连自己的财产都不能自己处理。”

萨莎默默地将纸片丢在炉子里烧掉，烧完之后，又谨慎地将余烬和灰搅在一起。

“萨莎，你走吧！”涅考拉对她伸着手说，“再见了！不要忘记，假使有什么有趣的书，不要忘了我。好，再见了，亲爱的同志！要多加留意啊。”

“您检测会很久吗？”萨莎问道。

“谁知道他们！肯定是了解了我的一些情况。尼罗芙娜，您跟她一起走吧，要跟踪两个人困难些，好吗？”

“我就去！”母亲回答说，“我这就去穿衣服。”

母亲走进房间里来了。涅考拉握着萨莎的手说：“好极了！我相信，这对于你俩都是很好的！稍微有一点个人的幸福——这也是好的，尼罗芙娜，您准备好了？”

他微笑着扶了扶眼镜，走到母亲面前。

“那么，再见了，我希望是三四个月，最多半年吧！半年——这就够长的了，不是吗？请您千万要自己保重，好吗？好，让我们拥抱一下吧。”

瘦高个儿的涅考拉，伸出有力的双臂抱住了母亲，注视着她的眼睛，笑着说：“我好像是爱上了您了，我真的不想离开您！”

母亲静静地吻着他的额和腮，她的双手在颤抖，但不愿意让他发觉，所以就把手松开了。

“好，明天要谨慎些！这样吧，您明天早上派个孩子来，廖得米拉那儿有个男孩子，就叫他来看看。好吧，再见了，同志们！祝你们好运！”

走到街上的时候，萨莎偷偷对母亲说：“在必要的时候，他会置生死于度外，在死神和他打个照面的时候，他也会从容地整一整眼镜说‘好极了！’就这样死去。”

“我很喜欢他！”母亲低声说。

“我非常敬佩他的为人，但他还是让我喜欢不起来，这个人有些乏味，虽然他很善良，有时甚至很温柔，可是这一切还不够有人情味。似乎有人盯在我们身后！我们分开走吧，如果您真觉察出有暗探跟着的话，就不要到廖得米拉那儿去。”

“我知道。”母亲说。

可是萨莎似乎不大放心地叮嘱说：“不要进去！那时候就到我那儿去！那么，再见吧！”

她迅速地扭过身去，往回走了。

几分钟之后，母亲坐在廖得米拉那小房间里的炉边烤着火，女主人穿了束着皮带的黑衣服，在室内缓缓地来回走着，室内似乎只有那衣服的摩擦声和她的命令似的说话声。

火焰把室内的空气吸到炉子里，发出了爆裂声和悲号声。女主人的话流畅地回响着：“人们愚蠢的程度要比凶恶的程度严重得多，他们只关心眼前的、手边的、即时的东西。然而，这手边的东西都是没有多少价值的，珍贵、有价值的东西离得很远。事实上，假使生活能够改善，人类就能够更聪明，这对大家来说都是有利的，大家都会高兴。然而，这样的目的是非常令人难过的。”

她突然在母亲面前站住，仿佛抱歉一般地低声说：“这儿难得有人来，所以一有人来，我就要讲这些，您觉得很可笑吧？”

“为什么？”母亲说。她竭力要猜出廖得米拉在什么地方印刷，然而看不见什么特别的地方。

在这儿有3扇窗子临街的房间里，摆着沙发、一个书橱、一张桌子、几把椅子，墙边放着一张床，靠床的角落摆放着洗脸盆，另外一个角落里装着炉子。墙壁上挂着照片，一切都是新的，肃穆而清洁，在这所有的东西上面都体现出女主人修女般的冷若冰霜的影子。

这里使人感到似乎藏匿着什么东西，然而，不知道在哪里。母亲仔细地望了望门——一扇门是她刚才从小小的过道里走进来的，另外一扇门在炉子旁边，又高又窄。

“我来这儿是有事的！”母亲发觉女主人在留意她，于是犹豫地说。

“我知道！没有事是不会到我这儿来的。”

廖得米拉的声音让母亲感到奇怪。母亲对她望了望，她的薄薄的嘴唇旁边浮着微笑，没有光泽的眼睛在眼镜后面闪动着。

母亲避开了她的目光，把鲍威尔的演说稿交给她，“就是这个，请您赶快印。”

然后，她就开始讲涅考拉准备被捕的情形。

廖得米拉默默地把纸塞在腰带下面，坐了下来，在她的眼镜上面闪烁出了红色的火光，火焰般热情的微笑在她的凝然不动的脸上跳动着。

“如果他们敢来的话，我就开枪！”听完了母亲的话，廖得米拉坚决地、声音不高地说，“我有抵抗暴力的权利！我既然号召别人去抵抗暴力，我也应该这样做。”

火一样的热情从她的脸上消失了，她的脸显得傲慢、严肃。

“她的生活太艰难了！”母亲忽然这样亲切地想。

廖得米拉开始讲鲍维尔的演说，开始似乎不很起劲，然而渐渐地把头越来越凑近稿纸，迅速地将一张张看过的稿纸放在旁边。读完之后，她站起来，直了直腰，走到母亲身边。

“这太好了！”

她低头想了一想说：“我不想谈您儿子的事，我没有见过他，也不喜欢说这种凄惨的事惹您伤心。亲人被判充军的那种滋味，我是知道的！然而，我要问您，您一定为有这样的儿子而自豪吧？”

“确实！”母亲说。

“同时也很害怕，是吗？”

母亲冷静地笑着回答说：“现在已经不怕了。”

廖得米拉用她那浅黑的手整理着梳得很光滑的头发，转身走到窗口，咬住了嘴唇，一丝不易察觉的神情在她脸上颤动，或许，这是她抑制住了微笑的原因。

“我迅速地排起来，您也累了，去休息吧。请您在我的床上睡，我有事暂时不睡，半夜里也许要叫醒您来帮忙，您睡的时候请熄灯。”

她随手在炉子里添了根木柴，伸直了身子，走进了炉子边上那扇又高又狭的门，顺便把门紧紧地关上了。

母亲望着她的背影，一面脱衣服，一面还在想着这位女主人。“她好像在烦恼……”

一天的疲惫使她头昏脑涨，可此时，她感觉异常安宁。眼前的一切仿佛都沐浴着爱抚的柔光。这种柔光匀和平静地充满了她的胸膛。母亲很熟悉这种平静的心情，因为每次大骚动后都会有。

以前，这种现象使母亲有些不安，然而现在，这种现象只能是开阔着母亲的胸襟，并以强有力的感情来使得母亲更加坚定。

她吹熄了灯，躺在冷冷的床上，在被窝里蜷着身子，迅速就睡熟了。睁开眼睛的时候，室内已经充满了冬日的晴朗而又寒冷的白光。女主人手里拿了一本书躺在沙发上，微笑地望着母亲。

“啊呀！”母亲狼狈地叫道，“我怎么啦，睡了很久了吧？”

“早安！”廖得米拉说，“快要10点钟了，起来喝茶吧！”

“您为何不叫醒我呢？”

“我不忍心叫醒您。我走到您跟前，看见您睡得那么香，脸上带着那样开心的微笑。”

她用了一个柔和的动作从沙发上站了起来，走到床前，弯下腰来凑近母亲的脸。在她没有光泽的眼里，母亲发现了一种亲切可爱的和可以明白的神情。

“我怕吵醒您，估计您做了一个好梦吧？”

“什么梦都没有做。”

“好，这姑且不去管它！然而我十分喜欢您的微笑，那么平静、善良……包含着那么多的意思！”

廖得米拉笑了出来，她的笑声很低，仿佛天鹅绒一般的柔和。

“我也想起了您的事，您也够辛苦的！”

母亲耸动着眉毛，默默地想着。

“当然很辛苦!”廖得米拉说。

“连自己都不知道!”母亲谨慎地说，“有时候似乎很辛苦。事情那么多，所有的事都是那么重要，叫人惊奇，迅速地一件事接着一件事，快得很。”

她又开始兴奋起来，心里充满了各样的形象和思想。她在床上坐起来，赶紧要把这种思想说出来。

“大家都在前进，前进，一直向着一个目标前进。当然，悲伤的事情很多!人们都过得很痛苦，许多快乐的事都没有他们的份——这是很痛苦的!”

廖得米拉迅速地抬起头来，用爱抚的眼光对母亲看了看，说：“您说的是您自己的事吧!”

母亲望了望她，一边从床上起来穿衣服，一边说：“在你看来，这个人也重要，那个人你也喜欢，你替大家担心，疼爱每一个人的时候，一切的事情都让你觉得不能袖手旁观。”

她只穿了一半衣服，站在房间当中，沉思了一下。

她觉得，终日为儿子担心害怕，终日想保护他的肉体的她，已经没有了——她已不再是这样的人。这样的她已经离开了，到了很远的地方，可能被欢喜的猛火烧毁了。这反而减轻了她的灵魂的负担，洗涤了她的灵魂，使她的心灵焕发出了新的力量。她倾听着自己的心声，希望能看一看自己的心，一面又让自己重新感到担忧。

“你在想什么?”女主人走到她的身边，亲切而关心地询问。

“不知道。”母亲回答。

“涅考拉果然猜中了!”廖得米拉走了进来，关切地说给母亲，“他被捕了。我按您的意思请孩子去打听了一下，他说院子里有警察，他亲眼看到有一个警察躲在大门背后。还有暗探走来走去，孩子是认识他们的，没错。”

“果然如此！”母亲点着头说，“唉，可怜的。”

她叹了口气，但并没有怀着悲痛——她很奇怪自己会有这种心境。

“最近他在城里工人中间做了多次报告，总之已经是应该出事的时候了！”廖得米拉皱着眉头，似乎早有所料似的说，“同志们都劝他说：‘走吧！’然而他不听！照我的意思，到了这种时候，只能强制他走不可。”

一个男孩子站在门口，他长了一头黑发，脸蛋红扑扑的，有一双美丽的蓝眼睛，鼻子小巧而带钩。

“可以把茶炉拿来了吗？”他声音很响亮地问。

“请拿来吧，谢辽查！这是我的学生！”

母亲觉得，今天廖得米拉和以前有所不同了，变得比较随和、平易近人了。在她那苗条的身体的柔和的动作里，脸上也显得温柔多了，一夜之间，她的眼睛下面添了一圈黑晕，从她身上能够感受到紧张的努力，她的心情就像绷得很紧的弦。

男孩子搬来了茶炉。

“谢辽查，来认识认识吧！这是彼拉盖雅·尼罗芙娜，是昨天被判罪的那个工人的母亲。”

谢辽查默默地行了个礼，又和母亲握了手，然后又出去拿来了面包，回到桌旁坐下来。

廖得米拉倒茶的时候，劝母亲不要回去，至少搞清楚警察到底在等谁。

“估计是在等您！您一定会遭到他的盘问的，您说呢？”

“让他们盘问吧！”母亲说，“就是把我抓了去，我也不怕！然而，先得把鲍什的演说词分散出去。”

“已经排好了，明天就可以分发到城里和工人区里，您认识纳苔莎吧？”

“当然认识啦！”

“请您送到她那边去。”

那个男孩子在看报，仿佛什么都没有听见似的，但是他的眼睛常常从报纸后面望着母亲的脸，母亲碰到他的活泼的目光，心里非常高兴，不住地朝他微笑。

廖得米拉又讲起了涅考拉，对于他的被捕并不感到遗憾，然而母亲觉得这是很自然很正常的。

时间过得真快，喝完了茶，已经快到正午了。

“真是的!”廖得米拉惊呼了一声。

这时有人急促地敲着门，男孩站起身来，询问的眼神望了望女主人。

“去开吧，谢辽查！这会是谁呢?”她冷静地把一只手塞进裙子的口袋里，对母亲说，“彼拉盖雅・尼罗芙娜，假使是宪兵，您站到这个角上，谢辽查，你在……”

“我知道!”孩子小声回答着，迅速跑了出去。母亲笑了笑。廖得米拉的这些准备没有引起她的恐慌——她心里依然显得很平静。

一个矮小的医生走了进来。

又听医生急忙地说道：“第一，涅考拉被捕啦，啊，尼罗芙娜，您怎么在这里？抓人的时候您不在?”

“我事先离开了。”

“哦，可是，我以为这对您并没有好处！第二，昨夜来了许多青年人，把演说稿油印了500份。我看了，印得不错，字迹很清晰，他们打算今天晚上在城里散发。然而我不同意，城里最好用铅印的，那些油印的最好拿到别处去散发。”

“那么让我拿到纳苔莎那儿去吧!”母亲激动地说，“给我吧!”

她急迫地想着赶快散发鲍维尔的演说，把儿子的话散到全世界，她焦急等待着答复，打算恳求他。

“天知道您现在做这种工作是不是方便！”医生迟疑地说了之后，摸出表来看了一下，“现在是11点43分，火车2点05分开。路上要走5个小时15分。你估计很晚才能到达。可是，问题并不在这里。”

“不在这里？”女主人皱着眉头重复了一遍。

“那么问题在哪里呢？”母亲走近他们，问道，“问题是只要能够好好地散发出去。”

廖得米拉望着她，搓着自己的额角说：“您要冒很大危险！”

“为什么？”母亲热情地、仿佛要求似的问道。

“是因为这个！”医生很迅速地、忽高忽低地说，“您在涅考拉被捕之前一小时从家里出来，您跑到一个工厂里，那里很多人都认识您。您到工厂之后，工厂里面发现有害的传单，这一切都可以编成一个绞索，勒在您的脖子上。”

“我不会让他们知道的！”母亲说得执着而激烈，“回来的时候，假使被他们抓住，问我到哪里去了。”

她停顿了一下，然后响亮地说道：“我知道该怎么说！我从工厂出来，直接回到工人区，那里我有一个熟人，他叫希索弗——我就说，一出了法院就来找他，由于很难过，他也很难受，因为他的外甥判了罪，我想，希索弗他肯定给我证明的，你们看这样好吗？”

母亲感觉出来了：他们有点犹豫了，想让步了，因而想赶快催促他们做到这一点，她愈说愈坚定，最后他们终于让步了。

“既然这样，您就去吧！”医生很勉强地赞成了。

廖得米拉不说话，她在房间内来来回回地走着，脸色逐渐阴沉起来，似乎变得消瘦一些。她抬起头，看得出颈部的筋肉很紧张，仿佛脑袋突然变得沉重了，不自觉地要垂到胸前来，母亲一眼就看出了她的心情。

“你们总是怜惜我!”她笑着说，“然而你们却不爱惜自己。”

“不对!”医生说，“我们爱惜自己，而且也应该爱惜自己，对那些无由地、无所谓地浪费自己力量的人，我们要严厉地骂他！现在这样吧，您在车站上等着演说稿吧。”

她站在窗口，望着没有云的苍白的天空，接着讲述：“如果他能够和我在一起的话，我一定能坚强着不再悲痛，就算他死了，我也会舒服些。”

“我亲爱的!”母亲低声说，她充满了对她的同情。

“您真是幸福啊!”廖得米拉微笑着说，“母亲和儿子站在一起，这是多么幸福啊!”

弗拉朵娃不由自主地喊道：“对！这是非常好的!”她好像吐露秘密似的压低声音说。

“你们所有的人——你啦，涅考拉·伊凡诺维奇啦，所有追求革命真理的人们啦——也都站在一起！人们突然都变成了亲人，所有的人们我都清楚，说的话尽管不了解，然而其他的一切都是能够了解的！一切!”

“对啊!”廖得米拉说，“对啊。”

母亲将手放在她的胸口上，悄悄地推着她，自言自语似的说，仿佛也在倾听自己所说的话。

“我知道全世界的孩子都起来了，全世界的孩子们都起来了，从各个地方向着同一个目标前进着！心地善良的、正直的人，都起来顽强地反抗一切邪恶，用有力的脚践踏着虚伪。他们年轻而健康，要为正义而奋斗！他们起来征服人间一切的痛苦，起来消灭地上所有的不幸，起来战胜一切的丑恶——而且一定会战胜的！有一个人对我说，我们要创造新的太阳！是的，我们一定会创造出来！我们要将破碎的心融合成一颗完整的心——我们会把它融合起来的!”

她心里的信仰让她无限地激动，又想起了已经遗忘了的祷词。她将这种言语由衷地散出来，好像火花。

“在真理和理性的道理上前进的孩子们，他们把爱贡献给一切，他们用新的天空捍卫一切，用内心发出的不灭的火光照耀着一切。孩子们的爱将会创造新的生活，有谁能扑灭这种爱的火焰呢？有什么力量能超出这种爱呢？有谁能战胜它呢？产生这种爱的是大地，所有生活都希望着这种爱能获得胜利！”

她亢奋得有点疲惫了，她趺趺撞撞地离开廖得米拉，喘着气坐了下来。

廖得米拉似乎怕什么似的悄悄走开了，她那没有光泽的眼睛深邃而平静地望着前方，柔和地走来走去，这使她显得非常苗条、挺拔而纤弱了，她显得非常专注、激动。

室内的寂静叫母亲很快就平静下来，她发觉了廖得米拉的这种心情，就饱含歉意地低声问道：“我或许有什么话说错了吧！”

廖得米拉听了之后，很快地扭过头来，吃惊似的望了望母亲的脸，她朝母亲伸出手，似乎要阻挡什么似的匆匆地说：“您讲得全对！然而，这已经没有必要了！希望它能像您所说的一样。”接着她比较平静地劝说：“您该走了，路途还远着呢！”

“是的，我快要走了，您知道，我是多么兴奋呀！我带着儿子讲的话，我们血肉讲的话！这真的就如同自己的心一样！”

母亲满面微笑，然而，她的笑容只是模糊地反映在廖得米拉的脸上。但母亲明白，廖得米拉是用她特有的矜持抑制着自己的喜悦。忽然，母亲的心里产生了一种固执的愿望，要将自己心里的火点到这个严峻的灵魂里，使它燃烧起来——让它也跟着充满喜悦的心一同共鸣起来。

母亲牢牢地握住廖得米拉的手说道：“我亲爱的，如果我们知道，在生活中已经有照耀大众的光，而且将来有一天他们准会看见这个光，会由衷地和它拥抱，这是多么美好啊！”

她的善良的面庞战栗起来，眼中透露着微笑，眉毛在眼睛之上跳跃飞舞着，仿佛在鼓励着它们的光辉。崇高的思想使她陶醉，把那使她的心燃烧的一切，把所体验到的一切，都灌注到这些思想里去。她把这种思想浓缩在光辉的言语里那坚固的容量很大的结晶体里，在那被春天的太阳的创造力所照耀的秋天的心里，这些思想越来越茁壮地成长起来，越来越灿烂地开放着。

“这就像创造了一个新的上帝！万物为万人，万人为万物！我就是这样了解你们全体的。真的，你们大家都是同志，都是亲人，大家都是一个母亲——真理——的孩子！”

她兴奋得过头了，她停了一下，透了一口气，似乎是要拥抱似的伸展了双臂，继续说道：“我一想起‘同志’这个名词的时候，心啊，就会听见前进的声音！”

她终于达到了目的，廖得米拉的脸突然奇异地红起来，嘴唇不住地战栗，眼中不停地流着泪。

母亲紧紧地拥抱着她，无声而幸福地笑了——她因为自己心灵的胜利而倍感骄傲与自豪。

分手的时候，廖得米拉望着母亲的脸庞，悄悄地问：“跟您在一起我很快乐，您知道吗？”

走到大街上的时候，严寒干燥的空气牢固地搂抱住她的身体，并浸入了咽喉，使鼻子发痒，甚至有一刻工夫叫她不能呼吸。

母亲停下脚步站在那里，她四面看了看，不远的街角处，站着一个马车夫，他头戴皮帽，没有精神。远远地，还有一个男子正弯着背缩着头走路，还有一个士兵搓着耳朵在那人前面欢快地跑着。

“估计是派了兵到小铺子里来了！”母亲一边这样想，一边继续朝前走，她心满意足地听着脚下的雪发出的清脆的声响。

她很早就到了火车站，要乘坐的那班火车还没有准备好，然而肮脏的、被煤烟熏黑了的三等候车室里面已经挤满了人——寒冷将铁路工人赶到这里，马车夫和穿得很单薄的无家可归的人们也来取暖。还有一些旅客，几个农民，一个穿着熊皮大衣的肥胖的商人，一个牧师带着女儿，一个麻脸姑娘，四五个士兵，几个忙忙碌碌的市民。

人们吸着烟，聊着天，喝着茶和伏特加，在车站小吃店前面有人高声笑着，车站里烟雾缭绕。候车室的门一开一关的时候经常吱吱地响着，当它被砰的一声关上的时候，玻璃发出颤动的声音，到处都能闻到烟味和碱鱼臭味。

母亲坐在门口的一个很显眼的地方等待着，每次开门的时候，就有一阵云雾般的冷空气吹到母亲的脸上，这使她觉得非常爽快，所以，她每次都深深地呼吸一口冷空气。

有几个人提了包裹进来，他们穿得很厚实，傻乎乎地挡在门口，嘴里骂着，把包裹丢在地上或凳子上，抖落大衣领上和衣袖上的干霜，又把胡子上的霜抹去，一边发出咳嗽的声音。

一个手提黄色箱子的人走进来，很快地朝四周看了一遍，然后直接朝母亲走来，他站在母亲的面前。

“到莫斯科去吗?”那人低声问道。

“是的，到塔尼亚那里去。”

“对了!”

他把箱子放在母亲身边的凳子上，迅速地掏出一支烟卷来点着了，稍微举了举帽子，静静地向另外一扇门走去，母亲伸手摸了摸这箱子冰冷冷的皮儿，将臂肘靠在上面，很是满意地望着大家。

过了片刻，母亲站起身来，向靠近通往月台的门口的一条凳子走去。她手里，很轻松地提着那个箱子——箱子并不太大——

走过去，抬起头，打量着在面前闪现的一张张脸。

一个穿着短大衣的、把大衣领竖起来的年轻人和她撞了一下，他举起手来在头顶上挥一挥，便静静地跑开了。

母亲忽然觉得好像认识这个人，她回过头来一看，只见那人正用一只浅色的眼睛从衣领后面朝她望着。这种盯人的眼光好似针一样刺着母亲。于是，她提着箱子的那只手颤抖了一下，手里的东西仿佛突然变得沉重起来。

“他好面熟啊，肯定哪里见过！”母亲回想起来，她想用这个念头缓缓地抑制脑中隐隐不快的感觉，而不想用别的言语来说出这种不快却很有力地使她的心冷得紧缩起来的感觉。

然而，这种感觉聚集起来，升到喉咙口，嘴里充满了干燥的苦味，这时，母亲忍不住想要回头再看一次。

当然，她这样做了，只见那人站在原来的地方，谨慎地两腿交替地踏着，好像他想干一件事而又没有足够的决心去干。他的右手塞在大衣的纽扣中间，左手放在口袋里，所以，他的右肩要比左肩高一些。

母亲从容不迫地走到凳子前，小心谨慎地坐了下来，显得非常谨慎。

一种强烈的灾祸的预感终于使她想起了这个人曾在她面前出现过两次。一次，是在城外的旷野上，是在列彼逃狱之后；第二次，是在法院里，那人和在列彼逃走后向母亲问路时被她骗过的那个乡警站在一起。

他们认得她，她被他们盯住了——这是显然的。

“糟了？”

母亲问自己，但接着是战栗的回答：“没什么大不了的。”

然而她又马上鼓起勇气严厉地说：“完蛋了！”

她向四周望了一遍，什么也看不见了，各种想法在她的脑子里像火花一样一个个爆燃起来，然后又一一熄灭。“丢掉箱子逃吗?”

然而，另外一个念头非常明亮地闪了一下。

“丢掉儿子的演说稿吗？全落到坏人手里的。”

她把箱子拿到身边。

“那么带了箱子逃走吧？赶快跑……”

她原本没这种想法，似乎是有人从外面硬塞给她的。

这些想法仿佛烧疼了她，疼痛刺激她的头脑，如同一条条燃烧着的线抽打着她的心。

这些想法让母亲感到屈辱痛苦，逼着她离开自己，离开鲍威尔，离开已经和她的心连在一起的那一切。母亲感到，有一种敌对的力量固执地紧抓住了她，紧紧地压迫着她的肩膀和胸膛，玷污她，使她陷在死一般的恐怖里。

她觉得，太阳穴里的血管在剧烈地跳动着，发根很热。

这时候，她心里忽然产生一种巨大的力量，吹灭了这一切狡猾而微弱的小火星，像命令一般对自己说：“可耻啊!”她马上觉得振作起来了，她把主意完全打定之后，又添了一句话：“我不会给儿子丢脸的！没有人害怕!”

她的目光接触到一束无精打采的、胆怯的视线，脑子里闪过了列彼的脸庞，她突然变得平静、镇定多了。

“现在究竟会怎样呢?”她一边观察，一边想。

那个暗探把路警叫来了，他眼望着母亲，轻轻地对路警嘟哝着，鬼鬼祟祟，不可告人，路警一面打量她，一面退了出去，又来了一个路警，皱着眉头听他说着。这是一个身材高大、没有刮脸的白发老人，他对暗探点了点头，朝母亲坐的凳子走了过来，暗探就迅速地消失了。

老头子慢慢走过来，显得镇定自若的样子，用一种似乎生气的目光凝望着母亲的脸，母亲在凳子上把身体朝后面挪了一下，好像是下意识的。“只要能不挨打……”

老头子站在她旁边，沉默了一会儿，然后不高不低地严厉地问：“在看什么？”

“没看什么。”

“哼，女贼，上了年纪了，还居然要干这种勾当！”

母亲觉得，他的话让自己感到很屈辱，刚才这些恶毒的、声音嘶哑的话使她感到似乎把自己的脸皮撕破了，把自己的眼睛打坏了一般地疼痛。

“我？你瞎说，我才不是贼呢！”母亲用全身的力气喊道。她顿时激动得受不了，心里感到强烈的屈辱的苦味儿，她把箱子猛地一拉，打开来。

“你看吧！大家来看吧！”母亲站起身来，抓了一把传单举到头顶上，高声喊着，喊声中充满了激动的气愤与畅快的美妙……母亲在一片喧闹中高喊着，与此同时，许多人从四面八方飞快地跑了过来。

“什么事？”

“有暗探！”

“什么事呀？”

“人们说那个女人偷了东西。”

“啊呀，看样子倒还体面！”

“我没有偷东西！”母亲看见人们纷纷涌上来，稍微平静一些，于是朝着一张张奇怪而陌生的脸庞放开嗓子说道：“昨天审判了一批政治犯，里面有一个叫弗拉朵夫的，是我的儿子！他在法庭上讲了话，这就是他讲话的稿子！今天，我要把这些稿子散发给大家，让大家仔仔细细地看一看，想一想真理！”

有人谨慎而好奇地从她手里抽了几张传单，样子十分严肃。母亲把手猛地在空中一挥，传单便纷纷飘到人群里。

“这样做不行的！”有人恐惧地躲在一边说。

母亲看见人们拾了传单，并将传单藏在怀里和衣袋里——这种情形又使她激发起全身的劲头。

母亲周身有些紧张，切切实实地感到醒悟的自豪感在心里成长，顿时心中充满喜悦。

她的话更加冷静有力了，母亲不断地从箱子里取出传单，忽左忽右地朝群众那一双双渴望的、机灵的、想接受真理的手上抛去。

“我的儿子和跟他一起的人们为什么要被判罪，你们知道吗？请你们相信母亲的心和她的白发吧！我可以告诉你们——他们为了传播真理而被判罪！我直到昨天才算明白了，这种真理，没有人能够反抗，没有人能够反抗！”

群众平静下来了，越来越多的人拥挤过来，用身体的圈子牢牢地围住了母亲。

“贫困、饥饿和疾病，这就是你们劳动的报酬，一切都是我们的敌人。我们一生都是在劳作里面、在污泥里面、在欺骗里面，一天一天地埋葬着自己的生命！然而别人却利用我们的血汗来享乐，坐享其成，花天酒地，并且作威作福！我们恰似被锁着的狗，一辈子被幽禁在愚昧和恐怖之中，没有一点点出路！我们却什么都不知道！我们对什么都恐惧！我们就如同生活在落落黑夜中，每一天都是黑夜！是漆黑的黑夜！”

“对！”有人轻轻说道。

“不要让她再讲了！”

在群众后面，母亲看见了暗探和两个宪兵，她想要迅速分散最后几叠传单，然而当她把手伸到箱子里去的时候，她的手碰到了另外一个人的手。

“拿吧，拿吧！”她俯着身子说。

“散开！散开！”宪兵驱散开群众，高声喊着。

人们极不情愿地走开去，不自觉地推撞着宪兵，阻止他们。

围观的群众被这个容貌温和、长着一双正直的大眼睛的白发妇人有力地吸引住了。

是的！他们本来是被生活隔开，互相隔绝，现在被她的激动的言语所鼓舞，融成了一个整体。这些话，可能在很久之前，就为那些受不平等生活的压迫的人们所追求和渴望着的，只是现在才被激醒。

周围的人们默默地站着，母亲看见了他们如饥似渴的专注的眼睛，那种眼神让她的脸上都感到了温暖的呼吸。

“老太太，走吧！”

“他们会立刻逮捕你的！”

“啊，真勇敢！”

“滚开！滚开！”宪兵们的喊声越来越近了。

母亲面前的人们互相搀扶着，摇晃起来。

母亲觉得，大家都是愿意了解她并相信她的。所以急于要把她知道的一切，把使她感到充满力量的一切思想，完全地告诉大家。

这些思想此时此刻极其容易地从她心坎里浮现出来了，变成了一支歌曲。可是，母亲遗憾自己没有那么大的嗓音，她的嗓子已经嘶哑了，声音颤抖，经常中断。“我儿子的话是工人阶级的纯洁的话，是不能收买的灵魂所说出来的话！你们可以看出来的，他的勇气是不能被收买的！”

一双双年轻的眼中充满了对她的钦佩。

母亲胸口被人推了一下子，她踉踉跄跄地坐在椅子上了。

宪兵们的手在人们头上闪来晃去，纷纷抓住人们的衣领和肩膀，把他们推到旁边去，扯下人们的帽子，将它们丢得老远。

母亲觉得眼前一阵发黑，所有的东西都晃荡起来了，她毫不在意，又用尽全身力气大声喊道："诸位，团结起来！"

宪兵用一只红色的大手抓住了母亲的衣领，将她拉扯了一下："住口！"

她的后脑撞在墙上，瞬时，她的心被有刺激性的恐怖的烟雾遮住了，然而，这烟雾马上消散，心又光亮亮地燃烧起来。

"走！"宪兵恶狠狠地命令道。

"不要惧怕任何东西！还有什么比你们一生所过的日子更苦的？"

"叫你闭嘴！听见没有？"一个宪兵拉扯住母亲的一只手臂，把她猛地一拉。另外一个宪兵抓住母亲的另一只手。他们带着母亲，大踏步地走去。

"这种生活每天折磨你们的心，掏空你们的心灵！"

那暗探跑到前面，举着拳头在母亲面前晃动着，严厉喝道："还不给我闭嘴！"

母亲怒目而视，闪烁着光芒，下巴抖动着。她的两只脚硬是撑在地上一块很滑的石头上，高声喊道："复活了的心，是不会被冻死的！"

"狗东西！"暗探狠狠地打了一下母亲的脸。

"打这个老鬼！"一个幸灾乐祸的声音喊道。

一个又黑又红的东西顿时让母亲的眼睛发花。嘴里满是血的腥味。一阵紧密而又响亮的呼喊声使她振作起来。

"不准打！"

"诸位！"

"你这个浑蛋！"

"揍她！"

"理性就算用血也冲洗不掉的！"母亲的背脊和颈部被推着，

肩部和头部都被打了。周围一切仿佛旋风一般在那呼喊声里、怒号声里和警笛声里旋转起来。有一样使人眩晕的东西，厚重而有力地钻进耳朵，塞住喉咙，使她不能呼吸。脚底下的地似乎要塌下去，摇晃着，两腿弯了下去，身体如同被火烧伤般疼得发抖，而且沉重起来，摇晃着，没有气力。

然而，她眼中仍充满着激情，她看见了其他许多的眼睛，在这些眼睛里燃烧着她所熟悉的勇敢而锐利的火——和她的心接近的火。她被人推着，推往门里。母亲挣脱一只手，抓住门框。

“真理是血海也不能扑灭的!”他们打了她的手。

“你们这些疯狗！只会让人更加怨恨！听着！怨恨就要压到你们自己的头上了!”

宪兵们凶残地扼住母亲的喉咙，使她不能呼吸，她只能发出嘶哑的喊声。

“不幸的人们……”这一悲痛的回答不知是谁说的。